U0153183

話本
與才子佳人小說
之研究

胡萬川

著

五南圖書出版公司 印行

修訂版序

在一九六○到一九八○年代前後，臺灣各地設有中文系的大學已經很多，但是有開設小說課程的學校卻不多。不論是古代小說或現代小說，好像從來都不受傳統文學系的青睞。這也難怪，因為傳統的讀書人是不大讀小說的，即使較為開明的人頂多也只是把小說當作可有可無的休閒讀物，保守一點的就把所有的小說都當作是帶壞人心的淫邪讀物。這樣的氛圍，對現代人來說是有些難以想像的。而筆者本人就是在那個年代開始小說的研究，後來有機會到大學任教，更把小說當專書，開始了傳統小說的課程。一九八一年有機會到法國巴黎大學客座，講的也是小說。更有意思的是，當時某著名出版公司更和筆者合作創編了以學術研究為宗旨的「中國古典小說研究專集」，在當時這真的是創舉，為後來傳統小說的推動出了一點點的力。

後來不只因為教學與研究所需，更因為興趣所在，筆者將研究領域逐漸擴展到神話、傳說與民間文學方面。述作重點免不了也移置部分到神話傳說及民間文學。多年下來，不論小說或神話傳說及民間文學領域，都已積少成多，篇幅足堪各自成書。學界友人多有鼓勵結集出版者，筆者自己覺得前此為文論述，雖不皆能大有創見，但力求不囿於舊議成說，則是始終一貫之目標。因此也就敢將歷年述作，分門

別類，結集成冊出版。

　　較早結集成書的是有關傳統小說的研究。由於以前的傳統文學研究比較不重視小說，特別是被當作不登大雅之堂的話本小說以及才子佳人一類，更受冷落。因此當筆者要討論分析這一類作品時，便發現不少資料的定位：例如編作者爲誰、版本刊刻的流傳變異等問題，常見有未明之處。類似之疑惑若未能釐清，對作品的解讀分析便未免會見疏漏之處。因此，筆者小說研究工作的一部分便是對相關部分資料的考證求眞。這類考證性文字，和對作品內容的欣賞品鑑或者分析評論一類的文章頗爲不同。因此，當初將小說研究編輯成書時便將兩類分別成冊，其一名爲《話本與才子佳人小說之研究》，該書主要以小說史料以及和小說史有關的概念之探討釐清爲主。另一書名爲《眞假虛實──小說的藝術與現實》，內容以作品的文學分析及觀念的探討爲主。兩書分別於一九九四及二〇〇五年由臺北大安出版社出版。而今兩書皆已售完，在稍作增編之後轉由臺北五南圖書出版公司出版。兩書新版和舊版的差別在於將原來也收在《眞假虛實》一書中的〈說話與小說的糾纏〉一文移入《話本與才子佳人小說之研究》一書，因爲這篇主要論述的是和話本體制有關的問題。而新版的《眞假虛實》一書則較舊版多收〈傳統小說中的洪水之患〉以及〈關於俠和武俠小說的認識〉兩篇，其餘不作更動。

　　至於前面提到的個人後來研究亦有所偏重的神話、傳說以及民間文學方面，研究成果亦已分別各自結集成書。神話傳說及民間文學研究二書原來皆由新竹清華大學出版社出版，新版則轉由其他出版社在臺北刊行。由於這部分和此次由五南出版之小說研究較無關係，因此就不必再多有說明。

　　《話本與才子佳人小說之研究》或《眞假虛實——小說的藝術與現實》雖說因研究重點取向不同而分二冊，但本次將由五南圖書出版公司先後印行，因此謹以說明出版之因由爲重點，爲二書新刊之總序。其中舊版原序皆予保留，以見當初本來面目。

二〇一八年八月

自 序

　　教書十幾年，多半和傳統小說有關，其間陸續寫了一些相關的文章，或屬考據，或屬分析，論題不一。對我來說，那只是教學相長中自我督促的一些小紀錄，因此一直未有結集成書的打算。但是幾個對傳統小說有興趣的朋友，卻一直給著另一種督促：為了便於讀者或研究者的參考，須結集成書。他們所持的理由是我所談過的一些問題，屬小說史上的重要問題，是是非非，應當有更多的人來理解討論，若不結集成書，而分散於新舊報刊雜誌中，讀者們實在難以檢索。在這樣的督促下，只好首先將一些和小說史有關的文章集成一冊，其中所論主要為關於話本和才子佳人小說的外緣問題，或為作品的真偽、年代，或為作者身分的確認等，大部分屬考證一類。當然，相應的也有一些概念介紹的文章，大體說來都與小說史的論題有關。最後一篇談《醒世姻緣傳》的成書年代，雖非話本與才子佳人小說範疇，但以所論亦小說史問題，因此附編於此。

　　文章有新有舊，風格不一，俱不予更動重寫，意見若有增損，僅於每篇後記中補充說明。

目 次

修訂版序 ……………………………………………………………………… I

自 序 …………………………………………………………………………… V

有關《京本通俗小說》問題的新發現 ……………………………… 001

再談《京本通俗小說》
 ——那宗訓先生〈京本通俗小說的新評價〉一文讀後 …… 023

馮夢龍所編話本小說《三言》的版本與流傳 ……………………… 053

關於三桂堂刊本《警世通言》第四十卷 ………………………… 077

巴黎國家圖書館藏本《醒世恆言》 ……………………………… 091

  附錄：愛書害書 ……………………………………………………… 097

《三言》序及眉批的作者問題 ………………………………………… 099

「說話」與「小說」的糾纏——
 馮夢龍《三言》、《石點頭》序言、批語的話本小說觀 … 113

從馮夢龍編輯舊作的態度談所謂宋代話本 ························ 133

從《智囊》、《智囊補》看馮夢龍 ·································· 159

馮夢龍與復社人物 ·· 173

談才子佳人小說 ·· 187

李志宏《才子佳人小說研究》序 ·································· 203

天花藏主人到底是誰 ·· 209

再談天花藏主人與煙水散人 ······································ 227

別緻的書名──從《金瓶梅》的命名說起 ························ 255

關於《醒世姻緣傳》的成書年代 ·································· 263

參考書目 ·· 275

索　引 ·· 281

有關《京本通俗小說》問題的新發現

　　《京本通俗小說》為江東老蟬繆荃蓀於一九一五年所刊行，當時即頗受重視。接著，又正值白話文運動的蓬勃發展，這一部號稱「元人寫本」、「宋人平話」白話小說的出現，當然就更受學術界的珍視了。當時白話文學的提倡者和文學史的研究者都把它當作真正珍貴的文學史料來研究，並大力介紹。胡適之的〈宋人話本八種序〉，魯迅的《中國小說史略》及塩谷溫的《中國文學概論》等，都把這本書當作真正典型的早期話本來加以討論。相率所及，後來不少文學史及小說研究的專題，便都以這本書為討論宋人白話短篇小說的根據。

　　繆氏《煙畫東堂小品》所刊行的這部話本集共有七篇，包括他所說的原為《京本通俗小說》的第十卷〈碾玉觀音〉，第十一卷〈菩薩蠻〉，第十二卷〈西山一窟鬼〉，第十二卷〈志誠張主管〉，第十四卷〈拗相公〉，第十五卷〈錯斬崔寧〉，第十六卷〈馮玉梅團圓〉。除了刊行的這七篇以外，他說「尚有〈定山三怪〉一回，破碎太甚；〈金主亮荒淫〉兩卷，過於穢褻，未敢傳摹。」也就是說，他所發現的《京本通俗小說》一共是九篇。

　　其實，所謂的《京本通俗小說》並不是真的「元人寫本」的

「宋人平話」，而是後人，最可能的就是繆氏本人，將他所發現的《三言》——《古今小說》、《警世通言》、《醒世恆言》——的殘卷，略動手腳，更動幾個人名字句所編成的。我們可以說，它實際上是一本偽書。

早期的研究者，因為相關資料的缺乏，加以繆氏把他「發現」這部書的經過說得活靈活現，並以錢遵王圖書為證，難怪使許多人相信不疑。也就因為如此，使得半世紀以來中國小說史的研究，為了這本書而引起許多無謂的困擾。——學術界對這本書的真偽問題，糾纏已久，但是，直到現在，似乎仍然不能有確切的定論——因此，對這個問題實在有進一步加以澄清的必要。

首先對這本書的可靠性發生懷疑的是鄭振鐸，他認為這書裏的〈金主亮荒淫〉一篇敘事太過淫穢，可能是明朝嘉靖、隆慶以後的作品，因此，《京本通俗小說》就不可能會是「元人寫本」。同時他更指出，按照平話小說叢刻的歷史來看，集合許多雜著小說而成一部叢書的，直到嘉靖時候才風氣大開。因此，像《京本通俗小說》一樣，篇幅至少有十幾卷以上，而內容純粹，編次井然的小說集，會產生於元代，實際是不可能的事 [1]。

但是，鄭氏雖然指出了這本書不可能是「元人寫本」，卻仍相信它是《三言》出版以前，隆慶、萬曆年間的產物。

稍後，東歐的普魯雪克（Jaroslav Prusek）同樣地對這本書的真實性加以懷疑，可惜，他的研究結果並沒有使這個問題更明朗化，他對這問題的看法，多半採用鄭振鐸的意見，認為這本書不會是元人

---

[1] 鄭振鐸：〈明清兩代的平話集〉，收於其所著《中國文學研究新編》中（此書原名《中國文學論集》，臺北版改今名），臺北明倫出版社，1971年2月初版，頁373-377。

寫本，而大概是和《清平山堂話本》為上下同一時期的產物，他認為《京本通俗小說》之不同於《清平山堂話本》，只是因為前者的編者比較用心，而且文學的品味較高，所以它所收的都是真正有文學價值的「詞話」。因此，他更推論：在馮夢龍編撰《三言》的時候，對於前人的舊作常有修改增飾，而獨對於採自《京本通俗小說》的這幾篇卻少作文字上的更動，可能就是因為馮氏較為喜愛這本小說集的緣故②。這個推論似乎言之成理，實在卻是個大大的誤解。

白夏普（John Lyman Bishop）在他專門研究《三言》的論文裏也特別注意了《京本通俗小說》，他同時引用了鄭振鐸和吉川幸次郎的意見。吉川氏曾將〈志誠張主管〉一篇拿來和《警世通言》的同一篇故事對校，結果認為該篇是襲自《警世通言》，因此《京本通俗小說》應當是出版於一六二五年以後。（《通言》出版於一六二四年）。吉川的意見是接近事實的，但是白夏普雖然參考了他的見解，他本人對這個問題卻不能夠因此更進一步地加以澄清，而只提出了另一個不能肯定的假設：他認為比較《通言》和《京本小說》同一篇的本文沒有什麼大的不同之處，存在著兩種可能：第一、或者是馮夢龍編《三言》時覺得《京本小說》的故事已經合乎要求，無須增潤。第二、或正如吉川所說，《京本小說》實在是根據《三言》的本文而來③。

吉川從《通言》和《京本小說》本文的對照來探討一書的關係，是相當正確的作法，可惜他卻沒有更進一步運用更多相關的版

② Jaroslav Prusek, *Popular Novels in The Collection of Chien Tseng*, Archiv Orientalni, X(1938) pp.290-294.

③ John L. Bishop, *The Colloquial Short Stories in China, A Study of the San-Yen Collections*, Harvard University, 1965, pp.13-14.

本，將其他各篇一一加以對照，因此他的論證就不能夠非常的詳盡有力，使人信服，所以後來的研究者雖然尊重他的說法，卻仍不免有所猶疑。而這也就是爲什麼後來孫楷第在新版的《中國通俗小說書目》中仍將《京本通俗小說》入於宋元部，而嚴敦義在討論《古今小說》四十篇的撰述年代的時候，仍然還認爲《京本通俗小說》「很有可能還是明中葉前後的編集。」[④]而依舊把它作爲一本研究宋明話本的主要參考。

探討這個問題比較上眞正地進入了問題核心的是馬幼垣、馬泰來的〈京本通俗小說各篇的年代及其眞僞問題〉一文。他們認爲《京本小說》可能就是對通俗小說有認識的藏書家繆荃蓀所僞造的。在這篇文章裏，他們舉出了幾點重要的懷疑和論證。雖然他們的論點仍有不少可議之處，但是方向和結論仍然是相當正確而重要的。爲說明方便，茲將他們主要的論證引述如下：

（一）繆氏在《京本通俗小說》的跋裏說所藏《京本小說》四冊，其中「三冊尚有錢遵王圖書，蓋即也是園中物。」但是錢曾的《也是園書目》、《述古堂書目》、《讀書敏求記》三書裏，卻都沒有著錄《京本小說》這一本書。而且錢曾書目裏所錄的宋人詞話十二種，都是單行本，而《京本小說》則是編次井然的話本集，根本不同類。這是可疑的地方。

（二）考定〈拗相公〉一篇爲元朝作品，〈金主亮〉及〈馮玉梅〉兩篇爲明朝作品。〈馮玉梅〉這篇是繆氏根據《也是園書目》宋人詞話有這個篇名，因而竄改《通言·范鰍兒雙鏡重圓》一篇人名而成。

---

④ 嚴敦義：〈古今小說四十篇的撰述年代〉，收於臺北鼎文書局1974年12月初版〈古今小說〉書後，頁1。

　　（三）《三言》一百二十篇和《清平山堂話本》殘存的二十九篇僅有十篇互見，和熊龍峯所刊小說四種僅一篇互見，清本與熊刊亦僅一篇互見，而《京本小說》各篇則全見於《通言》、《恆言》之中，亦是可疑。

　　（四）清本、熊刊和《三言》相同各篇的文字差異大，《京本小說》與《通言》、《恆言》則差別極小。

　　（五）《通言》、《恆言》篇目下注明宋人小說，宋本、古本諸篇全見於《京本小說》，除〈定州三怪〉外，其餘題目完全相同。

　　（六）〈碾玉觀音〉入話詞之一，《通言》作「蘇小小」，《京本》作「蘇小妹」，這是由於《京本小說》的編者不知有司馬才仲夢蘇小小的故事所改，以合乎篇中詩詞都出自宋人的話。

　　（七）〈菩薩蠻〉中三次提到吳七郡王的「二個夫人」，《通言》皆作「兩國夫人」，這也是《京本小說》編者不明宋制而妄改⑤。

　　以上之所以不憚其煩地引述馬氏該文的見解，並非是他們所提出的這些論點就是繆荃蓀僞託古書的鐵證，實際上他們所提出的多半只是一些外圍的旁證。但是有了這些重要的旁證，對於《京本小說》眞僞問題的澄清，卻有著相當的參考價值。

　　馬氏上文的見解可說已經切近事實，但是由於資料的限制和研究上的疏忽，所以有幾個論點未免不穩，因而連帶著整個結論仍然免不了啓人疑竇。他們最嚴重的疏忽就是將商務印書館鉛字排印本的《京本通俗小說》作爲研究的根據底本。由於這個疏忽，便產生了一些不必要的考證上的錯誤。樂蘅軍的《宋代話本研究》一書，就針對這個

---

⑤ 馬幼垣、馬泰來：〈京本通俗小說各篇的年代及其真僞問題〉，（新）《清華學報》五卷一期。

缺點與錯誤而提出了她的不同的看法，她認為《京本小說》仍然應當是明朝中晚期的話本集。她的主要論點如下：

（一）據《煙畫東堂小品》，〈菩薩蠻〉中的「二個夫人」僅一處為手民之誤，其餘二處皆作「兩國夫人」。

（二）〈碾玉觀音〉引詞，即使《通言》作「蘇小小」為正，《京本》作「蘇小妹」為誤，仍未足據以判斷「誤」必纂於「正」。且就比勘《清平山堂話本》與《三言》所得，屢見馮氏糾正原本錯誤不妥處。

（三）〈馮玉梅〉篇固然不是宋作，然而是否經人改竄，偽置篇名，仍未能十分證實。

（四）上所引馬文第二、三、四項理由，只能說明《京本》與《三言》的關係，不能直接證明《京本》為偽書。而且《清平山堂話本》與《三言》的大幅出入，正顯示二書所處時代的差異，而《京本小說》和《三言》的類同，則說明了它們時代的相近而已[6]。

樂氏提出的這幾點反證，雖然指出了馬文證據上的一些弱點和不足，但因此而主張《京本小說》在《三言》之前，實際上是更不能成立的。而且，她並不能對馬文所提出的所有疑點有另一面肯定的解答。

就像上面引述的一樣，任何研究話本小說的人都免不了要注意到《京本小說》這個問題。然而，這本書的真實性雖然已經引起了廣泛的討論，卻似乎依然是沒有得到一個確定的結論。雖然如此，後來的研究卻都已漸漸的傾向於接受這本書是偽書的說法了[7]。就如專門

---

[6] 樂蘅軍：《宋代話本研究》，臺灣大學文學院，1969年12月初版，頁136-139。

[7] Eg. C, T. HSIA, *The Classic Chinese Novel*, Columbia Univ. Press, 1968, p.327. H. C. CHNG, *Chinese Literature, Popular Fiction & Drama*, Edinburgh, 1972, p.123.

研究中國通俗小說的韓南（Patrick Hanan），他雖然不能提出對這個問題的任何進一步的見解，但是，他直截地採用了吉川幸次郎和馬幼垣、馬泰來的看法，把《京本小說》當作偽書來處理。這在他的研究上倒不失為一種乾脆利落的作法，免去了多少無謂的糾纏。能夠接受《京本小說》是偽書的說法是對的，但是，實際上的問題卻依然存在，尚未解決。而要對這個問題作最後的澄清，也正如韓南所說的，必須從各本文字上的異同作更廣泛、詳盡的研究[8]。所可惜的，就是雖然早已有多人從這個方向來看這個問題，但是由於各人所用資料的限制，直到如今，始終沒有確定的結論。

　　筆者以前在對馮夢龍編撰《三言》的工作上作一番考察的時候，即對這個問題加以特別的注意，最後終於因三桂堂本四十卷足本《通言》的發現，有了較為充分的資料可資運用，才算找到了《京本通俗小說》的真正來源，有了證明它是偽書的最直接的證據。

　　這些筆者以為是最直接有力的證據的發現，就是用兼善堂本、三桂堂本兩本刊刻時代不同的《通言》本子來和《京本通俗小說》逐篇對校所得。但是，在提出三本校對的結果來證明《京本小說》的來龍去脈以前，我們必須先澄清《通言》一書版本上的幾個問題，否則，恐怕還是會落入前人的窠臼，即文字上雖然有異，但是到底是馮夢龍襲《京本小說》，或者是《京本小說》收錄《三言》的幾個篇章，仍然不能肯定。

　　由於刊行的《京本通俗小說》除了一篇之外，其餘各篇都見於《通言》之中，所以在這個問題的解決上，《通言》無疑地是最重要

---

[8] Patrick Hanan, *The Early Chinese Short Story: A Critical Theory in outline*, Harvard Journal of Asiatic Studies.

的。《通言》一書共收話本四十篇，馮夢龍所編，現在已知傳世的版本有如下數種：

（一）金陵兼善堂本：日本名古屋蓬左文庫與倉石武四郎各藏一部，都是四十卷原本。這是今存各本《通言》中年代最早的[9]。

（二）衍慶堂本：今所傳各衍慶堂《通言》都不是四十卷足本。前大連圖書館藏一部，題爲《二刻增補警世通言》[10]。日本天理大學附屬圖書館塩谷溫文庫亦藏一部，只二十四篇[11]。

（三）三桂堂本：三桂堂本《通言》爲王振華所刊，原書當爲四十卷足本[12]，傳世的本子頗多，但是以往各家所見的卻都只是三十六卷本，缺最後四篇。爲各家著錄所及的收藏情形如下：前孔德圖書館、北平圖書館、清華大學、馬廉先生所收藏的是同一本，都只有三十六卷[13]。日本尾上八郎也收藏一部，是三桂堂本的翻刻本，也只有三十六卷，同樣缺最後四篇[14]。

三桂堂本《通言》對我們研究馮夢龍的作品是相當重要的，但是以往各家的著錄卻都忽略了另外一部可能是這個刊本中最重要的收藏，即臺北中央圖書館所藏的《通言》一書。

中央圖書館所藏《通言》，共四十卷，四十篇，除館裏本身編著的存書目錄之外，未見於各家著錄。由於這部書的封面已經缺失，乍

---

[9] 李田意：〈日本所見中國短篇小說略記〉，（新）《清華學報》，一卷二期，頁63。

[10] 孫楷第：《大連圖書館所見小說書目》，北平圖書館，1932年6月初版，頁1。

[11] 李田意，前引文，頁64-65。

[12] 塩谷溫著，孫俍工譯：《中國文學概論》，1970年12月臺北開明書店，臺一版，頁515-517及頁550-554，引用長澤規矩也所藏《舶載書目》一書所載有三桂堂王振華所刊《通言》四十卷全目。

[13] 孫楷第：《中國通俗小說書目》，北平圖書館，1933年3月初版，頁126。

[14] 李田意，前引文，頁65-66。

看之下，不能確知是屬於《通言》的哪一種本子，但是略加考訂，就能夠確定它就是三桂堂所刊的本子之一。而且可能就是被學術界公認為失傳已久的三桂堂刊四十卷足本《通言》的珍稀傳本。

筆者之所以敢肯定它是三桂堂所刊本，有底下兩個主要理由：

（一）雖然三桂堂本見於各家著錄的都只有三十六卷本，但是日本的《舶載書目》卻保存著有三桂堂本《通言》的四十卷全目，將這四十篇篇目來和保留得最完整的兼善堂本各篇篇目比較，即可發現兩個本子有顯然不同的幾個地方：

1. 兼本第二十三卷為〈樂小舍拼生覓偶〉，三桂堂本則為〈樂小舍拼生覓喜順〉。

2. 兼本第二十四卷為〈玉堂春落難逢夫〉，三桂堂本則為〈卓文君慧眼識相如〉。

3. 兼本第四十卷為〈旌陽堂鐵樹鎮妖〉，三桂堂本則為〈葉法師符石鎮妖〉。

以上這幾篇篇目的不同，就是這兩個刻本的分別所在，而中央圖書館這本十卷篇目正完全和《舶載書目》所載的三桂堂本《通言》一樣⑮。

（二）在現今傳世的各三十六卷本三桂堂本之中，有另一個共同的特徵，就是它的第二十四卷〈卓文君慧眼識相如〉一篇，是將兼善堂本原來作為第六卷〈俞仲舉〉篇的入話，卓文君私奔相如的故事單獨抽出成篇，作為第二十四卷的。中央圖書館的這本《通言》也正是如此。

---

⑮ 同注⑫。

　　由以上這兩項特徵，我們可以確定中央圖書館的這本就是三桂堂的刊本。

　　確定了上述的本子是三桂堂之後，在提出對校結果之前，我們又必須先澄清另一個問題：即三桂堂本和兼善堂本的先後問題。澄清了這個問題，然後底下文字對校的異同和因襲關係便可一目了然。

　　雖然《續四庫全書總目提要》編者曾經主張三桂堂本《通言》是比兼善堂本爲更早的刊本⑯，但是這個說法是不能成立的。前舉鄭振鐸的研究文章裏，就有頗爲合理的說明⑰，現在更就中央圖書館的這部三桂堂四十卷足本來和兼善堂本作一詳細的比較，提出幾點有力的證明，來說明三桂堂本確是兼善堂本以後的翻刻本。

　　（一）從插圖來說，兼本共有四十葉，八十面，即每篇故事對應兩面的插圖，而且每圖都有詩句，指明該圖屬那篇故事⑱，三桂堂本則只有二十葉，四十面，圖上的詩句全部刪去。顯然是偷工減料的作法。

　　（二）從眉批來說，兼本的批語比三桂堂本多出了一百三十幾則，而且語句完整。而三桂堂本的批語卻多斷落不成語氣，可以看出是一種草率的翻刻本。

　　（三）從本文的文字來說，兼本多爲正楷字，印刷精美，前三桂

---

⑯　《續修四庫全書提要》，臺北商務印書館，1972年初版，子部第三冊，頁1773。

⑰　鄭振鐸，前引文，頁393-394。

⑱　這種插圖的形式和馮夢龍所編其他小說的原始刻本都是一樣的。天許齋所刊《古今小說》，葉敬池所刊《醒世恆言》的插圖都是四十葉。另外，也是葉敬池爲他刊行的一百零八回《新列國志》也有五十四葉插圖。

堂本則多用簡筆字，而且有後人根據兼本文字校正過的痕跡[19]。

（四）從目錄的不同來說，也可讀出三桂堂本是後來的本子。如第二十三卷，三桂堂本的正文題作〈樂小舍拼生覓偶〉，兼本正文的題目相同。而這篇在兼本的書前目錄仍然不變，三桂堂本書前的目錄卻改作〈樂小舍拼生覓喜順〉。三桂堂本的題目之所以必須要作這樣的更動，是因它已刪去了原來兼本所有的第二十四卷〈玉堂春落難逢夫〉，而代之以〈卓文君慧眼識相如〉一篇，如果它第二十三卷書前的篇目不作更改，便和第二十四卷的篇目不成對仗。因為馮夢龍編《三言》時，所有書前的篇目都是二篇成對偶的。

從以上這幾點來說，三桂堂本確是在兼善堂本以後的翻刻本已可無疑。有了這個認識，我們再將這兩個本子和《京本通俗小說》各篇文字上的異同列舉出來，則《京本小說》這一本書的真正來源便可一清二楚。而自鄭振鐸、吉川幸次郎以來，以至馬幼垣、馬泰來、韓南等對這本書的一連串懷疑和推論便可算得到了最有力的證明。

底下所用以對校的底本，金陵兼善堂本《通言》用的是一九五八年臺北世界書局的四十卷足本影印本，三桂堂本用的即是臺北市中央圖書館所藏的這本，而《京本通俗小說》所據的是臺北中央研究院史語所圖書館所藏的一九二〇年據繆荃蓀原刊的煙畫東堂小品本。為行文方便，各稱為兼本、桂本、京本。所校次序依京本小說的編次：

一、京本〈碾玉觀音〉，即《通言》第八卷〈崔待詔生死冤家〉。

　1. 兼本葉二下「蘇小小道」，桂本作「蘇小妹道」，京本也作

---

[19] 光是文字的簡筆或正楷本並不一定就能作為該本早晚的論據，因為刻書用簡筆的傳統在明以前就有。但是馮編《三言》其他二書，《古今小說》在《通言》之前，《恆言》在《通言》之後，它們的初刻本所用的都是正楷字，和兼善堂本都一樣。由此可見兼本是初刻而三桂堂則是後來的翻刻本。

「蘇小妹道」。

2. 兼本葉三上「王嚴叟」，桂本「王岩叟」，京本「王岩叟」。

3. 兼本葉三下「則聽得橋下」，桂本「則」作「只」，京本亦作「只」。

4. 兼本葉十一下「發還建康府」，桂本「還」誤作「遣」，京本改作「遣」。

二、京本〈菩薩蠻〉，即《通言》第七卷〈陳可常端陽仙化〉。

1. 兼本葉四上「兩國夫人」，桂本「兩個夫人」，京本「兩個夫人」。

2. 兼本葉四下「一曲泛清奇」，桂本誤作「一此泛清奇」，兼本改作「出口便清奇」。

3. 兼本葉五下「將新荷送盡府中」，桂本同，京本改「盡」為「交」。

4. 兼本葉十一下「剪斷綠絲索」，桂本「綠」作「緣」，京本亦作「緣」。

三、京本〈西山一窟鬼〉，即《通言》十四卷〈一窟鬼癩道人除怪〉。

1. 兼本葉五下「半年前搬去的」，桂本「半」作「十」，京本亦作「十」。

2. 兼本葉七下「說不得假話」，桂本「說」字缺壞，京本改為「饒」。

3. 兼本葉十下「漁父賣魚歸竹徑」，桂本「徑」作「院」，京本亦作「院」。

4. 兼本葉十五下「三通判位樂娘」，桂本「位樂娘」作「小娘子」，京本亦作「小娘子」。

四、京本〈志誠張主管〉，即《通言》第十六卷〈張主管志誠脫奇禍〉。（按此篇兼本正文題爲〈小夫人金錢贈年少〉。）

1. 兼本葉四下「小夫人心下不樂」，桂本「下」作「中」，京本亦作「中」。

2. 兼本葉五上「小夫人只得應道」，桂本「只得」作「勉強」，京本亦作「勉強」。

3. 兼本葉五上「嫁一個白鬚老子，心下正煩惱」，桂本「子」作「兒」，京本桂本「心下正」作「好不生」。京本亦作「好不生」。

4. 兼本葉五上「當中一片紫絹」，桂本「片」作「個」，京本亦作「個」。

5. 兼本葉五下「李慶在此二十餘年」，桂本「二」作「三」，京本亦作「三」。

6. 兼本葉六下「門外面一間小房」，桂本「面」作「是」，京本亦作「是」。

7. 兼本葉六下「安排歇息，則聽得有人」，桂本「息」「則」兩字作「宿」「忽」，京本亦作「宿」「忽」。

8. 兼本葉六下「你則開門」，桂本「則」作「快」，京本亦作「快」。

9. 兼本葉六下「問身已在燈光背後」，桂本「問」作「閃」，京本亦作「閃」。

10. 兼本葉六下「張主管吃了一驚」，桂本「吃」作「見」，京本亦作「見」。

11. 兼本葉八上「如何指置」，桂本「指」作「措」，京本亦作「措」。

12. 兼本葉九下「兀自不知道」，桂本「兀」作「元」，京本亦

作「元」。

13. 兼本葉十四上「王招宣續免張士廉罪犯」，桂本同，京本改「續」爲「贖」。

五、京本〈拗相公〉，即《通言》第四卷〈拗相公飲恨半山堂〉。

1. 兼本葉三上「轉在揚州僉判」，桂本「在」字缺壞，京本改爲「任」字。

2. 兼本葉十二下「從者跟隨，踏月而行」，桂本「者」字脫缺，京本改作「人」。

此篇桂本最後兩葉脫缺。

六、京本〈馮玉梅團圓〉，即《通言》第十二卷〈范鰍兒雙鏡重圓〉。

1. 兼本葉三下「建炎三年」，桂本「三」作「二」，京本亦作「二」。

2. 兼本葉三下「徐信忿氣尙未息」，桂本「忿」作「忍」，京本亦作「忍」。

3. 兼本葉四下至五下「列俊卿」之名，桂本「列」字時有缺壞模糊，致與「劉」字之簡筆「刘」字相似，京本皆改作「刘俊卿」。

4. 兼本葉五上「俊卿之庸不足徐信的渾家」，桂本「庸不足」三字作「妻卻是」，京本亦作「妻卻是」。

5. 兼本葉五下「叫做雙鏡重之」，桂本「之」作「圓」，京本亦作「圓」。

6. 兼本葉六上「也就遇個荒年」，桂本「遇」作「見」，京本亦作「見」。

7. 兼本葉九上「豈無鄉曲之情」，桂本「曲」作「面」，京本亦作「面」。

8. 兼本葉九上，「若果有再生之日」，桂本「若果」二字作「妾倘」，京本亦作「妾倘」。

9. 兼本葉九下「賊兵擄劫」，桂本「擄」作「打」，京本亦作「打」。

以上就是三本文字異同的大概情形，從這些異同來說，已經很明顯地可以看出三者的遞嬗之跡是：兼善堂本《通言》→三桂堂本《通言》→《京本通俗小說》。他們文字上的差異，並不是馮夢龍根據《京本小說》，然後加以更動而編撰他的《三言》，實際上卻是三桂堂的這本《通言》後印本已經更改了它的前本兼善堂本的字句，而所謂的《京本通俗小說》編者（如前引馬文所說，很可能就是繆荃蓀本人。）即便根據他所得到的這幾篇三桂堂本《通言》零篇，加上《恆言》的一篇〈錯斬崔寧〉而成。（京本〈錯斬崔寧〉一篇字句與葉敬池刊本《恆言》同篇也稍有異同，因臺灣未有其他《恆言》本子可用，所以不能知道這篇所根據是《恆言》的那一本子，若後日能見到《恆言》的其他版本，當亦可發現京本此篇的真正來源，必然也是《恆言》的後印本。）當然，這位編者在刊刻他的《京本小說》以前為了取信於人說這是「元人寫本」，是另外動了些手腳的，譬如他屢次將《通言》中「故宋」等字眼，改成「我朝」「我宋」等等，又因為看到《也是園書目》宋人詞話有〈馮玉梅團圓〉這個篇名，於是將《通言》的〈范鰍兒〉篇改名為〈馮玉梅團圓〉，都是同一伎倆，前引馬氏文已有論證頗詳，在校對的時候是不必特為提出的。

另外，煙畫東堂小品刊本的《京本通俗小說》原本喜用簡筆字，並不是它根據的是真正什麼古本，而仍然是沿襲三桂堂本的作風而來。三桂堂本多用簡筆字，前已提及。

　　這本曾經廣爲流傳，普受重視，也引起了學術界許多無謂紛擾的
《京本通俗小說》，由以上的種種證明，已經可以確定是一本僞託的
書，從此以後，我們大概可以不必再爲它的問題多費筆墨唇舌了。因
爲它所根據的眞正原本並沒有遺失，連繆氏沒有印行的那兩篇都還好
好的保存在《三言》裏。

《中華文化復興月刊》編者按：本文排妥後又接胡先生來函補充，茲補刊如下：

編輯先生大鑒：

關於《京本通俗小說》所收，見於《醒世恆言》的〈錯斬崔寧〉一篇，筆者在寫上文的時候，就相信它也一定是從《恆言》的翻刻本衍慶堂本而來，（《恆言》最早的兩種刊本，葉敬池本和葉敬溪本，據李田意前引文的考證，無論是繪圖、序文、目次、及本文等，都完全是同版的前後印，因此，京本所收該篇和葉敬池本字句的異同，不可能是根據葉敬溪本而來。）可惜此地沒有衍慶堂所刊的《恆言》本子可資對校，因此在寫上文的時候，這篇的對照詳情只得暫缺。後來曾託馬幼垣教授到日本影印衍慶堂所刊的這篇文字，卻尚未有著落。

但是，衍慶堂原本《恆言》雖然看不到，這裏鼎文書局翻版的顧學頡所注《恆言》一書，卻可能就是根據衍慶堂本排印而成。據楊家駱先生在鼎文版的《恆言》書前識語所說，顧氏所注該書是據一九三六年所排的世界文庫本，「文庫本雖云出於葉敬池本，然駱校之，實多出入，況注時參校後出之衍慶堂本，於原文每有改訂。」李田意前引文在提到這個排印本的時候，同時也提到了它的字句和葉敬池本，有很多的出入。

這個世界文庫本的文字既然和葉敬池本有頗多的異同，那它所根據的底本就絕不會是葉敬池或葉敬溪的原刊本。如果《恆言》傳世的舊刊本沒有另外一種的話，則它所據的底本，應當就是衍慶堂本。不論如何，據楊氏所說，它至少是參校衍慶堂本而成的。在還沒得到衍慶堂本原文以前我們姑且將就用這個本子，來和《京本小說》的〈錯

斬崔寧〉，以及葉敬池本（世界書局一九五九年四月影印初版）該篇參校一下，也同樣發現，許多京本該篇和葉敬池本字句的不同，原來多半就是這個文庫本和葉敬池本的不同所在。底下就將這三本文字異同的地方列成一表，為行文方便，葉敬池本簡稱池本，顧氏據衍慶堂的校注本簡稱慶本，《京本通俗小說》簡稱京本。

京本〈錯斬崔寧〉，即《恆言》第三十三卷，〈十五貫戲言成巧禍〉。

1. 池本葉二上，「家人收了書程」，慶本「了」作「拾」，京本亦作「拾」。

2. 池本葉二下，「還是沒理的話」，慶本「話」作「事」，京本亦作「事」。

3. 池本葉三下，「堂堂六尺之軀」，慶本「六」作「七」，京本亦作「七」。

4. 池本葉七上，「尋到我家」，慶本「到」作「道」，京本亦作「道」。

5. 池本葉七下，「說知就裏」，慶本「裏」作「理」，京本亦作「理」。

6. 池本葉十一上，「衣襟敞開」，慶本作「衣服拽開」，京本和慶本同。

7. 池本葉十一下，「行一程路兒，卻有甚皂絲麻線」，慶本「兒」「卻」兩字作「途上」，京本和慶本同。

8. 池本葉十二上，「不容小娘子」，慶本「不」作「怎」，京本亦作「怎」。

9. 池本葉十二下，「趁他睡了」，慶本「趁夜深了」，京本和慶本同。

10. 池本葉十二下，「借朱三老家」，慶本「借」作「到」，京本亦作「到」。

11. 池本葉十二下，「臨去之時」，慶本「臨」作「我」，京本亦作「我」。

12. 池本葉十二下，「既然有了主顧，可同到我爹娘家」，慶本「顧」「可」兩字作「兒」「便」，京本和慶本同。

13. 池本葉十四上，「即便陞廳」，慶本「廳」作「堂」，京本亦作「堂」。

14. 池本葉十四上，「過了一夜」，慶本「過」作「住」，京本亦作「住」。

15. 池本葉十五下，「通同作奸」，慶本作「通同謀殺」，京本和慶本同。

16. 池本葉十五下，「便喚那後生」，慶本「便」作「就」，京本亦作「就」。

17. 池本葉十六上，「殺死了親夫」，慶本「了」作「他」，京本亦作「他」。

18. 池本葉十九下，「一向買賣順溜」，慶本「買賣」作「不大」，京本亦作「不大」。

19. 池本葉十九下，「止曾枉殺了兩個人」，慶本「止曾」作「正會」，京本和慶本同。

20. 池本葉十九下，「做些功果」，慶本「果」作「德」，京本亦作「德」。

21. 池本葉十九下，「一向未曾對你說知」，慶本「未」作「不」，京本亦作「不」。

22. 池本葉二十下，「說他兩人謀財害命」，慶本前四字改為「冤枉了他」，京本和慶本同。

23. 池本葉二十一上，「無辜被戮」，慶本「被」作「受」，京本亦作「受」。

24. 池本葉二十一上，「執證他兩人」，慶本「執證」作「做弄」，京本和慶本同。

25. 池本葉二十一上，「並無他話」，慶本「話」作「說」，京本亦做「說」。

26. 池本葉二十二，「百年而絕」，慶本「絕」作「終」，京本亦作「終」。

由以上這些字句的異同來說，我們同樣可以發現，《京本通俗小說》的這篇文字，仍然是根據《恆言》的翻刻本而來，而絕不可能是馮夢龍編《三言》的時候採用了《京本小說》當作底本的。

或許有人會說，顧氏的校注本，在校該篇的時候，可能參考了《京本小說》，所以以上這些字句的異同難以為證。這一疑點筆者在補寫這些對照的時候也曾考慮過。但是顧氏校注的這個本子，其他各篇的字句也都有許多地方和葉敬池本不同，卻是根據哪一個本子的？所以我還是相信顧氏校注的世界文庫本所根據的底本，應當是另一個《恆言》的本子，最有可能當然就是那個翻刻的衍慶堂本，所以才敢在未見到衍慶堂原文以前，就再補入這篇對照，來作為前文的附錄。我想這樣子一來，對《京本通俗小說》全部的來源，大概都有了交代，這一本書之為繆荃蓀或其他後來的人摭拾《三言》殘篇而成，當再無異議了。

關於這篇校對表，本來是想在見了衍慶堂本原文之後，再為提出的，如果編輯先生認為現在這樣有所不妥的話，請不必刊出。就等以後再補足了。

胡萬川敬上 一九七七、七、廿一

編輯先生大鑒：

在將拙作〈京本通俗小說的新發現〉校樣及附錄寄出之後，隔了一個禮拜，就收到了夏威夷大學教授馬幼垣先生從東京寄來的衍慶堂刊本《恆言・錯斬崔寧》一篇的影印本，將這衍慶堂本原文和葉敬池本、《京本通俗小說》對校一下，其文字的異同，與前所寄上之附錄一文的結果完全相同，一字無誤。這樣一來，除了可以證明附錄的判斷無誤，並澈底解決了《京本通俗小說》這一段偽造的公案之外，同時也可以了解，顧學頡所謂的校注本，及世界文庫本的《恆言》，根本就是根據衍慶堂本而來，而不是什麼「出於葉敬池本，校以衍慶堂本」的本子。

《京本通俗小說》真偽的問題，到此總算全部澄清。在此，作者對馬幼垣教授的關懷和幫助，謹致以最高的謝意，如果不是他在百忙之中，抽空為我印來這份難得的資料，恐怕直到現在這個問題還不能解決，因此將此信附於拙作之後一併刊出，不勝感激之至。

一九七七、八、一一

後記：本篇原發表於《中華文化復興月刊》第十卷十期，一九七七年十月。原篇名：〈京本通俗小說的新發現〉。

再談《京本通俗小說》
──那宗訓先生〈京本通俗小說的新評價〉一文讀後

一

　　一九七七年十月，筆者曾發表〈京本通俗小說的新發現〉一文於《中華文化復興月刊》。該文主要是以校勘的方法來證明《京本通俗小說》（以下簡稱京本）爲錄自《警世通言》與《醒世恆言》（以下各簡稱《通言》、《恆言》）的僞書，絕不是《三言》以前之物，更不是什麼影元寫本。文章刊出至今已過七年多。其間，國內一直未有反響，倒是美國的馬幼垣教授與荷蘭的伊維德教授（Wilt Idema）曾分別來信告知海外的反應。

　　去年初夏，在東海大學中文研究所的碩士學生論文考試會上，有緣得遇那宗訓先生。雖是初遇，因彼此有著對傳統小說的共同興趣，因此不乏話題。當時即蒙那先生相告，謂他對京本的意見和筆者不同，不久將有一文提出討論。自己的文章能引起同好的興趣，還費心往互討論，不論是贊成或反對，總是好事，因爲對原作來說，都能更有啓發。而且問題在討論之下，總能更爲清楚。筆者因此一直期待

著那先生大作的發表。

　　那先生的文章是去年的十一月就發表了，題目是〈京本通俗小說的新評價〉，也是登在《中華文化復興月刊》，屬第十七卷十一期。那先生〈新評價〉該文主要是針對筆者前所發表的〈新發現〉而提出不同的意見。筆者若有辯解，理當儘速回覆。可是，稍有不巧，就在去年十一月下旬，內人入院手術，加上後來的調養復健，一下子便是兩三個月的忙迫生活，因此對那先生該文竟未能及時注意拜讀。直到今年二月，從論文目錄中才得知那先生文章已發表，及至取得文章拜讀，已是三月初旬。回覆稍遲，但望那先生及對此問題有所興趣的讀者能多包涵。

　　以下為使讀者們眉目清楚，方便對照，謹大略依那先生文章段落先後秩序，就有關問題與疑難，一一條舉討論。

二

　　那先生在〈新評價〉一文的〈前言〉一節中，首先提到「《京本通俗小說》是一部殘卷，一九二二年繆荃蓀先生在上海發現，把它印出來。」按，繆荃蓀生於道光二十四年（一八四四），死於一九一九年。一九二二年，繆氏作古已久，怎能又出來發現《京本》？文章一開始就有的這個小錯誤，或許是那先生的筆誤。

　　接著，那先生提出了他寫此文的基本假設：「如果我們先下一個假設：《京本通俗小說》是一本在《三言》出現以前，就有的書，而是馮夢龍氏把這本小說收在他的《三言》之中，看看是否也說得通。」

　　一個新的理論或見解的提出，通常是在對相關的領域有充分的了解，並掌握了具體足夠的資料，然後才歸納出來的。當然，有時也可以先來個「大膽的假設」，但這先行的假設之能夠成立與否，卻必須靠眞的「小心的求證」。那先生顯然是先有了假設，然後再來求證的。這自然也是考證的法門之一，只不過這種方法的運用，由於心中老是橫梗著這個先行的假設，因此往往使人在考證判斷時不大能夠十分確實「小心」，而多所牽纏。

三

　　那先生文章第二節〈否定理由〉，只是略舉馬幼垣教授〈京本通俗小說各篇的年代及其眞僞問題〉一文[①]，及筆者〈新發現〉一文中判定京本爲僞的數點結語，未有評述意見，因而也就沒什麼問題。

四

　　〈新評價〉的第三節〈時代〉。由於那先生心中早有了《京本》是在《三言》之前的假設，因此首先就判斷馮夢龍在編《三言》時，對《京本》原有的「我宋」這種能確定該作品爲宋代的用語，多半改爲「故宋」或「南宋」，同時也把「我朝元豐年間」改成「故宋朝中」。他很快的就下了結論：「由此可知，馮氏頗喜歡用『故宋』

[①] 馬幼垣教授該文首先發表於《清華學報》，新五卷一期（1965年7月），後來又加上補證，收入他的論文集《中國小說史集稿》，該論文集由時報出版公司1980年6月出版。本文凡引馬教授此文，皆據論文集所收，下不另注出。

的。」「這些『我宋』『我朝』是馮氏把《京本》原有的詞語改過來，是說得通的。」

那先生這種自以爲「說得通」的判斷，是建基在他自己的「假設」之上的。在還沒有進一步爲假設小心求證的時候，「說得通」「說不通」是很難講的。因爲持相反意見的人，也可以認爲說得通。馬幼垣教授前引文提到這個問題時就指出：「《京本通俗小說》毫無疑問是從《警世通言》和《醒世恆言》抽選出來的，編集年代自然也後於《三言》。至於編輯的動機，更是明顯，只是企圖僞託一本足以吸引大家注意力的所謂宋人話本集，所以盡將原文『故宋』一類字句，改爲『我宋』等語，以附合宋人語氣。」馬教授之提出這完全和那先生相反的說法，是在有了詳細的考證和推敲之後提出來的結論，和那先生從「假設」所提出來的說法，看似公說公理、婆說婆理，可是其說服力卻是大不相同。但是，究竟是誰通，要看追下去的考證。

五

〈新評價〉第四節〈人名和頭銜〉，首先提到筆者〈新發現〉一文校勘《通言・范鰍兒雙鏡重圓》（京本題爲〈馮玉梅團圓〉）一篇入話故事中的「列俊卿」一名。筆者當時因已有了充分的考證，認定《通言》的二個主要刊本兼善堂本與三桂堂本（以下提及這二本各簡稱兼本、桂本），是兼本爲原刻，在前；桂本爲翻刻，在後。因此在校勘《京本》與桂本、兼本時，發現「列俊卿」一名的變異問題。原來兼本提到此人時，清清楚楚的都是「列俊卿」，但桂本，由於字跡時有模糊脫缺，此「列」字便常有第一起筆橫畫缺壞的情形，致使該

字看起來便好像「劉」字的簡筆「刘」字，所以後來《京本》據桂本刊刻，便都將原來的「列」字改為劉的簡筆「刘」字，於是京本這個人名就成了「刘俊卿」。

那先生認為這種誤認是不可能的，他說：「相反地把『劉』誤認成『列』倒有可能。」「同時，姓『劉』也較姓『列』常見。在小說中，用姓『劉』較用姓『列』更易被人接受。」

到底是「劉」字（那先生原文正楷字）被誤認成「列」字比較可能，還是「列」字缺了第一筆橫畫被誤認成「刘」（簡筆字）比較可能，稍認國字的人都會有判斷的，此不必詳說。

重要的是，果如那先生所言，那就是馮夢龍編書時，特地將小說中常見的「劉」姓，改為罕見的「列」姓，我想那先生心裏大概也自覺矛盾吧！所以，那先生提出這個意見，反倒是在證明《京本》的刊者將「列」這個稀有姓氏，改為常見的「劉」姓。

那先生既認為〈范鰍兒〉篇是馮夢龍更改所謂的〈馮玉梅〉篇而來，因此他說〈范鰍兒〉篇中女主角「呂順哥」一名也是更改「馮玉梅」一名而成。因為此篇故事本自《摭青雜說》，當時《雜說》作者自云故事係「廣州有一兵官郝大夫」向其口述者，並非親自見過其人。那先生說：「傳聞難免失實。尤其是姓，把『馮』說成『呂』極有可能。而《摭青雜說》已佚，初稿或係手抄，手抄時倘寫草體，『馮』字亦極易誤認成『呂』。」

這種種猜謎遊戲，猜中的機會有多高，是永遠沒人能知道的。傳聞即使失實，又何以一定會把「馮」姓說成「呂」姓而不是其他各姓？又中國人的文章初稿當然是手抄，但何以這麼恰巧就會將「馮」字抄為草體，又抄得和「呂」字相似。憑空架臆，豈能作為考證之論

據？更何況，按那先生這等說法，私下裏更是已經確定了〈馮玉梅〉是一定早於《摭青雜說》的，不知論據又在哪裏？

　　接著那先生又說〈馮玉梅團圓〉這故事篇目曾見於《也是園》等三種書目，「在沒有任何證據認爲這些篇名並非是京本的〈馮玉梅團圓〉之前，我們就無法說，《京本》一定是抄自《警世通言》的。」其實，《京本》的這篇所謂〈馮玉梅團圓〉，除主角人名和〈范鰍兒〉不一樣以外，原是同一篇故事。而故事清清楚楚的有其本事依據。馬幼垣教授於前引文中，已經指述非常清楚，其本事分別見唐孟棨《本事詩》，宋王明清《摭青雜說》，馮夢龍《情史》。《摭青雜說》、《情史》女主角皆爲「呂氏」，《通言》作「呂順哥」。呂氏父親《摭青雜說》、《情史》、《通言》皆作「呂忠翊」。只有《京本》分別寫作「馮玉梅」、「馮忠翊」。依馬教授的見解，這情形是：「大概《京本通俗小說》的編者知悉前人有〈馮玉梅團圓〉一話本，但在當時已不可得，便故意將〈雙鏡重圓〉中重要腳色的名字更改，企圖託古。」筆者是同意馬教授意見的。

　　那先生之所以認爲馮夢龍將《京本》的「馮玉梅」改姓「呂」另外的理由是：「站在馮夢龍的地位來看，這篇女主角馮玉梅跟他同姓，不幸又嫁了一個反賊之姪，這多少有些使他不大舒服的。恐怕他也不願意有這樣的事情發生。他把『馮』改作『呂』是極有可能的。」這實在只是那先生以未完全了解該篇旨意所作的以自己之心度他人之腹的猜想。

　　按此篇故事，作者對男女主角都是採取正面人物，肯定的寫法。男主角范希周是一個善良的青年，其加入叛黨，是受挾持之不得已的行爲。他雖身在叛黨，可是無時無刻不以維護善良爲己任。而女主角呂順哥更是貞潔剛烈的好女子。但看故事結局一段結語，就

知作者對二人情感、性行的態度：「後人評論范鰍兒在逆黨中涅而不淄，好行方便，救了許多人性命，今日死裏逃生，夫妻再合，乃陰德積善之報也。」對於這樣有好結局的好人故事，即使女主角果眞姓「馮」，馮夢龍又何忌諱之有，一定要將它改掉？並且，如果要改這一個名字，何不只改姓，作「呂玉梅」，而一定要另取一名爲「呂順哥」？因爲如果眞是馮改了《京本》的名字，則對呂氏父親卻只改姓而不改名，這兩者的差異，那先生又何以說明？那先生如果能同意前引馬教授的說法，一切就清楚解決，沒這許多糾葛了。

那先生接著提到《京本》該篇的一段話：「豈期名將張所、岳飛、張俊、張浚、吳玠、吳璘等，屢敗金人。」這一段話在兼本《通言》是：「豈期名將張浚、岳飛、張俊、張浚、吳玠、吳璘等，屢敗金人。」而桂本《通言》這些人名則作：「張浚、岳飛、張俊、張浚、吳玠、吳璘。」那先生因爲一直先假設《京本》在《三言》之前，而《三言》中攸關校勘的兼本與桂本先後次序，那先生又認爲是桂本在前，兼本在後。因此，就又把猜測當證據，認爲這些人名之不同是「一個有力的證據」，足以認定馮夢龍因爲不了解宋朝有一個重要人物「張所」（那先生特別指出《宋史》有張所傳，並引了傳中一段證明張所之爲重要人物的話），所以首先在刊行桂本《通言》時，就將「張所」改爲「張浚」，於是「成了兩個張浚」。

那先生這種說法，筆者認爲未免推測得太過分了。因爲即使馮夢龍眞的如那先生文中一直強調的不通《宋史》，要改名字的話，也不可能笨到將一列並舉的名字改成「張浚、張浚」的，況且連下的還有一個「張俊」。而且照那先生的意思是認爲馮夢龍是認得「張浚」的，能夠識得宋人「張浚」的，大概不會不認得宋人「張所」吧！

如前所舉，《通言》原刊本兼本中這些人名原來是只有一個

「張浚」的，另一個不同的是「張榮」。那先生因為認定兼本是桂本的後刻，所以他說：「至於兼善堂本把後一個『張浚』改為『張榮』，恐係刻書人所改，也許是馮夢龍。」「『張榮』在《宋史》不見，諒係馮氏捏造者。」這又是由於誤判《京本》、桂本、兼本先後次序的猜想之辭。

無論「張所」在《宋史》中多麼有名，小說家寫作雖引據當時時事，若非絕對相關，原不一定非提他不可。那先生認為馮夢龍因不知宋代有一個鼎鼎大名的「張所」，所以在改編小說時硬將這個他不知道的「張所」改掉，於是首先成了兩個「張浚」，後來發現這樣也不對，於是在翻刻時又「捏造」一個「張榮」。

馮夢龍對宋事知道多少，筆者不敢說，但看他多種小說、筆記及相關眉批中屢提及宋人宋事，或許大概不會是一個只知道「岳飛」與「張浚」的人。並且，誠如那先生考證指出，岳飛曾在張所部下任職，馮夢龍既能知道岳飛、張浚，大概不會不知道張所吧。更何況，即使這篇小說不提張所，也沒什麼關係。這些話說來說去，實在顯得糾纏，要證明馮夢龍《宋史》懂多少，應當是另一篇考證的題目。

這裏實際上的情形應當是兼本原刊作：「張浚、岳飛、張俊、張榮、吳玠、吳璘。」後來的翻刻桂本誤成：「張浚、岳飛、張俊、張浚、吳玠、吳璘。」及至《京本》取桂本刊刻時因發現兩個「張浚」同時並列實在不通，於是就將其中的一個「張浚」改成一個稍讀《宋史》的人都知道的，鼎鼎大名的「張所」。

因本文係依照那先生行文先後逐段討論，所以有關兼本與桂本先後的問題，雖然在此已先提出自己的看法，但詳細的論證卻只好留下文交代。又筆者在此也要對以前為〈新發現〉一文時的一點疏忽致

歉，因當時筆者以兼本、桂本、《京本》文字相互對校時，此段人名之異同已曾校出，今翻閱昔時校稿，注語仍在，可是文章中卻未曾指出，致而此番又要多此一番解說。

那先生在此節中接著又提到〈陳可常端陽仙化〉（《京本》作〈菩薩蠻〉）篇中「兩國夫人」的問題。這「兩國夫人」是兼本的寫法，《京本》作「兩個夫人」。那先生對此異同的看法是：「馮氏不明宋制及韓世忠的傳記，而將『兩個夫人』亂改成『兩國夫人』。」關於這一點，馬幼垣教授前引文也有考證，原來「兩國夫人」是宋朝時婦女的一種封號，馬教授說：「可見《警世通言》的稱謂是對的，而《京本通俗小說》的編者，因不明宋朝制度，遂逕改為『兩個夫人』。」這種針鋒相對的意見似乎是見仁見智的問題，可是「兩國夫人」確是宋制，到底誰是誰非，誰不懂《宋史》，讀者們是該有一個判斷的。

可是，這其實都只是無謂的糾纏而已，只要明白兼本、《京本》先後次序，這原來都不成問題的，原來出問題的這地方筆者在〈新發現〉一文中已經校出，該篇兼本葉四上「兩國夫人」，桂本作「兩個夫人」，京本沿襲桂本，也作「兩個夫人」。《京本》只是延襲桂本的錯誤，了解了這點，一些《宋史》通不通的問題，原本就不是話題。

另外，在該節中那先生又提到〈崔待詔生死冤家〉（《京本》作〈碾玉觀音〉）篇中的「三陣節度使」的問題。作「三陣節度使」是兼本、桂本都一樣的，《京本》寫作「三鎮節度使」。那先生認為之所以如此，又是馮夢龍的不通，「想必馮氏並不知道『三鎮節度使』一詞，而有此誤。」按此「三陣」一詞，誠如那先生所言，實是不妥，但是筆者認為這比較可能的是刊刻的錯誤，所以後來《京本》據

以重刻時，便將「陣」字改爲「鎭」字。馮夢龍即使再笨，笨到不知道有「三鎭節度使」，大概也不會故意將它改成連別人也不一定知道的「三陣節度使」。

六

那先生文中第五節〈詞〉一段又提到〈馮玉梅〉篇中的問題，但他所說的語意不通，筆者全不知所云爲何。首先他指出《京本》該篇中的詞「簾捲水西樓……月子彎彎照幾洲。」及詞後的吳歌：「月子彎彎照幾州，幾家歡樂幾家愁，幾家夫婦同羅帳，幾家飄散在他州。」然後說：「《警世通言》與此完全相同。」接著又說田汝成《西湖遊覽志餘》也有同樣的這首歌與詞，不過歌的句子稍有不同：「月子彎彎照幾州，幾人歡樂幾人愁，幾人高樓行好酒，幾人飄蓬在外頭。」然後又說這首詞的原作者瞿宗吉生年與馮夢龍相差兩百年以上，「實在無法用它來作爲證據，證明《京本》必係抄自《警世通言》。誰在先，誰在後，一看即知。這一例倒可證明《京本》是在《三言》以前的。」

這些判斷眞讓人不知是在說什麼。既然他自己也說了這兩首詩歌在《京本》和《通言》裏字句「完全相同」，怎麼能當作例證來證明《京本》是在《三言》以前？而又扯馮夢龍離瞿佑時代多久，不知爲了證明什麼？

七

那先生文章第六節〈書目及宋人小說〉說：「至於《三言》中收《京本》的，較之《清平山堂話本》和《熊龍峯小說》爲多，篇篇皆收，令人起疑。這更沒有甚麼奇怪。《京本》各篇寫法，確較他書爲優，而且只有幾篇，篇篇皆收，理所當然。」按照那先生的說法，是因爲《京本》只有幾篇而已，而且每篇都好，所以當然馮夢龍編書時全都收了進去。但是，現在所知道的所謂《京本》篇數，已遠比現存《熊龍峯所刊小說》多得多，更何況，如照繆氏刊《京本》時的話來看，則《京本》最少是有十六篇以上的（〈馮玉梅團圓〉即注明是第十六卷），比起《熊刊》只存四種來說，《京本》就不能說是「只有幾篇」。

八

那先生文章第七節〈三桂堂本〉一大段所討論的便是攸關《京本》、《通言》先後問題的關鍵所在，所提的正是校勘上的內證問題。

要討論這個問題，首先得弄清《通言》兼本與桂本的先後。那先生在這一節中首先摘錄筆者〈新發現〉一文中所舉藉以判斷桂本爲兼本翻刻的四項理由。由於那先生對筆者原來的意見只是摘錄，然後即以己意推敲，因此所提反駁理由可以說根本不能成立。

筆者在發現中央圖書館所藏《通言》一書爲世所罕見的三桂堂

四十卷本之後，爲辨明該本與兼本的先後問題（因此二本之先後問題，以前學界曾有過不同意見），曾在較早發表的〈馮夢龍所編話本小說《三言》的版本與流傳〉（發表於《中華文化復興月刊》第九卷第六期）一文中加以對比論述，證明桂本確係兼本之後的翻刻本。

如今那先生說針對筆者的意見提出相反的看法，爲使讀者能對此問題有一個更清楚的認識，只好不憚其煩的將筆者在該文中的意見重新錄出，以便與那先生的意見逐條對比討論。

筆者判斷桂本在兼本之後的理由，在上述文中的原文如下：

（一）以二書之插圖而言，兼本有四十葉，八十面；桂本比兼本少二十葉，僅得二十葉，四十面，而其所存插圖皆刪去兼本圖上原有所題之詩句……。刪去插圖蓋所有三桂堂本之所同然，孫楷第與李田意所見之三桂堂三十六卷本，圖亦皆不全。孫氏所言不全之詳情如何不得而知，李氏所見之本則僅十八葉，三十六面。

兼本所有之圖每一葉二面屬一篇故事，其圖上所題詩句即指明該圖所繪之故事屬何篇者。今桂本圖只存二十葉四十面，而皆去圖上之詩句，蓋因此乃可以其四十面之圖而誆爲屬於四十篇故事之插圖，此乃類乎蒙混世人，當非原刊者之所爲。由插圖之草率，即可見桂本當在兼本之後。

（二）即就二本所印之眉批而言，兼本之眉批比桂本多出一百三十幾則。此雖未即構成直接證據，可資證明二者孰爲原本，然更就其所印批語之殘缺而言，則亦可見桂本當在兼本之後。

如卷一葉八下頁第十行起至葉九上頁第三行止，兼本有批爲：「始而慢，繼而疑，繼而敬，繼而愛，而終於相親不捨，古人交誼眞不可及。」而桂本此處之批則但有葉八上頁之「始而慢，繼而疑，繼

而」，接下葉九上頁之處全爲空白，使此批語爲不成語氣。

又卷十一，葉十二下頁第十九行起至次頁第一行止，兼本此上有批：「徐用堪坐忠義堂一把交椅。」而桂本則也有葉十二下頁之「徐用堪坐忠義堂一」，亦不成語氣。

又卷十二，葉六下頁第十行起至次頁第二行止，兼本此上有批：「好人中有賊人，賊人中有好人，俗語盲鰍本此。」而桂本則但有葉七上頁之批：「中有好人，俗語盲□本此。」而無其前段，則亦不知所云矣。

又卷二十，葉六下頁第三行至第四行兼本此上有批：「爹娘也管不得許多，押番太多事。」相應處，桂本也有批云：「不得許多，押番太多事。」語亦不全。

由此種種眉批之殘缺斷落，即可知桂本當在兼本之後。

（三）更就本文文字而言，桂本多簡筆，且有後人依兼本更改之痕跡。

如第九卷第十六葉下頁第六至第七行兼本本文爲：「天下殿前尙容乘馬行，華陰縣裏不許我騎驢入，請驗金牌。」此處桂本之「請」字原印作「獄」字，被人用硃筆劃去，於字旁另寫「請」字；其「行」字印刷不明，亦用硃筆重新勾勒。此改正之處，可能爲當時讀此書者，或竟是此書之刊者本人，曾據其以爲較早之兼本對校過，因改桂本之錯字。此亦可知桂本當在兼本之後。而桂本文字簡筆之情形，如學字多作「孝」，會作「会」等不一而足，而兼本則多爲正體文字，印刷亦較桂本整齊。

由桂本印刷之多簡筆草率而言，亦可爲其當在印刷精整之兼本以後之旁證。

（四）又就二書之目錄不同處而言，亦可見桂本有後來更改之痕跡。

如桂本卷二十三正文題目作〈樂小舍拼生覓偶〉與兼本正文題目相同。此篇兼本書前之目錄仍題為〈樂小舍拼生覓偶〉，而桂本書前之目錄則改為〈樂小舍拼生覓喜順〉。

桂本之所以必須作此一更動者，乃因其既已刪去原兼本所有之第二十四卷〈玉堂春落難逢夫〉篇，而代之以〈卓文君慧眼識相如〉篇，則其原書第二十三卷之題目若仍保留為〈樂小舍拼生覓偶〉，便與此第二十四卷〈卓文君慧眼識相如〉不成對仗。因馮氏編《三言》時，其書前題目皆每兩篇篇目成一對偶，故桂本之刊行者於印此書之目錄時乃須有此更動，以合全書之體例。（桂本第二十四卷正文題目為〈卓文君具眼奔相如〉，而書前目錄之作〈卓文君慧眼識相如〉者，亦為求對偶故）。

由此篇目之更動當亦可見桂本實在兼本之後。

就上舉四端而言，桂本之必後於兼本者，當可確定矣，而其書較之兼本之所以更換第二十四卷〈玉堂春〉篇與第四十卷〈旌陽宮〉篇為〈卓文君〉篇與〈葉法師〉篇者，或如鄭振鐸所云，因兼本此二篇篇幅過長之故。（〈玉堂春〉篇長五十二葉，〈旌陽宮〉篇長八十三葉。而〈卓文君〉篇只得七葉，〈葉法師〉篇只得十四葉）。

以上是筆者當時考訂桂本必在兼本之後的原文，後來在寫〈新發現〉一文時，便摘其大要，不錄全文。底下亦全錄那先生對筆者以上這四點的批評，然後逐條加以討論：

（一）三桂堂本因為較早，插圖也少。兼善堂本是後來才增加不少插圖的。

　　按桂本之插圖係取兼本插圖而刪落抹字，前引文中已有說明，不是後來兼本再加上去的。馮夢龍經手所刊天許齋版《平妖傳》初刻，亦有精美插圖四十葉八十幅，每二幅繪一回事（《平妖傳》共四十回）。其他《三言》系列之《古今小說》，《恆言》之初刻插圖亦皆爲四十葉八十幅，每二幅指一篇故事，作風全同。由此證明《通言》之初刻亦必係作風相同之兼本，而不是作風草率之桂本。

　　（二）三桂堂本的批語是早期批語，數量少，詞句也未多加修飾；到了兼善堂本，才加以修飾，並增加不少批語。

　　可是，對筆者上舉的那些段落不全不成語句的桂本批語，那先生該作何解釋？難道是桂本首先就寫出了這等不成話的話？

　　（三）排印先後，絕對不能以簡筆字有無來決定。很多小說，早期版本多簡筆字，後來才改爲正楷的。如：《三國志平話》就是一例。我們以後仍要討論這個問題。

　　按，筆者並不是「絕對」的以簡筆字的有無來判斷小說刊刻的先後，而只是就《通言》中的兼本與桂本的比較來論而已。筆者當然知道有很多早期的小說版本多簡筆字，但這和兼本與桂本的比較是無關的。

　　又那先生舉《三國志平話》一書爲例，來說明早期小說多簡筆，後來才改爲正楷。筆者不敏，不知舊刊本當中的《三國志平話》竟有正楷刊行的版本，不知那先生是哪裏見到《三國志平話》正楷刊本的？如果眞有這樣的本子，那先生眞該將它影印出來，或指示出來，以造福學界。（現在人如果要將該書改成鉛印正楷出版，當然不能算數。）

　　（四）早期的《警世通言》，可能是三桂堂本的樣子，第二十三

卷正文和書前回目不同，因而兼善堂本才把它統一起來。

按，這裏實在不只是回目的問題，而且牽涉到篇幅的問題，前人對此論之已詳，筆者前文中亦已提及。並且，以《古今小說》、兼本《通言》、《恆言》這三書一系來說，回目原來都沒有問題，何以獨獨要說是桂本先有問題，然後再來改正？

有了這樣的對比與解說，相信讀者們是再也不會相信桂本是原刊本，而兼本是在後的說法了。

誰知那先生在費力的提出他的這些反駁意見之後，竟然又說：「當然三桂堂本是否比兼善堂本爲早，並不是我們主要問題。」然則，若不是主要問題，他提出這些不成立的反駁意見用意何在？

大概那先生認爲的「主要問題」是在直接的對比校勘。然則，對比校勘之前若不先確定兼本、桂本的先後，又何必校勘。但是我們還是來看看校勘的問題。

在此，筆者要對以前寫〈新發現〉一文時的校勘方式作一補充說明。

筆者當時是在判定桂本確係兼本的後來翻刻本之後，才以該二本來與《京本》反覆對勘的。對勘之後，發現桂本文字與兼本有些許不同，《京本》與兼本也一樣。其中桂本之不同於兼本之處，幾乎全爲《京本》所承襲。當然，其中也有《京本》自己改字，而與二本《通言》都相異之處。重要的是這《京本》獨自的異處，二本《通言》都是相同的。筆者當時認爲此一部分實不必勾出，因爲在校勘上，要說明這三者之間的傳承關係，既已判定桂本係兼本的翻刻本（此實爲最主要問題，並不是像那先生所說的不是主要問題），並發現桂本與兼本文字之異處，皆爲《京本》所承襲，自然就足以證明《京本》是從

《通言》的這個後刻本來。至於二本《通言》並無相異之處，而《京本》自異的文字，實際便與這問題的澄清無關。因為通俗小說的刊刻，雖然同為一書，然而或因刻印校勘不精，或因刊刻者有意更動，於是文字上後來者有別於前刻者是常見的例子。桂本之與兼本文字之異處就是如此。《平妖傳》之諸清刻本文字稍有不同於馮夢龍原刻本也是一樣的道理。《京本小說》於對桂本《通言》之有這種情形，便也不足為怪。當時筆者之所以不將這部分《京本》獨異，而二本《通言》相同的部分也一併錄出，因為既已校出桂本之與兼本不同處皆為《京本》所承襲，自可見出《京本》不可能在兼本之前，而是在桂本之後。並且當時〈新發現〉一文所列此項比勘文字已甚繁多，因此這些不相關的文字就沒有並列舉出。

筆者當時為文對此校勘原則未曾詳加說明，而只提到《京本》「這位編者在刊刻他的《京本小說》以前，為了取信於人說這是『元人寫本』，是另外動了些手腳的，譬如他屢次將《通言》中的『故宋』等字眼，改成『我朝』『我宋』等等，又因為看到《也是園書目》宋人詞話有〈馮玉梅團圓〉這個篇名，於是將《通言》的〈范鰍兒〉篇名改為〈馮玉梅團圓〉，都是同一伎倆，前引馬氏文已有論證頗詳，在校對的時候是不必特為提出的。」這樣的說明當然稍嫌不夠，所以如今藉這個機會特為補足如上。

有了這個說明，再看那先生文中詳舉的這些《京本》獨異，而二本《通言》相同的部分，便覺沒什麼特殊意義了。那先生據此而斷言：「這完全打破了三桂堂本就是《京本》底本的可能，因為三桂堂本與兼善堂本更為接近。」這一段便是不著邊際的話。兼本是《通言》，桂本也是《通言》，一個是初刻，一個是翻刻，兩種本子當然比後來又翻刻的《京本》更為接近，這怎麼能打破桂本是《京本》

底本的可能？那先生難道對筆者〈新發現〉一文中列舉的數十條《京本》沿襲桂本，而與兼本相異的例證都視而不見？

在這一節裏，其實比較上像是問題的，只是那先生舉出的〈崔待詔〉篇中的一句，桂本作「甚色日人工是」，而兼本及京本俱作「甚色目人正是」。那先生在舉了這「一條」例子之後說：「現在出現了不少個例子，《京本》與三桂堂本不合，反而跟兼善堂本相合，再加上前面提到過的『張所』和『三鎮節度使』一類問題，我們堅決相信，《京本》並非從三桂堂本而來的。」

「一條」單獨的例子，不知為什麼到了下斷語的時候，竟然會變成「不少個例子」，這種考據法，不知從何而來？（有關張所與三鎮的問題，前文已有解說，此不贅。）

其實以這一條單單孤孤的例子來說，其間異同是很容易說明的。即使不是因為桂本原文刊刻模糊（桂本文字多有脫缺模糊，前已言之），稍微讀過一點點中國通俗小說的人也都知道，這種情節轉折處的慣用語是：「是甚色目人，正是」，而絕不會是「是甚色日人，工是」的。如果這不是由於桂本的文字不清，能夠刊刻《京本》這種小說的人，大概是有足夠的知識將這兩個明顯的錯字拉回正常的。這並不能作為什麼有力的證據。那先生以這樣一條不甚有力的例子就作了「堅決相信」，未免太過「堅決」。

九

那先生文章第八節〈衍慶堂本〉，討論的是《恆言》的〈十五貫戲言成巧禍〉（《京本》作〈錯斬崔寧〉）。

　　筆者當時在校勘了《通言》與《京本》的文字之後，即有一判斷，即《京本》是由《三言》抽刊而來，但當時《京本》中選自《恆言》的這一篇，足供校勘之用的卻只有世界書局影印的原刻本葉敬池本（底下簡稱池本）。兩本對照，雖然發現文字亦有異同，但一時之間未能確定《京本》所據。當時友人有見筆者已校出的《京本》與《通言》部分，以為頗為重要，建議可先行發表，因此便先將該部分公布。

　　當時雖然一時未能確定《京本》此篇之與《恆言》異處何所自而來，但是據書目及專家考證，早知《恆言》今傳世者有三種版本，即葉敬池本，葉敬溪本及後來翻刻流行的衍慶堂本（下簡稱衍本）。葉敬池本與葉敬溪本據李田意先生對照結果，係同版後印，文字全同。筆者當時即推測，《京本》之與《恆言》異處，必係沿自衍本。衍本是專家業已考訂清楚的後來翻刻本，因此在問題的處理上就不會如《通言》之桂本與兼本須先有一翻先後的論證。

　　然而問題就在於臺灣各地並無此衍本。

　　後來，臺北鼎文書局影印了大陸學者顧學頡校注排印的《恆言》一書，據出版者楊家駱先生的出版識語所言，顧注本「雖云出於葉敬池本，然駱校之，實多出入；況注時參校後出之衍慶堂本，於原文每有改訂。」既提到衍本，筆者在未能獲得衍本舊刊眞本以前，無奈之下，便先以之與池本、《京本》對勘。結果發現，一如《京本》與《通言》之情形，凡顧注本文字與池本異處，又皆為《京本》所延襲。筆者當時即判斷這顧注本所據實是衍本，而不是什麼「出於葉敬池本」的東西。於是接著便將這篇部分的三者校勘文字寫出，補入前已校出的《通言》部分。

但是，作爲校勘之用，這種鉛字重排本實際是不能用以爲據的。而所以這樣做，是萬不得已的下策。

當時適有一美國友人Niki Croghan（顧柔恩）在東京，筆者即拜託她專程到內閣文庫代爲複印衍本《恆言》該篇，但是由於這一個朋友雖理解中文，卻不是小說研究者，因此拖了許久之後，印回來的卻是池本《恆言》的東西。好在不久就與馬幼垣教授在臺北相識（一九七七年六月），而他又剛好要有東京之行，因此便又託他代印衍本該篇。在收到馬教授寄來的影本之後，筆者即時據以複校，發現顧注本果然是據衍本排印而成。當時便將此複校結果致函《中華文化復興月刊》編輯，承蒙及時補入。此函在〈新發現〉一文之後，讀者可取以覆實。

當初之所以先以顧注本校勘，實在是萬不得已的作法，因爲當時是弄不到衍本的。然而這種萬不得已的情況，在校勘上實在冒有甚大的危險。筆者當時據顧注本校出，雖相信自己以《京本》該篇爲來自衍本的判斷大體無誤，但心中始終感到有所不足，因此才有一遇機會便請人代印原本的事。而今，那先生要反駁筆者的意見，所根據的卻仍然是顧注本，其不足當然也是一樣的。而且，那先生似乎並沒注意到，當〈新發現〉一文刊出時，出自《恆言》的該篇，筆者是已經用衍本複校過的。那先生在這一節裏所提出的，自以爲最關鍵性的，最足以據以駁倒筆者原先意見的四條校勘，卻原來只是受到顧注本亂改文字的欺騙與誤導而已。問題原來就不存在的。

那先生在本節的校勘文字中，首先舉出了筆者原來未予列出的衍本與池本同，但《京本》獨異的部分文字（其不列之原則已如前述），就下了結論：「這就不能說，《京本》必定來自衍本」，依筆者看，他大概又忽略了〈新發現〉一文中所列的二十七條衍本改池

本，而爲《京本》所承襲的例子了，否則是不會說出這種結論來的。《京本》文字自異，衍本與池本無異處，原是《京本》刊刻時自改，與池本、衍本無關，亦無損於筆者原先之判斷，其理亦已如前述。

　　被那先生認爲最關鍵，最嚴重，最不能解釋的四條校勘，依那先生原文列之如下：

京本頁碼	京本及葉本	衍本（按，其實是顧注本）
一上七行	早早	蚤蚤
二上九行	休得	不得
五上一行	憐念	看顧
十一上六行	蹺蹊	蹊蹺

　　那先生認爲如果按筆者之說法，《京本》是由衍本而來，何以竟有《京本》與葉本（即池本）文字相同，而衍本獨異的這種情形？因此又下了斷語：「《京本》〈錯斬崔寧〉並不是來自《醒世恆言》，《京本》一定較《醒世恆言》爲早。後來馮夢龍編入之後，有一些改動，每一次刻版，都有一些改動。所以才有葉敬池本和衍慶堂本《醒世恆言》的不同。」這一段話未免說得太唐突。在沒有其他充分舉證的條件下，就咬定《京本》「一定」早於《恆言》，似乎有些草率。並且，按其語意，似乎說池本和衍本兩種《恆言》刊本都是馮夢龍自己編印刊行的。葉敬池本是馮刻《恆言》原刻本沒問題，可是如果認爲衍慶堂本《恆言》也是馮夢龍再編再改再刊行的，卻不知是根據著什麼說的！

　　這四條那先生認定的鐵證，其實正是那先生爲顧注鉛印重排本所誤，然後作出以誤導誤的推論所在。原來衍慶堂本文字時有缺脫模

糊，顧注本據以重排時，於文字缺脫模糊處，不是遽以己意補入，就是據《今古奇觀》校對（那些《恆言》小說被收入《今古奇觀》的幾篇），而不是誠實的留著空白，也不是以他本《恆言》校勘（顧氏於注釋時，這種以意補，以《今古奇觀》校的地方，有時已自己指出。今顧注本隨處可見，讀者有興趣可拿來一翻便知。然而仍然有大多數的地方以己意改動的，顧氏並沒有誠實的說出來。）這種不誠實的「校注本」有時真會害死人。

上舉的這個例子，今依池本、衍本、京本、顧本排列如下：

	池本	衍本	京本	顧本
1.	早早	蚤蚤	早早	蚤蚤
2.	休得	（脫缺）	休得	不得
3.	憐念	（脫缺）	憐念	看顧
4.	蹺蹊	蹺蹊	蹺蹊	蹊蹺

顧注本所據確是衍本，觀上列四例更可清楚無疑。其中第2與第3兩例，衍本原字脫缺，顧氏妄以己意補為「不得」與「看顧」。這「不得」與「看顧」並非衍本原文。而第4「蹺蹊」一例，更只是顧氏自以為是的調成「蹊蹺」，衍本原文自是「蹺蹊」。至於第一例，池本「早早」，衍本作「蚤蚤」，是俗字，《京本》刊刻時再改用正字，原不足為怪。而《京本》之2、3兩例之與池本同，若說它原據衍本而來，亦不為過，只不過那位《京本》的編刊者對小說語氣的揣摩較顧氏高明，故而能改回與池本原意符合而已。這原本就不能作為《京本》在《恆言》之前的例證。

為求存真起見，茲將出現這幾處關鍵文字的衍本諸頁影印附於文

後，並附以池本相關處一頁，以為對比。衍本行款與池本不同，讀者一見自然明白。

十

　　那先生文章第九節談〈俗字〉部分。首先，那先生認為：「《京本》的俗字寫法統一，必定是一個對俗字有極深刻認識的人，才能寫出來。這人也只有生在明代才有可能。絕不是對『減筆小寫，閱者令人生笑』的繆荃蓀所偽造出來的。」這段話的前半段說對了，偽刻《京本》的人一定是對俗字極有深刻認識的人才能搞得出來。可是後半段的話，那氏卻就又像笑馮夢龍不通《宋史》一樣的，小看了繆荃蓀。只要稍知繆氏生平的人都知道，繆氏是清末民初一個大大有名的圖書版本專家，雖然《京本》之偽至今未能十分確定出自誰手，但卻似乎只有像繆氏這種深具歷代圖書文字知識的人才能造得出來。

　　那先生接著又說：「胡萬川先生認為三本的簡筆字，與京本是一致的。」按，翻遍〈新發現〉一文，筆者從未說過這兩者文字「是一致的」這樣的話。筆者說的，而且那先生文中也引的，只是「《京本通俗小說》喜用簡筆字，並不是它根據的是真正甚麼古本，而仍然是沿襲三桂堂本的作風而來。三桂堂本多用簡筆字，前已提及。」說的只是「沿襲」「作風」。「沿襲」和「一致」兩者是大有分別的。

　　筆者當時之所以說沿襲，因為在校對時已發現兼本《通言》是通體正楷，相較之下，桂本便有許多簡筆字。但校以《京本》，則《京本》之簡筆字又多於桂本。筆者不說「一致」而只是「沿襲」，便是此意。

　　按以中國通俗小說刊刻情形，以今所見版本爲據，簡筆字以早期元人所刊平話及成化年間所刊說唱詞話等這些早期坊本用得較多，到了萬曆崇禎之際，江南一地所刻小說，因得文人如馮夢龍之流的重視與參預，所刻小說便多見正楷工整。後來大約明末清初以下，翻刻小說者便又有些趨向草率的作風出現，文字間便時有簡筆字出現。但此時的簡筆字，卻不似元刊平話般的用得滿篇皆是。三桂堂本的作風正是明末清初以下這種作風的一種代表。《平妖傳》的清代翻刻本也有類似的情形，常有簡筆字，但不似元刊平話之多而草。

　　當初，拿《通言》、《恆言》翻刻本殘卷僞造《京本》的人，大概看到像桂本《通言》這種簡筆的方式，看起來不夠古，於是，爲了使他的書讓人看起來覺得更古些（使人看起來像眞的仿元刊本），就精心雕造出仿古簡筆的樣子，來刊刻哄人。這個人搞這本僞書，確實是花了大心機的。在這裏還要清楚的一點是，像繆氏這種愛書的人，說發現了他所謂的「影元人寫本」這樣稀見的古本，可是爲什麼從來就沒有人看到他的這些本子？而且一直到現在都一無下落。而且當初他爲什麼不依原書複製出版，而一定要重刻一次？

　　邢先生有關這一節的結論是下在他文章中的下一節〈結論〉裏，他說：「《京本》有大量俗字，這些俗字更能表現出和現代寫法一致，並不是後人所能模仿的。」這樣的結論，有了以上的對比分析，筆者認爲是應當重新修正的。

十一

　　邢先生的〈結論〉一節，終於作了總結：「證明《京本》是在《三言》出現以前就存在的。我認爲我是作到了。」按，讀者只要讀

了筆者對那先生諸種猜測與判斷的分析，大概就會發現，他所提出的反駁意見，基本上多半是不能成立的。當然，由這些不能成立的理由所推衍出來的結論，仍然是不能成立的。有興趣的朋友，可更拿前引馬教授一文及筆者〈新發現〉一文與那先生此文對看。

十二

　　以較近所出的孫楷第與大塚秀高兩本通俗小說書目記載《通言》、《恆言》各版本藏度地點來看，《通言》的原刻本兼善堂本只有日本尚有，中國是一部也沒有了。而三桂堂刊本在中國地區則至少還可見到四部。《恆言》的原刻本葉敬池本也是只見於日本收藏，中國則是一部也見不到。至於衍慶堂本《恆言》則在中國本部至少還有三部。由此可見桂本《通言》與衍本《恆言》對於一個愛好古書的人來說是一直不十分難見的，因此有心人在這類小說還不十分受到收藏家注意的民國初年，得到了他以為珍祕的桂本《通言》與衍本《恆言》，便刻意的抽出數篇，造出了這麼一部《京本》的偽書來了。好在這個造假的人是生在中國，拿不到兼本《通言》與池本《恆言》，否則，如果他是到日本拿了兼本與池本再來翻刻造假，那麼問題可就難辦了。因為這樣一來，《京本》的文字便和《通言》與《恆言》的初刻本相近，而與翻刻本相遠，是誰先誰後的問題可就不是校勘所能為力的了。這大概也是天意，幸而日本還保留了這二本書的原刊本，足供我們對照之用。也幸而這原刊本沒被那偽造者取得。

十三

　　筆者〈新發現〉一文發表至今，在國內首次見到像那先生這樣肯細心推敲，並且將不同意見發表出來的人，心中十分高興。因為，如果沒有那先生的反問質疑，或許以前自己也感到一些不足的地方，大概是不會發心再來一次補充說明的。

　　由於有了這一番往復的討論，筆者終於能夠將〈新發現〉一文中未說透澈的話，有了補足的機會。就這一點來說，筆者是相當感謝那先生的。也因為有了這一番補充，筆者終於能夠用像那先生一樣堅定的語氣，再肯定〈新發現〉一文中原有的判斷：《京本》是錄自《三言》的偽書。那轉錄的次序是這樣的：

　　兼本《通言》→桂本《通言》→京本。
　　池本《恆言》→衍本《恆言》→京本。

附錄：插圖四張

▼葉敬池刊本

敘了寒溫及得官的事復持寫下一行道是我在京
中早晚無人照管巴討了一個小老婆專候夫人到
京同享榮華家人收了書稟一逕到家見了夫人稱
說賀喜因取家書呈上夫人拆開看了見是如此如
此起服這般便對家人道官人直恁沒恩甫能得官
便娶了二夫人家人便道小人在京並沒見有此事
想是官人戲謔之言夫人到京便知端的休得憂慮
夫人道恁地說我也罷了却因人舟未便一面收拾
起身一面覓便人先寄封平安家書到京中去那
寄書人到了京中尋問新科魏榜眼寓所下了家書

▼衍慶堂刊本

個奴家爹娘也在褚家堂左側苦得哥哥帶挈奴家同走
一程可知是好那後生道有何不可旣知此說小人情原
伏侍小娘子前去兩个厮趕着一路正行行不到三二里
因地只見後面兩個人脚不點地趕上前來趕得汗流氣
喘衣服搬開連叫前面小娘子慢走我却有話說卻小娘
子與那後生看見趕得蹺蹊都立住了脚後邊兩個趕到
跟前見了小娘子與那後生不容分說一家扯了一個說
道你們幹得好事都走往那裏去小娘子喫了一驚擧眼
看時却是兩家隣舍一個就是小娘子昨夜借宿的主人
小娘子便道昨夜也須告過公公得知丈夫無端賣我我
自去對爹娘說知今日趕來却有何說朱三老道我不管
閒帳只是你家裏有殺人公事你須回去對理小娘子道

▼衍慶堂刊本

虎易開口告人難如今的時勢再有誰似泰山嗻一
我的只索守困若去求人便是勞而無功丈人便道這也
難怪你說老漢卻是看你們不過今日贊助你些少本錢、
胡亂去開個柴米店教得些利息來過日子卻不好麼、劉
官人道感蒙泰山恩顧可知是好當下喚了午飯丈人取
出十五貫錢來付與劉官人道姐夫且將這些錢去收拾
起店面開張有日、我便再應付你十貫你妻子且留在此
過幾日待有了開店日子老漢親送女見到你家就來與
你作賀意下如何、劉官人謝了又謝了錢一逕出門、到
得城中天色卻早晚了卻撞著一個相識順路在他家門
首經過那人也要做經紀的入就與他商量一會可知是
好便去識那人門時裏面有人應諾出來相揖便問老兄

▼衍慶堂刊本

見有此事想是官人戲謔之言夫人到京師知

要慮夫人道怎地說我也罷了郝因人舟未便二而齊接

起身一面尋覓便人先將封平安家書到京中去那齊接

人到了京中等問新科魏榜眼寓所下了家書管待酒飯

自回了不題卻說魏生拆開來看了並無一句閒言問

話只說道你在京中娶子一個小老婆我在家中也娶了

一個小老公早驚同赴京師也魏生見了也只道是夫人

取笑的說話全不在意未及坡好外面報說有個同年相

訪京邸寓中不比在家賞轄那人又是相辱的同年又恥

得魏生並無家眷在內齊至裏面坐下敘了些寒溫魏生

得好笑故意朗誦起來魏生措手不及通紅了臉說道這

起身去解手那同年偶翻桌上書帖看見了道對家書寫

後記：本篇原發表於《中華文化復興月刊》第十八卷九期
一九八五年九月。

馮夢龍所編話本小說《三言》的版本與流傳

　　馮夢龍編纂之小說為數頗多，依其體裁而言，約可分為三類，即短篇話本①、長篇小說與文言之筆記小說。其短篇話本小說之編纂，乃自宋元話本小說興盛以來最大一次結集，存古之功至鉅，影響於後世者最大，亦為馮氏對中國小說最重要之貢獻。而其所編之長篇小說，雖亦多屬改編前人舊作而成，然以其改本較之原作，則細緻與樸拙之分立見，即置之歷來長篇小說之中，亦堪稱佳構。此亦皆馮氏用心之所成，宜其膾炙人口而為中國小說之一要籍。至於其筆記諸書，多輯古今軼事，但務為博聞而已，與歷來同類書籍大體無差，蓋非馮氏專精之所在。且其於後世文學之影響亦不若前二者之重要。以篇幅所限，且先述論其所編話本集《三言》之版本及流傳情形。於篇後並略為辯明後人假託馮氏名義所輯話本各書，以免有魚目混珠之嘆。

---

① 宋人說話分四家，其所用底本原皆可稱話本，然此處為方便計，僅只用於稱其中小說一項，即演述「煙粉、靈怪、公案、傳奇、朴刀、桿棒、發跡變態之事」等之短篇話本，及後來文人以此體裁寫作之話本而言。其講史一種及其他較長小說則歸之於長篇小說一類。至於既非話本又非長篇之文言短篇雜記、故事等則皆歸之於筆記小說類。

一、《古今小說》

《古今小說》即後來所稱之《喻世明言》，共收話本四十篇，乃馮氏最早刊行之話本集，與後來陸續刊行之《警世通言》、《醒世恆言》合稱《三言》②。

馮氏編行《三言》之時，皆不用本名或其素日習用之「墨憨齋」「龍子猶」等別號，而以其他異名署之，故諸舊方志、目錄等於著錄馮氏作品之時，皆未提及。

然就其他各書所載者考之，則《三言》固為馮氏所編無疑。刊行《醒世恆言》一書之金閶葉敬池，於其所印馮氏另一著作——墨憨齋《新列國志》之封面曾有識語云：「墨憨齋向纂《新平妖傳》及《明言》、《通言》、《恆言》諸刻，膾炙人口。」③即已指出《三言》為馮夢龍所編。蓋墨憨齋即馮夢龍。此外即空觀主人（凌濛初）於其《拍案驚奇》之自序，亦曰：「獨龍子猶氏所輯《喻世》等書，頗存雅道，時著良規。」④《今古奇觀》姑蘇笑花主人之序亦云：「墨憨齋增補《平妖》，窮工極變，不失本末，其技在《三國》《水滸》之間。至所纂《喻世》、《警世》、《醒世》三言，極摹人情世故

---

② 《三言》之稱甚早即有，葉敬池本《醒世恆言》隴西可一居士序云：「吾不知視此《三言》者，得失何如也。」可證。

③ 《新列國志》此地無藏版，今據塩谷溫〈論明之小說三言及其他〉一文轉引。見氏所著，孫琅工譯，《中國文學概論》附錄。臺北：開明書店，1970年12月臺一版，頁519。

④ 明即空觀主人：《拍案驚奇》。此地無藏原版。茲據臺北世界書局，1962年12月排印本，此後引該書皆即此本。

之歧，傳寫悲歡離合之致，可謂欽異拔新，洞心駴目。」⑤而假託爲馮氏遺稿之《二刻醒世恆言》，其苎齋主人之序，所云亦同：「墨憨齋所纂《喻世》、《警世》、《醒世》三言，備擬人情世態，悲歡離合，窮工極變。」⑥皆以《三言》爲馮夢龍所編。此所舉之前三者皆出於明末，與馮氏約略同時，《二刻醒世恆言》亦出於清初，與馮氏所距不遠，故所言並皆可信。由此而知，《明言》、《通言》、《恆言》三書，實皆馮氏所編，且甚早即有《三言》之合稱。

　　惟據上引諸書所言，馮氏所編者乃《喻世》、《警世》、《醒世》三種而已，未曾提及有《古今小說》。然今所傳馮氏所編話本小說集，唯《古今小說》，與《警世》、《醒世》有足本，而名爲《喻世明言》之書，今所傳者唯殘卷而已，至今未有全本之發現。實則，以今存《古今小說》與《喻世》殘本對照，即所謂之《喻世明言》，其原名爲《古今小說》，茲略爲辨明如下：

　　按凌濛初等所提及，名爲《喻世明言》之原書，今已不可見，日本內閣文庫所藏之衍慶堂刊本《喻世明言》，絕非《明言》原本。蓋原本《明言》當有四十篇⑦，而此本則只二十四篇，僅爲殘本而已。

---

⑤ 明抱甕老人輯：《今古奇觀》。書業德藏版，乾隆五十七年重鐫。

⑥ 鄭振鐸：〈明清二代的平話集〉，收鄭氏所著《中國文學研究新編》中（此書原名《中國文學論集》，臺北明倫書局重印改今名），臺北：明倫出版社，1971年2月初版，頁444-445，收有《二刻醒世恆言》，苎齋主人序。

⑦ 笑花主人序，謂其對書乃選刻《喻世》、《警世》、《醒世》與《二拍》二百種之四十卷以成書。今《警世》、《醒世》與《二拍》皆知各爲四十種，則《喻世》亦當四十種。又據塩谷溫前引書頁519載有衍慶堂版《醒世恆言》之封面識語：「本坊重價購求古今通俗演義一百二十種，初刻爲《喻世明言》，二刻爲《警世通言》，海內均奉爲鄴架珍玩矣。茲三刻爲《醒世恆言》，種種典實，事事奇觀。」《三言》既爲一百二十種，而《通言》、《恆言》今知各爲四十種，則《明言》當爲四十種也。

（且其所收二十四篇之中有一篇見於《通言》，二篇見於《恆言》，其餘二十一篇則全見於今存之《古今小說》。據上舉諸家所言已知《明言》、《通言》、《恆言》三本皆同為馮氏一人所編，若內閣文庫所藏此本《明言》即為《明言》之原書，則其所收之文絕無與《通言》、《恆言》各篇有重複之可能。由此可知，此二十四卷本之《明言》，當因原本《明言》散佚，後人乃以其殘本增以《通言》、《恆言》之三篇而成者，非馮氏原書。）⑧

然其書既稱《喻世明言》，而所收之話本二十四篇中乃有二十一篇來自《古今小說》，且其封面據孫楷第所言又別署有《重刻增補古今小說》等字樣⑨，則其所據殘本之原書當即《古今小說》無疑。

又其書之序亦全同於《古今小說》，唯將原有「抽其可以嘉惠里耳者凡四十種」一句中之「四」字挖去，於原處空出一格⑩。此「四」字之挖去，蓋因原本「四十」卷之數已不可得而不得不爾也。然由此亦可見其所以為據之原書實即《古今小說》。

又笑花主人之序《今古奇觀》，已言其書所選刻之四十篇話本乃自《喻世》、《警世》、《醒世》三言，與即空觀主人所編之《二拍》而來⑪，而其出於《通言》、《恆言》、《二拍》之外者尚有八篇，蓋即由其所謂之《明言》一書中所選出者，然此八篇則皆見於

---

⑧ 據鄭氏前引文所收此本《喻世明言》之目錄，知見於《恆言》者乃第一卷，〈張廷秀逃生救父〉；第五卷〈白玉娘忍苦成夫〉。見於《通言》者第二十三卷，〈假神仙大鬧華光廟〉。其餘皆見《古今小說》。

⑨ 孫楷第：《中國通俗小說書目》（北平圖書館，1933年3月初版），頁123-124。

⑩ 二十四卷本之序未見，此據鄭氏前引書，頁390所引。

⑪ 《今古奇觀》序云：「墨憨齋……所纂《喻世》、《警世》、《醒世》三言……即空觀主人壺矢代興，爰有《拍案驚奇》二刻……合之共二百種……而抱甕老人先得我心，選刻四十種，名為《古今奇觀》。」

《古今小說》。此亦可見所謂《喻世明言》實即《古今小說》。後因殘落，故重刻時乃須「增補」也。

《古今小說》與《喻世明言》即指同一書，而卻有此異稱者，當因馮氏初刻話本小說時，原只以《古今小說》為其叢書之總名，而未有《喻世明言》之稱。《明言》之名，蓋後來所加。今觀《古今小說》綠天館主人序但言：「茂苑野史氏家藏古今通俗小說甚富，因賈人之請，抽其可以嘉惠里耳者，凡四十種，畀為一刻。」其封面題識亦僅曰：「本齋購得古今名人演義一百二十種，先以三分之一為初刻云。」皆未言及《喻世明言》，而與後之《通言》、《恆言》之序及封面識語，侈言小說能如何「警世」、「醒世」之旨者迥別。即此可知其初刊話本小說時只用《古今小說》一名，未有《喻世明言》之稱。

然其後何以又稱此初刻之《古今小說》為《喻世明言》？以意推之，當因馮氏初編此類小說時，原只以《古今小說》為總名，續刻之書繼出，乃於《古今小說》一總名之外，又別取《警世通言》之名稱其二輯，以為招徠，而因此還並改其初刻之《古今小說》為《喻世明言》[12]。其後三刻又出，便即名之為《醒世恆言》，而三輯之名稱乃得一式，遂並稱《三言》。

---

[12] 孫楷第〈三言二拍源流考〉一文（《北平圖書館館刊》第五卷第二號）謂「馮氏藉《古今小說》一百二十種，先後刊行。其第一刻即名《古今小說》，逮重刻增補本《古今小說》出，題《喻世明言》，世遂與《警世通言》、《醒世恆言》並稱。」其說不確。蓋《醒世恆言》隴西可一居士序已言「此《醒世恆言》四十種所以繼《明言》、《通言》而刻也。……三刻殊名，其義一耳。」馮氏之刊《恆言》時，《明言》之名早已確立，不待重刻增補《喻世明言》一書之出，而世始以《明言》與《通言》、《恆言》並稱也。重刻增補《喻世明言》一書，收有《恆言》故事二篇，其時代在《恆言》之後。

　　以上所言雖屬臆測，然以今存葉敬池本《恆言》封面尚署：
《繪像古今小說醒世恆言》，而二十四卷本之《喻世明言》亦署《重
刻增補古今小說》為證，亦可見所推雖不中亦不遠矣。

　　今署名《喻世明言》之四十卷刻本已不可得，然《古今小說》既
為《明言》原書，後文所稱《三言》，即指《古今小說》、《警世通
言》、《醒世恆言》三書，特予表出。

　　茲先述《古今小說》之版本與流傳：

　　《古今小說》原書中土未見傳本，今惟日本內閣文庫與前田侯家
尊經閣各藏四十卷全本一部。據孫楷第《日本東京所見小說書目》所
云，其內閣文庫所藏者為：「明刊原本，圖四十葉，極精。第三十七
記刊工姓名曰：『素明刊』，當即劉素明。正文半葉十行，行二十
字。形式與今所見《通言》全同，界已有磨滅處，似尚非初印。」
而尊經閣所藏者為「白紙本，插圖形式正文行款亦同，或係初印
本。」⑬

　　此外所存者，則皆為殘本，前大連圖書館藏有「映雪齋藏板」
題《七才子書》之《古今小說》，僅餘十四篇⑭。而已故馬廉所曾蒐
得之《古今小說》則惟卷四至卷六，三篇殘本而已，其版刻源流未
詳⑮。又日本內閣文庫所藏衍慶堂之《喻世明言》二十四卷本，前已
言之，乃以《古今小說》二十一篇加《通言》一篇、《恆言》二篇而
成，絕非馮氏原刊。

---

⑬ 孫楷第：《日本東京所見小說書目》（北平圖書館，1932年6月初版），頁17。

⑭ 孫楷第：《大連圖書館所見小說書目》（北平圖書館，1932年6月初版），頁56-58。

⑮ 孫楷第：〈三言二拍源流考〉，《北平圖書館館刊》第五卷第二號，頁21。

　　欲研究《古今小說》，今手頭能得最佳之印本乃一九五八年世界書局據李田意所攝自日本內閣文庫與尊經閣藏版之影印本。此本據影印者所言乃「以內閣文庫本爲主，其殘缺部份。則以尊經閣藏本補足之。」[16]甚爲可靠。此書封面題《全像古今小說》，有出版者識語，下署「天許齋藏版」。共收話本四十篇，爲四十卷。有綠天館主人序，目錄之前題「綠天館主人評次」。

　　《古今小說》之出版年月未能確定，以其封面識語及序皆不署年月故。然據孫楷第云，內閣文庫別藏有《天許齋批點北宋三遂平妖傳四十回》一書，其書有泰昌元年張無咎序，蓋即泰昌元年所刻本[17]。《古今小說》與之同爲天許齋之書，二者出版年月當相距不遠，故孫氏以爲此書可能亦在泰昌天啓之際所出[18]，（泰昌元年，乃西元一六二〇年，次年一六二一年即爲天啓元年。）然終未有定論。

　　按《古今小說》，在《三言》之中爲最早出，其刊行時代早於《通言》，《通言》爲天啓四年所刊。則知《古今小說》當在天啓四年以前刊成。其年代約當泰昌元年與天啓四年之間（即西元一六二〇～一六二四年）。

二、《警世通言》

　　《通言》一書收話本四十篇，爲馮氏所編，前已言之。今所知此書傳世之版本有數種：

---

[16] 世界書局印行《古今小說》書前楊家駱先生之提要，頁3。
[17] 孫楷第：《日本東京所見小說書目》，頁170-173。
[18] 孫楷第：〈三言二拍源流考〉，《北平圖書館館刊》第五卷第二號，頁15-16。

（一）明金陵兼善堂本

此乃今存各本《通言》中之最早者。

日本名古屋蓬左文庫與倉石武四郎氏各藏一部，皆四十卷足本，據李田意〈日本所見中國短篇小說略記〉所載，蓬左本正文前有圖四十葉，共八十面。倉石本正文前有圖三十九葉（卷十七之圖葉缺），共七十八面。蓬左本書前有封面，「右面大書『警世通言』，左面有識語，識語之後題『金陵兼善堂謹識』。」而倉石氏所藏，則封面已失。但李氏以爲其與蓬左文庫所藏者爲同一版本無疑，亦屬「兼善堂刊本」[19]。

（二）衍慶堂本

今所傳各衍慶堂刊《通言》皆非四十卷足本，前大連圖書館藏有一部，題名《二刻增補警世通言》，孫楷第《大連圖書館所見小說書目》記此書：「明刻，圖四十葉，不甚精。半葉十行，行二十字，篇第與通行本《通言》不同……封面大書『警世通言』，左爲識語，上欄橫題『二刻增補』」，其書缺二十九、三十四篇、卷三十一至三十八共八篇，皆抄補而成，書已不全[20]。

又日本天理大學附屬圖書館塩谷溫文庫所藏衍慶堂刊本《通

---

⑲ 李田意：〈日本所見中國短篇小說略記〉，（新）《清華學報》一卷二期，頁6。

⑳ 孫楷第：《大連圖書館所見小說書目》，頁1。

言》，二十四卷，二十四篇。據前引李田意文所言，該書較爲晚出，而天理大學所藏者乃世之孤本。其書行款與兼善堂本《通言》相同，而書前封面則與大連圖書館所藏衍慶堂二刻增補本《通言》相同，惟少其眉端所題之「二刻增補」四字。其書之二十四葉繪圖中有兩葉出自《古今小說》。而本文共二十四篇。其第十九卷〈范巨卿雞黍死生交〉亦出自《古今小說》，其餘各篇則皆爲原《通言》之小說[21]。

李氏又引長澤規矩也之研究所見，以爲天理大學此本《通言》較之大連圖書館所藏二刻增本，雖皆爲衍慶堂所刊，實爲同版後印。較之兼善堂本，亦屬同版後印。而此三本之中，乃以兼善堂本最古，衍慶堂所刻此二本皆爲後起[22]。

（三）三桂堂本

三桂堂《通言》乃王振華所刊，原書四十卷，四十篇，傳世之本頗多，然以往各家所見者則皆只三十六卷本，缺最後四篇，未有見及四十卷足本者，前賢究論《通言》版本，每以三桂堂所刊四十回本經已失傳，實則臺北中央圖書館所藏《通言》一書，爲各家所未著錄者，經筆者細考之，爲三桂堂本無疑，該書四十回篇目俱全，雖篇中略有脫葉，然各家以爲不存之最後四回，該本俱保存完整無缺。

中央圖書館藏《通言》，共四十卷，四十篇，封面已失，乍見未能知其刊者爲誰，屬何刊本，然略加考訂，即可發現其書實爲三桂堂

---

[21] 李田意：前引文，頁64-65。

[22] 李田意：前引文，頁65。

所刊之本，亦即公認爲失傳已久之三桂堂四十卷本《通言》。

按三桂堂刊本各家所見者，雖皆只三十六卷本，然日本《舶載書目》則尚存有三桂堂本《通言》四十卷全目。以其各篇篇目與兼善堂本各篇相校，即發現二者有顯著不同之點：

兼本第二十三卷爲〈樂小舍拚生覓偶〉，三桂堂本爲〈樂小舍拚生覓喜順〉。

兼本第二十四卷爲〈玉堂春落難逢夫〉，三桂堂本爲〈卓文君慧眼識相如〉。

兼本第四十卷爲〈旌陽宮鐵樹鎭妖〉，三桂堂本爲〈葉法師符石鎭妖〉[23]。

此各篇之差異，即三桂堂本不同於兼善堂本最明顯之處，亦其書之最大特徵。

今以中央圖書館所藏此本《通言》與以上二書之篇目相互對校，其所有各篇之篇目與三桂堂本各篇完全相同，而與兼本有別。由此即可確定，此本《通言》絕非兼善堂所刊本，亦非衍慶堂本（衍慶堂本乃兼善堂殘本之同版後印，已如前述），而爲三桂堂所刊無疑。

茲先略述此本之版式內容與收藏情形如下：

此書封面已失，書表爲重新裝訂之封皮，全書長二十五公分，寬十五點七公分，版框高二十點五公分，寬十三點三公分。正文每頁十行，行二十字，行款悉同兼善堂本。有天啓甲子臘月豫章無礙居士題序。序每頁五行，行十字，序後有陰文與陽文二印，亦同兼善堂本，

---

[23] 《舶載書目》存三桂堂四十卷全目——乃據塩谷溫前引書所附〈宋明通俗小說流傳表〉所引。

目錄下方題可一主人評，無礙居士序，書前有圖二十葉，共四十面，構圖全同兼善堂本，惟兼善堂本每圖於空白處皆有題字或詩句，此本則無。

全書除封面缺脫外，其他脫葉及誤訂之情形如下：

卷四缺第十三、十六、十七共三葉。

卷九缺第十九葉。

卷十三缺第十一、十二兩葉。

卷二十三誤訂卷十三之第十二葉於第十與十一葉之間。

卷二十五缺第一葉及第三葉下半面。

卷二十八缺第七葉。

卷二十九第五葉斷半葉，缺第十、十二兩葉。

卷三十缺第二、第四兩葉。

卷三十一第十五葉斷半葉。

卷三十二第五葉、第十葉各斷半葉。

卷三十四第五頁斷半頁。

其目錄卷第與兼善堂本相較之異同，已如前述。而其中第二十四卷〈卓文君慧眼識相如〉與兼善堂本第二十四卷〈玉堂春落難逢夫〉一篇不同，乃此本將兼善堂本之〈玉堂春〉篇刪去，將其原爲第六卷〈俞仲舉題詩遇上皇〉篇入話之〈卓文君私奔相如〉事，單獨抽出成篇者。此一特徵與各家所見之三桂堂三十六卷本全同。而〈俞仲舉〉篇既已抽出卓文君故事之入話，乃於正文之前多加七絕一首，其詩曰：

八千里路向長安，跋涉長途足履穿。

獻策豈能容孝子，題名不敢望孫山。

　　而最重要者，亦此本之最值珍貴處，乃其第三十七卷以下四篇本文，爲各三桂堂本所缺者，此本皆保存良好，絕無脫葉。而其第四十卷之〈葉法師符石鎮妖〉一篇之得以保存，更爲彌足珍貴。蓋以第三十七、三十八、三十九三篇雖亦爲其他現存各三桂堂本《通言》所無，然各家據《舶載書目》所存目錄，已知此三篇與兼善堂本《通言》相應第之目錄相同，今得以其本文相對校，更知內容實無差異。惟此〈葉法師〉篇則與兼善堂本之第四十卷〈旌陽堂〉篇完全不同，而亦爲他書所無者。乃從來以爲不可再見之文，而今竟能見其全貌，故最爲寶貴。

　　此第四十卷〈葉法師〉篇所演之故事，乃謂武則天時一黿妖化身爲新任刺史，而將刺史化爲啄蚌鳥，代之上任，後得葉法師靜能以符石鎮攝此妖，並解救刺史等等。全文共十四葉，二十八面。

　　中央圖書館所藏《通言》一書大致情形略如上述。若《通言》原本除兼善堂、衍慶堂及三桂堂本之外，確無他種版本，則此本之爲三桂堂本當可確定。而今傳世之各種三桂堂本既皆只存前三十六卷，缺其最後四篇，唯此爲四十卷足本，則此本之刊行必當在其他現存各三桂堂本之前，或即爲當今僅存三桂堂王振華之原刊本。

　　今亦略述其他爲諸家所見各種三桂堂三十六卷本，其版式、藏庋之情形如下：

　　三桂堂刊三十六卷本有二種，其中爲前孔德圖書館、前北平圖書館、前清華大學、故馬廉先生等所收藏者皆同爲一本，據孫楷第云，此書爲「覆明本，頁十行，行二十字。題『可一主人評』『無礙居士校』，封面『閣』字缺壞，首有豫章無礙居士序。此三桂堂本所見

者，圖多不全，且缺卷三十七以下四卷，僅三十六卷。」[24]

而日本尾上八郎氏所藏之三桂堂三十六卷本，又爲另一不同本子。蓋孫氏所見者，其正文行款與兼善堂本《通言》皆尚相同，而尾上所藏之本，據李田意云，其內容雖與孫氏所見之三十六卷本相同，而正文行款則完全不同，其正文半葉十一行，行二十五字。而序文之內容行款與孫氏所見之本雖同，其字體又異。依李氏所言，尾上氏所藏者當爲更後之翻刻本[25]。

《通言》之版本如上所述，有兼善堂本、衍慶堂本、三桂堂本。衍慶堂本多殘缺，前所引各家已考知其爲晚出之本，至於兼善堂本與三桂堂本孰爲先後之問題，則因歷來諸家皆未能見及三桂堂四十卷原本，而曾有不同之見解。今既已得見四十卷三桂堂本，故亦略爲之辨明如下：

《續修四庫全書總目提要》，以《舶載書目》所載三桂堂本全目與兼善堂刊本比較結果，認爲《通言》之版本唯三桂堂本「差爲近古」，而兼善堂本則較後起。其兩本所不同之各篇乃兼善堂本刊者抽換而成，其說曰：「其（指兼善堂本）〈玉堂春〉篇演王公子與妓女玉堂春事，事雖見〈情史〉卷二，而文艱拙殊甚，與他篇不類，〈旌陽宮〉篇演許眞君斬蛟事，則全錄鄧志謨〈鐵樹記〉之文。因其疵累，無所潤色。此二篇之入書當由書賈抽換，絕非馮夢龍原本所有。其本爲明本，但向非馮夢龍所編次原本」[26]。其說與鄭振鐸意見正恰相反。

---

[24] 孫楷第：《中國通俗小說書目》，頁126。

[25] 李田意，前引文，頁65-66。

[26] 《續修四庫全書提要》（臺北商務印書館，1972年印），子部第三冊，頁1773。

　　鄭氏〈明清二代的平話集〉一文以爲就其目錄而言，三桂堂本似當更後於兼善堂本，或可能即清代之翻刻本。因〈卓文君慧眼識相如〉一段話本，在兼善堂本中乃作爲第六卷〈俞仲舉題詩遇上皇〉之「入話」，斷沒有既引爲「入話」，而復出另作一回之理。而之有此種情形，當爲翻刻者見原刻本之〈玉堂春落難逢夫〉已經散佚，或篇幅過多，翻刻費事，遂析出其原來即爲一篇獨立話本之「入話」──〈卓文君慧眼識相如〉，以單獨成篇（此篇原亦爲《清平山堂話本》所收），作爲翻刻本之第二十四卷。補其原〈玉堂春落難逢夫〉篇之缺。又〈旌陽宮鐵樹鎮妖〉一卷，其篇幅極長，或亦因其長，乃爲翻刻者更換爲〈葉法師符石鎮妖〉[27]。

　　此二說完全相反，而當以鄭氏之說爲得其實，然以其僅由篇目上推斷，未能就原書加以對勘，故所提之證據雖是，而仍不離猜測，未足以服人。

　　中央圖書館此本《通言》既已知其爲三桂堂刊本，且四十卷完整無缺。今即以之與兼善堂本《通言》對勘[28]，試就二種原書本身之刊刻情形，尋出更確實之證據，以證明三桂堂實在兼善堂本之後。

　　茲略舉二書不同之點，而可證其先後者如下：

　　（一）以二書之插圖而言，兼本有四十葉，八十面；桂本比兼本少二十葉，僅得二十葉，四十面，而其所存插圖皆刪去兼本圖上原有所題之詩句，此前已言之者。刪去插圖蓋所有三桂堂之所同然，孫楷第與李田意所見之三桂堂三十六卷本，圖亦皆不全。孫氏所言不全之

⑳　鄭振鐸，前引書，頁393-394。

⑳　此所用之兼善堂本乃世界書局影印本，據影印者所言，其原版爲蓬左文庫藏本。其書大抵尚稱清晰可用。

詳情如何不得而知，李氏所見之本則僅十八葉，三十六面[29]。

　　兼本所有之圖每一葉二面屬一篇故事，其圖上所題詩句即指明該圖所繪之故事屬何篇者。今桂本圖只存二十葉，四十面，而皆去圖上之詩句，蓋因此乃可以其四十面之圖而誑爲屬於四十篇故事之插圖，此乃類乎蒙混世人，當非原刊者之所爲。由插圖之草率，即可見桂本當在兼本之後。

　　（二）即就二本所印之眉批而言，兼本之眉批比桂本多出一百三十幾則。此雖未即構成直接證據，可資證明二者孰爲原本，然更就其所印批語之殘缺而言，則亦可見桂本當在兼本之後。

　　如卷一葉八下頁第十行起至葉九上頁第三行止，兼本有批爲：「始而慢，繼而疑，繼而敬，繼而愛，而終於相親不捨，古人交誼眞不可及。」而桂本此處之批則但有葉八上頁之「始而慢，繼而疑，繼而」接下葉九上頁之處全爲空白，使此批語爲不成語氣。

　　又卷十一，葉十二下頁第十九行起至次頁第一行止，兼本此上有批：「徐用堪坐忠義堂一把交椅。」而桂本則但有葉十二下頁之「徐用堪坐忠義堂一」，亦不成語氣。

　　又卷十二，葉六下頁第十行起至次頁第二行止，兼本此上有批：「好人中有賊人，賊人中有好人，俗語盲鰍本此。」而桂本則但有葉七上頁之批：「中有好人，俗語盲□本此。」而無其前段，則亦不知所云矣。

　　又卷二十，葉六下頁第三行至第四行兼本此上有批：「爹娘也管不得許多，押番太多事。」相應處，桂本但有批云：「不得許多，押

<hr />

[29] 見李田意，前引文，及孫楷第《中國通俗小說書目》。頁126。

番太多事。」語亦不全。

由此種種眉批之殘缺斷落，即可見桂本當在兼本之後。

（三）更就本文文字而言，桂本多簡筆，且有後人依兼本更改之痕跡。

如第九卷第十六葉下頁第六至第七行兼本本文爲：「天子殿前尙容乘馬行，華陰縣裏不許我騎驢入，請驗金牌。」此處桂本之「請」原印作「獄」字，被人用硃筆劃去，於字旁另寫「請」字，其「行」字印刷不明，亦用硃筆重新勾勒。此改正之處，可能爲當時讀此書者，或竟是此書之刊者本人，曾據其以爲較早之兼本對校過，因改桂本之錯字。此亦可知桂本當在兼本之後。而桂本文字簡筆之情形，如「學」字多作「孝」，「會」作「会」，「圓」作「园」，「窮」作「穷」，「風」作「凨」，「儀」作「仪」，「幾」作「几」，「個」作「个」，「懷」作「怀」，「寶」作「宝」，「禮」作「礼」，「遷」作「迁」，「觀」作「观」等等不一而足，而兼本則多爲正體文字，印刷亦較桂本整齊。

由桂本印刷之多簡筆草率而言，亦可爲其當在印刷精整之兼本以後之旁證。

（四）又就二書之目錄不同處而言，亦可見桂本有後來更改之痕跡。

如桂本卷二十三正文題目作〈樂小舍拼生覓偶〉與兼本正文題目相同。此篇兼本書前之目錄仍題爲〈樂小舍拼生覓偶〉，而桂本書前之目錄則改爲〈樂小舍拼生覓喜順〉。

桂本之所以必須作此更動者，乃因其初已刪去原兼本所有之第二十四卷〈玉堂春落難逢夫〉篇，而代之以〈卓文君慧眼識相如〉

篇，則其書原第二十三卷之題目若保留為〈樂小舍拼生覓偶〉，便與此第二十四卷〈卓文君慧眼識相如〉不成對仗。因馮氏編《三言》時，其書前題目皆每兩篇篇目成一對偶，故桂本之刊行者於印此書之目錄時乃須有此更動，以合全書之體例。（桂本第二十四卷正文題目本為〈卓文君具眼奔相如〉，而書前目錄之作卓文君慧眼識相如者，亦為求對偶故）。

由此篇目之更動當亦可見桂本實在兼本之後。

就上舉四端而言，桂本之必後於兼本者，當可確定矣。而其書較之兼本之所以更換第二十四卷〈玉堂春〉篇與第四十卷〈旌陽宮〉篇為〈卓文君〉篇與〈葉法師〉篇者，或可能即如鄭氏所云，因兼本此二篇篇幅過長之故。（〈玉堂春〉篇長五十二葉，〈旌陽宮〉篇長八十三葉。而〈卓文君〉篇只得七葉。〈葉法師〉篇只得十四葉。）

按《通言》一書，入清以後，流傳漸少，惟王士禎於其《香祖筆記》中曾提及此書[30]。王氏乃康熙間人，其後即未見有人提及，及至一九二六年，日本塩谷溫於其國所藏之《舶載書目》中發現三桂堂王振華刊本《通言》四十卷全目[31]，而《通言》一書始又引起學界之注意，其後，一九二七年董康訪書日本，亦發表其所見倉石氏所載兼善堂本《通言》全目[32]，並指出其與三桂堂本之不同，而《通言》之版本流傳乃漸受人注意。此後，《通言》之他種版本即陸續發現，而今

[30] 王士禎：《香祖筆記》。收新興書局影印《筆記小說大觀續編》第五本中。卷十：「又如《警世通言》，有〈拗相公〉一篇寫王安石罷相歸金陵事，極快人意，乃因盧多遊謫嶺南事，而稍附益之耳。」

[31] 塩谷溫，前引書，頁515。氏研究《三言》之文乃發表於昭和元年之《斯文雜誌》，即是民國十五年。

[32] 董康：《書舶庸譚》（臺北：世界書局，1971年9月影印本），頁323-326。

市面且已有兼善堂本四十卷全文之影本。然最早爲學界所提及之三桂堂本，則自塩谷溫以下各家所見者皆僅爲三十六卷本，已如前述，其四十卷本原書幾已公認爲亡佚者。今爲此文竟能不意而發現之，實亦天幸，且據此而能考定三桂堂本實在兼善堂本之後，對於繆荃孫氏所傳所謂宋本《京本通俗小說》之眞僞問題更可因之而澄清。（此非本題故暫不論）

今爲本文所據者乃世界書局影印原藏日本之兼善堂本[33]及中央圖書館所藏此本三桂堂四十卷本。二本書前俱有天啓甲子臘月豫章無礙居士序，天啓甲子即西元一六二四年，此當即《通言》所刊行之年代。

三、《醒世恆言》

《醒世恆言》收話本四十篇，乃《三言》之最晚出者，其亦爲馮氏所編之書，已詳於前。今所知存於世者亦有數種：

（一）明金閶葉敬池本

此爲《恆言》最早之刊本，日本內閣文庫藏有四十卷足本一部，據前引李田意文載此書云：「正文半葉十行，行二十字……在現存的《恆言》本子裏，這個本子無疑的最早，而且封面上明白印著『金閶葉敬池梓』的刊本目前也只有這一部。通行的衍慶堂本《恆

言》是一種翻刻本，文字上刪改之處甚多，頗失原本的眞面目。」[34]

（二）明金閶葉敬溪本

前大連圖書館藏有一部。孫楷第著錄此本之款式：「封面中央大書『醒世恆言』，右上只剩『繪像』二字，左下題『金閶葉敬溪梓』。圖四十葉，極精。」[35]

此外，據李田意所載，日本吉川幸次郎亦藏有葉敬溪刊本《恆言》一部。並曾以之與葉敬池本對校，發現葉敬溪本乃葉敬池本之後印本。其言曰：「取葉敬池本與吉川氏之書對之，則知後者之繪圖、序文、目次及本文等完全是同版後印。」李氏又引長澤規矩也之說，以爲大連圖書館所藏《恆言》亦爲葉敬池刊本之後印本。

以上二處所藏者皆四十卷足本。

又柳存仁謂英國博物院亦藏有殘本《醒世恆言》，其書爲「大字本，每半葉十行，行二十字，全同明葉敬溪及葉敬池二個刊本。」柳氏並提及巴黎國家圖書館亦藏有相似之殘本，然未見詳細之著錄[36]。

---

[34] 李田意，前引文。頁66。

[35] 孫楷第：《大連圖書館所見小說書目》，頁2。

[36] Lui Ts'un-Yan, *Chinese Popular Fiction in two London Library*, Lung-Meng, Hong Kong, 1967, pp.298-299.

（三）衍慶堂本

據孫楷第云：「此衍慶堂本有二本：一爲四十篇足本，二十三卷爲〈金海陵縱慾亡身〉。一本刪去此篇，析原書一卷二十〈張廷秀逃生救父〉爲上下二篇，分入卷二十及卷二十一兩卷中，而以原第二十一卷之〈張淑兒巧智脫楊生〉篇補入第二十三卷，今所見者多是此三十九篇本。」[37]

今市面可得最佳之《恆言》印本乃世界書局據日本內閣文庫所藏明葉敬池本之影印本[38]。此書封面中間大字題「醒世恆言」四字，右上題「繪像古今小說」，左下署「金閶葉敬池梓」。有天啓丁卯中秋隴西可一居士之序。天啓丁卯即西元一六二七年，此當即《恆言》刊行之年代。

四、存疑或僞託之書

（一）《今古奇觀》

《今古奇觀》一書收話本四十篇，乃從《三言》、《二拍》二百篇話本中選輯而來，書前有姑蘇笑花主人序，以此書爲抱甕老人所編。抱甕老人不知何許人。容肇祖以其家藏之藻思堂刻本首頁書題前

---

[37] 孫楷第：《中國通俗小說書目》，頁127。
[38] 《醒世恆言》，1959年世界書局影印本，前附楊家駱提要，頁10。

有「墨憨齋手定」五字，並見伯希和所著《今古奇觀》一文所用之吳郡寶翰樓原刻本亦同樣有「墨憨齋手定」五字，故疑「抱甕老人或爲馮夢龍之異號？或者抱甕老人另有其人，而曾經與馮夢龍商酌選定」？因「馮夢龍選《三言》，而從《三言》、《兩拍》中再選《古今奇觀》，亦如曾國藩既選《經史百家雜鈔》二十六卷，又選《經史百家簡編》二卷這很是可能。」[39]

鄭振鐸〈明清二代的平話集〉一文，亦因見此書之原刻本既有「墨憨齋手定」及「吳郡寶翰樓」等字樣，而芥子園刊本亦同樣有「墨憨齋手定」之題頁。且其插圖亦與《三言》插圖之筆姿相同，故亦以爲此書之編選者或可能爲馮氏之友人[40]。

按《今古奇觀》，既由《三言》、《二拍》選輯而來，此諸書中以《二刻拍案驚奇》最晚出，其書有崇禎壬申冬日之序及小引[41]，當即該年所出版。（崇禎壬申即西元一六三二年）《今古奇觀》既已收其書中之故事，則其出版必當更在崇禎壬申以後。

然其書之本文，凡提及明朝者，則皆尙沿稱「我朝」或「國朝」，且遇有明朝皇帝之名號則亦空一格，並未改過。即據乾隆五十年重刊本《今古奇觀》之版式而言，其第五卷〈杜十娘怒沉百寶箱〉篇開首云：「這首詩單誇我朝燕京建都之盛……當先洪武爺掃蕩胡塵，定鼎金陵，是爲南京，到永樂爺從北平起兵靖難。」而姑蘇笑花主人之序至「迄於皇明，文治聿新。」「皇明」兩字乃更別立一行，

---

[39] 容肇祖：〈明馮夢龍的生平及其著述〉，《嶺南學報》第二卷第二期，頁77。

[40] 鄭振鐸，前引書。頁422。

[41]《二刻拍案驚奇》，此處無藏原版，茲據世界書局1969年4月出版之《二刻拍案驚奇》一書，及鄭氏前引書所收之序及小引。

破框而上。此蓋皆沿原刻之舊者[42]。由此可知此書之編刊，當在明亡以前，馮氏尚在，則馮氏乃及見此書之出版。

今是書之各種刊本既多有「墨憨齋手定」字樣，其出版或可能與馮氏有某種關係亦未可知[43]。然由於未能有更明白之證據可資證明抱甕老人是否即爲馮氏本人，或其二者之關係爲何如，故此書之是否爲馮氏所編，或爲馮氏有關之人所編，皆未能確定，姑存疑可也。

（二）《覺世雅言》

此書乃雜收話本之小說集，惟巴黎國家圖書館藏有一部，據《續修四庫總目提要》[44]及鄭振鐸〈巴黎圖書館中之中國小說與戲曲〉一文[45]所載，該書之前有綠天館主人序一篇，而其內容則與《警世通言》豫章無礙居士大抵相同，惟自「所得竟未知孰贋而孰眞也」底下《通言》原序爲：「隴西君海內畸士……」等等，而《雅言》序則改爲：「隴西茂苑野史氏家藏小說甚富，有意矯正風化，故擇其事眞而理不膺，即事膺而理未嘗不眞者，授之賈人，凡若干種，其亦通德類情之一助乎？余因援筆而并其首云。綠天館主人題。」其序文乃襲用《通言》無礙居士之序而略作如上之改動，而序末署名又爲綠天館主人，與《古今小說》序之署名同。

---

[42] 中央研究院史語所所藏，《古今奇觀》一書，封面題「乾隆五十年重鐫」，乃臺灣公家所藏較早之版本。其「寶翰樓」、「藻思堂本」及「芥子園本」皆未見。故此所引《今古奇觀》之文，皆自此乾隆刊本出。

[43] 除寶翰樓本、藻思堂本、芥子園本外，中研院所載乾隆五十年刊本，柳存仁所見英國博物院收藏本皆俱有「墨憨齋手定」五字。而政大藏同治六年刻本則有「墨憨齋批點」字樣。

[44] 《續修四庫總目提要》，子部第三冊，頁1774-1775。

[45] 鄭振鐸，前引書，頁1298-1299。孫楷第《中國通俗小說書目》亦載此書，較爲簡略。

　　按綠天館主人、茂苑野史氏皆馮氏編《古今小說》時所用之名號，然則此書是否與《古今小說》同樣即為馮氏所編，以其序文之割裂如此，已大可懷疑。

　　又其書所收話本共八篇，見於《三言》者七篇，《拍案驚奇》者一篇。其見於《拍案驚奇》者乃第三卷〈誇妙術丹客提金〉，然則《拍案驚奇》此篇原題〈丹客半黍九還，富翁千金一笑〉，至《今古奇觀》收此篇時始改題為〈誇妙術丹客提金〉，而《雅言》此書所用者正是《今古奇觀》之篇名，可見此書之出版，必更在《今古奇觀》之後。

　　馮氏既已編刊《三言》，其有生之年更曾見及凌濛初所寫《二拍》，及後來選本《今古奇觀》等之印行，而此數書每本皆各四十篇，體例甚為完整。當不致於《今古奇觀》之後另輯此不成體例之雅言八篇，此蓋後來之書賈收上述諸本，而又仿《三言》之例，名其書為《覺世雅言》，以欺混世人者。故其書前雖附有署名綠天館主人之序，大抵可知為後人偽託之書，非馮氏所作。

（三）《二刻醒世恆言》

　　此書亦為話本集，原書亦未見，據《續四庫總目提要》及鄭振鐸〈明清二代的平話集〉所載，該書封面題「墨憨齋遺稿，茹齋主人評。」下函第一回題心遠主人編次[46]，書分上下二函，共收話本小說二十四回。前有清和下沅溟螺茹齋主人雍正丙午（西元一七二六）之序，云：「墨憨齋所纂《喻世》、《警世》、《醒世》三言，備擬

---

[46]　《續修四庫總目提要》，子部第三冊，頁1777。

人情世態，悲歡離合。窮工極變……余篋中《醒世恆言》二集，汪洋二十四則，頗費蒐獲……余不敢祕，是以梓之。」[47]如其所言，似乎其所刊之二十四回小說眞乃馮氏遺物，其實此書爲雜湊而成[48]，鄭氏以爲即爲芾齋主人所編。以馮氏墨憨齋所刊小說久享盛名，故假託爲「墨憨齋遺稿」，又提曰：《二刻醒世恆言》，以自爲廣告，招徠顧客耳。實與馮氏無關[49]。

後記： 本篇原發表於《中華文化復興月刊》第九卷第六期，一九七六年六月。關於《三言》之版本資料，後來新發現者頗多，見日本學者大塚秀高《增補中國通俗小說書目》（一九八七，汲古書院）可知。今雖知本文所論已多不足，但以其中所記臺北中央圖書館藏三桂堂本《警世通言》之發現與確認，與後來考定《京本通俗小說》眞僞有直接而密切之關係。爲便與辨訂《京本通俗小說》眞僞之第一、第二兩篇相互參證，全文照原樣刊出，不再增補。

---

[47] 鄭振鐸，前引書，頁444-445。

[48] 此書二十四回，篇目頗多，故不錄。據《續四庫總目提要》所考該書確實雜湊而成，提要云：「第九回〈睡陳摶醒化張乘厓〉，第十一回〈死南豐生感陳無已〉二篇……頗渾成可誦……。此二篇與他篇不類，疑另有所採，與其餘編不同出一人之手。按看松老人序《雙錘記傳奇》云：『偶於稗史看《逢人笑》小說，內載琉球國力士稱王一段……』此本上函第一回琉球國力士與王篇所演同。知本出《逢人笑》小說。又日本《舶載書目》載有《十二峰》一書，注云心遠主人，與此本下函題同，似下函十二回全收《十二峰》一書。唯下函第十一回〈申屠氏報仇死節〉一篇，《石點頭》有其文，此稍竄易之，或《十二峰》採自《石點頭》，或此本於《十二峰》亦不盡收，其眞象殊難明，蓋其來源不一，雜湊成帙。《逢人笑》《十二峰》，今俱未見。」

[49] 鄭振鐸，前引書，頁444。

關於三桂堂刊本《警世通言》第四十卷

　　《警世通言》是明末馮夢龍所編的話本小說集《三言》之一，收話本四十篇，分爲四十卷。至今爲止，發現的舊刊本有「金陵兼善堂本」、「衍慶堂本」、「三桂堂王振華本」等三種。三種之中，最早的是兼善堂本，現在惟日本蓬左文庫及倉石武四郎各藏一部，四十卷保存都尚完好，彌足珍貴。

　　衍慶堂本，今存二本，都不是四十卷足本。藏於前大連圖書館的一部，卷二十九〈晏平仲〉篇和卷三十〈李秀卿〉篇缺失，其他尚有八篇係抄補而成。藏於日本天理大學附屬圖書館塩谷溫文庫的本子，據李田意先生訪錄，只有二十四篇，而且其中的插圖二葉和第十九卷〈范巨卿雞黍死生交〉一篇，都出自《古今小說》。這二個本子雖有先後印之別，但都是兼善堂本的同版後印。因爲是兼善堂本的同版後印，卷第又多不完全，這個本子在考證上的價值便不很大。

　　三桂堂本今存於世者較前二種稍多，但是，不論是國內或日本，以前學者所發現的，卻都只有三十六卷本，缺最後四篇，從未有人見過四十卷足本。據日本《舶載書目》所載，該本原來應當也是四十卷足本。

　　筆者於一九七三年撰寫〈馮夢龍生平及其對小說之貢獻〉一論文時，發現臺北中央圖書館所藏《通言》一書，一向爲人所疏忽，幾經考證，原來就是三桂堂刊本，而且是四十卷足本——可能是當今世上僅存或珍稀的三桂堂刊四十卷足本。

　　該本和兼善堂本最大的不同，第一是多用簡筆字，且時有文字的異同。筆者前即據之以與兼善堂本及《京本通俗小說》相對照，因而證明《京本通俗小說》乃後人據《通言》及《恆言》之後刊本所僞託者。第二則是篇目和內容的差異。最顯著的就是：兼善堂本第二十四卷爲〈玉堂春落難逢夫〉，第四十卷爲〈旌陽宮鐵樹鎮妖〉，而三桂堂本第二十四卷則爲〈卓文君慧眼識相如〉，第四十卷爲〈葉法師符石鎮妖〉。

　　兼善堂本原有的〈玉堂春〉和〈旌陽宮〉兩篇，篇幅都甚長（〈玉堂春〉篇共五十二葉，〈旌陽宮〉篇八十三葉），可能就是因爲篇幅過長，所以三桂堂本的刊者，就將這兩篇抽去，代之以較短的另外兩篇（〈卓文君〉篇只七葉，〈葉法師〉篇十四葉）。

　　該本第二十四篇〈卓文君〉的故事，原來是兼善堂本第六篇〈俞仲舉題詩遇上皇〉一篇的入話，而第四十篇〈葉法師符石鎮妖〉則除了三桂堂本《通言》外，未見於《三言》的其他刊本，也未見於當時其他各話本集中，很可能就是爲了三桂堂本的刊行而特別寫作的一篇話本。

　　正因爲三桂堂本的第四十篇未見於他本，也未見於他書，所以雖然該篇不是什麼話本名篇，但是，在小說史料上的價值卻彌足珍貴。更重要的是：除了中央圖書館所藏該本以外，見於著錄的所有三桂堂本，都只是三十六卷本，沒有最後四卷，而中央圖書館此本，以前未有人考證，長久以來，亦未見館方有影印行世之意，因此，這第四十

篇〈葉法師符石鎮妖〉的故事，也就鮮有人知，少有人見。

　　現在特別將該篇全文錄出，載於文後，以供學界參考。或許，這一篇應當算是《警世通言》的第四十一篇。

　　又該篇故事源自《太平廣記》卷四百七十〈李黁〉，茲亦將〈李黁〉一篇全文附後，俾便對照。

　　至於所有三十六卷本所缺最後四篇中的其他三篇，因爲皆與兼善堂本同，所以不必具論。

附錄一：葉法師符石鎮妖——三桂堂本警世通言第四十卷

世上浮名本不奇，遙遙千里欲何之。

狂風急雨堪銷骨，裂雪嚴霜可斷鬚。

萬物從來皆有怪，一身何處不逢機。

請君認得家鄉好，莫向天涯惹是非。

這首詩單勸人守分營生，安居樂業，切莫道在家淡泊，痴心妄想，要往遠方圖個高名厚利。正不知在家雖然淡泊，卻腳踏實地，沒甚驚惶恐嚇。若到外方行走，陸路有鞍馬之勞，水路有波濤之慮；陸路又有虎豹豺狼，水路又有蛟龍魚鼈；陸路要防響馬草寇，剪徑拐子；水路要防鑽艙水賊，抽幫打劫。還有那謀財的店主，劫客的艄公。就是合伴的夥計，跟隨的奴僕，往往有見財起意，反面無情。只這幾般利害，倘或遭遇，大則傾陷性命，小則流落他鄉，那時要求家中的淡泊也不能勾了。所以古老有言：「出外一里，不如家裏。」又道：「不歷風波險，安知行路難。」

看官，這幾般雖則利害，也還是人世常有之事，未足爲異。如今且聽在下說一樁路途遭難，希奇作怪的故事。這故事若說出來時，直教

積年老客也驚心，新出商人須縮首。

話說大唐高宗時，有個官人姓李名鶿，字羽南，燉煌人氏。那

燉煌乃邊鄙之地，讀書的少，習武服田的多。這李勉恥隨流俗，立志苦工磨穿雪案，螢窗究徹聖經賢傳，做了個飽學才人。到中宗嗣聖元年，開科取士，李勉赴京應試。是年凡中進士科二十名，博學宏詞科二十名。李勉應博學宏詞科，得魁金榜，除授絳縣縣尹。

若論李勉這般才學，又是個邊卷，合該在翰林供奉，只因對策裏邊有兩句言語指斥時事，觸犯了武則天太后，所以不得清華之選。你道觸犯武則天的是甚言語？那策中有云：

> 櫛風沐雨之天下，正在吾宗；禮樂文章之綱紀，勿歸
> 他姓。

原來是時高宗新崩，中宗初立，武則天攬權樹黨，不容中宗作主，漸漸有廢子自立之意。

滿朝文武官員，誰不畏懼太后威勢？大小政令俱要稟命，就是平章軍國重務，及春秋兩番貢舉大事，沒有太后旨意，誰敢擅行。所以新進士廷對策一一都要到太后宮中經過揭榜。誰知李勉不識時務，用這一聯說話道破了他的機關。太后看到此處，不覺拍案大怒便要傾他性命。因是新進，沒甚罪過，又恐失了人心，勉強與他個外任。這也是萬分僥倖了。

李勉領了誥身，即日離京回鄉，帶領家眷赴任。那時武則天已廢中宗爲盧陵王，安置房州，又立了睿宗。不多幾時，太后自占了天位，建號改年，天下拱手從順，李勉也只得自安其位。喜得他立志廉潔，愛民如子。更有一件好處：不肯交結權要，希圖汲引。因此合縣欽服，清名直傳播到京師。那時雖是女主當陽之日，公道還有幾分，隨他李勉這樣不結交權要，不十年間，也轉到刺史之職，出守邵州。

　　李鷁故鄉燉煌本在極邊，歷任卻多在內地，所以自登仕路，從未嘗到家。今番授了邵州之職，不免枉道還鄉祭祖。那宗族親戚都來慶賀，盡懷厚望。那曉得他宦囊清澀，表情而已。憑你說得唇破舌穿，也還道是矯廉慳吝。

　　李鷁在家盤桓兩月，收拾起程。一行數餘人，至親只有三口：一個是夫人金氏，一個是纔週歲的孩兒。一路馬車直至邵州，金陵登舟。不想路途勞頓，下得船來，身體傭倦，更兼有個鼻衄之症，不時發作。又見洞庭湖風浪險惡，愈覺心驚。看看前至岳州，猛然想起一個念頭，開言說道：「夫人，我今不去赴任了。」夫人驚訝道：「相公歷了許多風霜勞苦，來到此間，聞去邵州已近，如何反生退悔之念？」李鷁道：「不是我有退悔之意，想將起來，當今武太后占了天位，皇帝久困房州，內有張昌宗、張易之這輩倖臣擅權用事，外有周興、來俊臣那般酷吏羅織害人，王孫貴戚誅夷殆盡，義士忠臣力殺無遺。我向年官卑職小，沒人起念，如今做了刺史，是守土重臣，豈無小人嫉妒。倘有絲毫不到之處，身家便難保全。況兼兒子幼小，自己鼻血症候又不時發作，何苦忍著病痛，擔著驚恐，博得這虛名虛器。不如掛冠回去，淡飯粗衣，倒也消遙散誕。」夫人道：「你話雖說得有理，只是目下還撤不得這官哩！」李鷁道：「卻是為何？」夫人道：「我家向來貧寒，沒甚田產，及至做官，又不要錢鈔。如今若就罷官，照舊是個窮酸秀才，怎生過活？這還是小事，到孩子長大起來，聘娶讀書之費，把甚麼來使用。依著我，還該赴任。此番莫學前任，一清到底了。分內該取的，好歹也要些兒，做他兩三年，料必也有好些財物。那時收拾歸去，置一些產業，傳與兒孫享用，可不名利兩全！」

　　李鷁聽了夫人這片言語，沉吟暗想，果然沒甚產業，後來子孫無

不貧乏之慮。把爲官之念卻又撥轉，乃道：「夫人之言也說得是，但我在任清白，可今番爲著子孫之計，頓然改節？只好積下這兩三年俸金，回去置買幾畝田地，教子孫耕讀便了。」夫人道：「自來作官的那一個是不要錢的？偏你有許多膠柱鼓瑟！」

夫妻們正話間，忽然刮起大風，波濤鼎沸，把船隻險些掀翻，驚得滿船失色。幸喜還是個順風，頃刻間便到了岳州城下。稍工下帆傍岸，繫纜拋錨，等候風息再行。

李鷁又受了這場驚恐，把做官念頭又冷了一半。到了次日，對夫人說道：「這岳州乃荊襄要會，三楚名邦，有白鶴山、岳陽樓許多景致，我且上去觀玩一番。」夫人聽說，即喚侍兒：「取過冠帶與相公更換。」李鷁道：「乘閒游玩，何消冠帶，隨身衣服便了。」道罷，走出船頭，喚過兩個僕人跟隨。稍子打著扶手。主僕登涯，慢騰騰步進岳州城裏。

那城中六街三市，做買賣的十分鬧熱，往來的衣冠人物也都樸素軒昂。李鷁觀之不足，玩之有餘。正當游行之際，只見鬧市中顯出一個舖面，門首立個招牌，上寫著：

拆字如神吉凶立見。

李鷁看了，心中暗想：「我今行藏未定，進退狐疑，何不就他一問，以決行止。」隨跨上階頭，舉手向前，道聲：「先生請了。」那先生起身答禮道：「尊官請坐。」李鷁便向左邊椅上坐下，道：「先生，在下有事不決，求拆一字。」那先生道：「信口說來，不要思想。」李鷁抬頭見對面壁上一幅白紙，又寫著四句道：

字中玄妙，水流花開。

其字則一，八面推來。

李鶹隨手就指著「其」字說道：「先生，就是這『其』字罷。」那先生展開一張素紙，把筆醮上些墨水，向紙上寫下這個「其」字，沉思半晌，開言問道：「尊官，此字何用？」李鶹道：「在下燉煌人氏，在江河上做些小小生意，乘便要到邵州地方尋一相知，因見路上不好行走，意欲轉去，兩念未決，煩先生指示。」

那先生又把「其」字的意思仔細想了一回，乃道：「尊官可是因路上風波危險，要想回家去嗎？」李鶹道：「還是去的好，不去的好？」那先生道：「要去不去，不去要去。」李鶹道：「先生差矣！或該去，或不該去，只一言而沒，如何說這葫蘆提的話？」先生笑道：「尊官休要性急，據這『其』字，數中有許多蹺蹊古怪的緣故，待我細細說來。這『其』字便是尊官主身，加著水旁，成個『淇』字，應在尊官有江河之行了。假如水字正書，兩邊相稱，即為波平浪靜，管取中流穩渡了。如今乃是三點水，下邊這一點倒挑起來，即為波濤反激之狀，這不是身臨風浪之危，興起歸與之念了？去了水字，換個馬字旁，是為騏字，身雖具不動之形，馬卻有馳騁之勢，此不去要去也。右旁除下馬字，在旁加上月字，合成期字，如今紅日中天，那得有月？所以歸去無期，此要去不去也。再去了月字，貼上虫字，則為蜞字。蜞為水族介虫之屬，有橫行之勢，原從淇字水旁推起，當有鱗介立類，得水相濟，成器為妖。今緊貼尊官主身『其』字，此物必要來害尊官性命。再將其字中二畫拆去，便是共字，此物當與尊官共為一身。應主妖物化作尊官，尊官化作妖物，方纔應得這個『其』字。」

李鶹聽了這般言語，心下暗想道：「本要問他決個行止，不道講

出這些胡話來。」忍不住又問道：「既在下與妖物互相更變，後來畢竟如何？」

先生道：「『其』字成數有八，自八以內爲七，七者生數；自八以外爲九，九者死數。今生數有餘，死數未到，主有八月災難，不至傷身。又八數在易則爲八卦，在天則爲八風，當有道通天地，氣合陰陽一個異人前來，方得消災解難，起死回生，元神復舊。」

李鷁一發見他說得荒唐，冷笑一聲，又戲言道：「然則救我之人，數該何姓？」先生道：「事難遙度，理有可推，你再說一個字來。」

李鷁就指著壁上「水流花開」中「花」字與他看，先生隨口應道：「花須葉扶，救你的定主姓葉。」李鷁笑道：「喚甚名字？」先生道：「天機不可盡洩，到後自當應驗。」李鷁道：「倘或不驗，卻是如何？」先生道：「尊官莫輕視此災，必不出八八時中。若過第六日無事，徑來打碎招牌，下情陪禮。」

李鷁初時分毫不信，到後見識得這般斬釘截鐵，頓添疑惑，喚從人將銀謝了先生，作別起身。也無心到岳陽樓游玩，急忙取路回船，對夫人說這拆字的緣故。夫人聽了，說道：「相公休聽這走方花子，從古至今，那曾見有妖物變人，人變妖物之事！」李鷁道：「初時我原不信，因他說過第六日不驗，情願打碎招牌，下禮請罪，故此心內疑惑。」夫人笑道：「相公，你枉自聰明，卻被這花子哄了。我們在此守風，這暴風無非一周時，最多也不過三日便開船了，難道爲這拆字的，直等到六日後纔行不成？」李鷁頓足道：「夫人見得是，我一時見不到，被惑了。」叫家人李貴吃了午膳再進城去買本州土產方竹杖及竹簟等物，湊送人事。

李貴奉命去，到日晚，卻同著本州一個差役回船，說：「因買竹籩與舖家鬥口，撕打起來，被他扭到州裏，小的說是李爺家人，劉太爺押小的到此查探。若果是李爺，先投名帖。」差役急忙回報：「今有名帖在此。」李鷫看了名帖，對夫人道：「劉公名申，與我同科，昔在都中會晤，甚是相契。今日停泊在此，吾恐取干涉之厭，所以不去拜他。」金夫人道：「相公，你也忒狷介了。」李刺史也將名帖教李貴同差役回覆。

劉申隨即出城，上船來拜。彼此寒喧，各道自都中分手，天各一方，欲晤無繇，正是他鄉遇故知，話濃不覺日暮，劉太守辭別回府。

次日，風恬浪靜，李刺史主意答拜了劉太守，即便開船。不意劉太守再四挽留，設宴款待是不必說，又於詞訟中尋些門路，設處百餘金聊為贐敬。因此準準盤桓了五日。

其時正是八月中旬天氣，李刺史設宴舟中，請劉太守游湖玩景，少酬雅貺。飲至更餘，劉申辭謝進城，那輪幾望的明月，正光輝如畫。李鷫乘著酒興，仍教移船出港，致舟中流，洞開艙窗，重整杯盤，與夫人玩月。

次後，夫妻兩口兒倚窗而望，則見：湖光涵月色，遠霧隱漁燈。李刺史正說：「難得劉太守恁般厚情……」忽地將手捏著鼻子，叫聲：「阿也！這病又來了！」

原來李鷫連日多用了杯中物，俗諺說得好：「酒是色媒人。」李鷫酒後未免犯著他，因此鼻衄之病復發，兩孔中流下蘇木汁來。俯首向窗外放了手，血都滴在船旁撬頭板上。這番比舊更多。

金夫人取汗巾正替丈夫揩拭餘血，只見水動波翻，鑽出一件物事，爬上撬頭板，把那鼻血舐咂個罄盡。李刺史仔細看時，卻是黃貓

還大，比犬更小的一個獺，俗名叫做「水狗」。那畜生見人去看他，濮通的攛入水裏去了。李鶠想起拆字先生說話，心下頗有些驚疑，便叫攏入港，收拾歇息，一宿無話。

次日，劉太守置酒本府，承值船中邀李剌史游君山餞別。那君山在洞庭湖中，上有十二峰，峰巒跂上，古帝堯之女湘君居此，故名君山。當日，劉太守、李剌史易換便服，只帶十數個從人登山遊玩。看了柳毅祠，纔到得湘妃墓側，忽然發起一陣怪風來，怎見得

　　無形無影透人懷，四季能吹萬物開，

　　就樹撮將黃葉去，入山推出白雲來。

那陣風過處，只聽得亂樹背後深草叢中，撲地一聲響，跳出一隻斑爛猛虎，剪尾咆哮，攛出林來，逕撲李鶠。嚇得眾人也顧不得什麼剌史太守，發聲喊，亂攛奔逃。劉太守幸的和眾役一般會奔，脫得這場大難。連跌帶滾，跑了四五里山路，纔到船邊，眾人氣喘急促，忙叫打跳上船不迭。

那李剌史的船因有家眷在內，相隔劉太守的船五十餘步。劉太守與眾人纔上得船，只見李剌史在君山上擺將下來，冷笑著說道：「李鶠來了。」劉太守見了李剌史，方纔定性，開言教人快請李爺上船。那李剌史全然不保，一逕上了自己的船，又喚在先隨上山的從人也上了船，喝教舟師：「快開船，趁順風去。」金夫人說道：「也該謝別劉太守。」李鶠那裏肯聽，李貴也來稟說，李剌史便要打將起來。舟人不敢違拗，只得收拾開船。

劉太守再差人來請時，船已開到波心去了，劉太守忙教也張帆趕上去。水手稟道：「李爺船風順帆揚，這里掛帆理楫停當時，李爺船

已是去了若干路，如何趕上？」劉太守道：「這也是，想是李爺怪我等不顧他，奔了下來。卻也好笑，我每又無器械在手，若來救你，連自己性命都送，卻不是從井救人，他恁般沒分曉！」叫左右傳令，開船回府。

舟役尊令正欲開船，只見君山山坡後轉出一個老僧，廝趕著一隻大鳥，走近船邊高叫道：「劉太守，莫錯怪李刺史，只問這啄蚌鳥便了。三日後便知端的。」說罷，即把啄蚌鳥捧上船來。劉太守未及詳問，那老僧化陣風，寂然不見。劉太守十分驚訝，便帶啄蚌鳥回府。

那鳥不鳴不食，終日呆立，亦不畏人。劉太守心疑，委決不下。等到第三日，忽報有道士相訪，劉太守出廳，教請相見。敘禮畢，那道士說道：「貧道姓葉，法名靜能，結廬羅浮山修煉，兩日望見洞庭湖中怨氣沖天，妖氛敝日，貧道仗劍下山，到洞庭湖左近細察，見妖氛已遠，怨氣卻在相公內衙。」劉太守聽罷，驚喜各半，便將前日同李刺史游君山遇虎，及後遇老僧送啄蚌鳥之事備述。葉靜能即教快取此鳥來看，劉太守傳令，須臾內衙取至。

葉靜能看時，卻是大似賓鴻的一隻鸕鳥。葉靜能忙教取水，遂捏訣念咒，望著鸕鳥噴了一口水，煞時毛退羽落，卻是峨冠博帶的一個李刺史。劉太守與滿堂人眾大驚失色。

葉靜能見李刺史昏迷，知道中毒，取出隨身帶來的藥餌，即教安排些安魂定魄解魔袪毒湯與李刺史吃了。李鷗似夢方覺，說被老虎所撲，自分必死，何期又到此處？望著劉太守，納頭便拜道：「仁兄之恩，真是天高地厚。」劉太守連忙扶起道：「仁兄莫錯謝了人。」指著葉靜能道：「救仁兄者乃是此位法師。」便將往事細述。李鷗聽罷，反驚得四肢麻木，半晌動彈不得。

葉靜能道：「妖物如此變幻不測，恐在邵州爲苦不小，待貧道去剿除妖物。」遂辭別李鵬等衆，取路來到邵州。打聽得李刺史已上任數日了，靜能諦察妖氣，正在刺史府中。

次日，俟李刺史出來拜客，看那刺史頭上一股黑氣，直冒到半空裏。靜能道：「原來這個刺史便是妖怪！」靜能看路旁有塊搗衣大青石，他便密唸咒語，向石嘆了一口氣，把手向空書符一道，那石在地左盤右旋，忽然飛起空中，刮喇一聲，不偏不斜，正壓在假刺史頭上，連轎帶扛都壓下去。轎夫人等雖不遠咫尺，卻不曾壓傷半個。衆人發聲喊，都跑散了，不敢上前。

葉靜能在人叢中走出大叫：「衆人不得害怕！」衆人看時，卻是星冠鶴氅一個羽士。靜能教衆人看石下，已非刺史，迺是百十餘圍的一個大黿。那黿修煉日久，身堅殼硬，卻是不曾壓死，尚在那裏伸頭縮尾，被三百餘斤的大石壓住黿背，衆人方敢上前。

葉靜能分付衆人分投去請闔城紳士耆老，半晌齊集。靜能喝叫：「黿怪，快供實情！」那老黿在石下伸頭探腦，掙扎不脫，口吐人言，供稱道：「老黿生在洞庭湖中，壽已千餘歲，頗能變化鳥獸等形。前因變水狗于湖濱窺探，偶吞李刺史鼻血，便能變化人形。不合化虎嚇衆，將眞刺史爲啄鵪，假官人是黿妖。今被擒拿，伏乞饒命。所供是實。」

葉靜能聽罷，便將劍向黿當頭刺去，可憐千歲老黿，到此一場春夢。煩人將黿鋸開，分食其肉，至今黿殼尚存。

靜能將書符咒水及消毒解腥藥餌教李刺史合家調服，靜能飄然而去，邵州士紳屬官及岳州太守將此事合詞奏聞，則天皇后降旨封葉靜能普濟靈通眞人，建祠邵州。李鵬調攝病痊，馳驛上任。

李剌史到毒退病瘥上任之日，準準的二百四十餘日，深歎拆字先生恁般靈驗，差人再到岳州謝劉太守及訪問拆字先生。那拆字先生已是不知去向。劉太守差人到君山物色送鶵老僧，並無踪跡，惟妙寂菴中方丈左壁上水墨畫的僧像，酷似老僧。

後來李剌史任滿，到君山拜謝僧像，那時劉太守已去任。李剌史自此棄家入山，訪葉靜能學道，亦成地仙，後世往往有人見之，所以這話本叫做葉法師符石鎮妖。後人有詩稱誦葉靜能之功云：

> 靜能法力冠黃龍，斬怪擒妖百姓安，
>
> 若非符石騰空起，堂上于今有假官。

附錄二：李鶵——太平廣記卷第四百七十

唐燉煌李鶵，開元中，為邵州刺史，挈家之任。泛洞庭，時晴景。登岸，因鼻衄血沙上，為江黿所舐。俄然復生一鶵，其形體衣服言語，與其身無異。鶵之本身，為黿法所制，縶於水中，其妻子家人，迎奉黿妖就任，州人亦不能覺悟。為郡幾數年，因天下大旱，西江可涉，道士葉靜能自羅浮山赴玄宗急詔，過洞庭，忽沙中見一人面縛，問曰：「君何為者？」鶵以狀對。靜能書一符帖巨石上，石即飛起空中。黿妖方擁案晨衙，為巨石所擊，乃復本形。

時張說為岳州刺史，具奏，並以舟楫送鶵赴郡，家人妻子乃信。

今舟行者，相戒不瀝血於波中，以此故也。（出獨異記）

後記：本篇原發表於《中國古典小說研究專集》五，一九八二。

巴黎國家圖書館藏本《醒世恆言》

一

《三言》幾十年來一直是傳統小說研究的熱門，學界對現存已知各種舊刊本的調查介紹，至今大體已近完備，因此，在這方面已幾乎不再有什麼新的話題好說。巴黎國家圖書館東方原稿部所藏舊刊本《恆言》，劉修業女士早在《古典小說戲曲叢考》（一九五八）一書中，即有專節介紹，學界也多已知悉。

筆者數年前趁在法講學之便，曾稍閱國家圖書館所藏舊刊中國小說，對館藏該部《恆言》亦略作翻檢，發現該書雖非全本，但某些保存完好的篇章，或恰可補他本不全之處，而劉女士於此等處又未提及，因此當時即作有簡短筆記（一九八二）。雖然如此，卻一直未曾為文介紹。原因無他，但以筆者自認非版本專家，所見多陋，又以所見者小，不敢輕自以為是。

今夏八月（一九八七），臺北開「明代戲曲小說國際研討會」，得遇版本目錄專家大塚秀高教授。事後，蒙教授自日寄贈所編

《增補中國通俗小說書目》，並來信談及中央圖書館所藏《通言》爲三桂堂刊本等問題。中圖所藏《通言》爲三桂堂本之確認，及由此確認而經反覆校勘，以判定《京本通俗小說》乃自《通言》、《恆言》後刊本轉錄而出之僞書諸問題，筆者數年前皆已爲文發表。於此，筆者乃復想起前此有關巴黎藏本《恆言》之一段筆記，雖所見者小，然以版本之事，雖一字一葉之異，皆攸關當時出版與流傳之情形，最終並關乎相關篇章之評價，因此乃不自藏其陋，將前時筆記略作整理，以爲介紹，或可爲學界參證。

二

　　巴黎國家圖書館東方原稿部藏《醒世恆言》，已重新裝訂。大概爲裝訂之整齊，書的上下兩端曾加裁割，以致有些眉批部分亦爲割去。

　　原書缺封面、缺插圖。目錄、序全同葉敬池本。正文行款、字體、版面字數亦全同葉敬池本，惟字跡時有稍模糊處。其中卷三十四，葉碼次序雖正常，然正文則多顚倒錯亂，且版面右上半部與下半部錯併之情形，即每頁每行上半接不攏下半每行。另外，卷六葉十七下，卷九葉三下，葉六上，相應處葉敬池本有眉批，此本則無。以上諸特徵，說明此本乃葉敬池本（或葉敬溪本，因二者版式咸同）舊版未毀前之再刷，因版式字跡皆同，而字跡較模糊，版面且間有併湊之情形。

　　該藏本髒字如「王八」等被挖去，卷十九葉十八下有關情愛一段亦被挖去。第三卷正文全缺，第七、第八、第十二、第十三、第

十四、第十五、第二十三全卷缺。卷十缺入話，正文自葉四始，卷十六只存一至四葉。

　　其中要特別提出來說明的是第二十六卷和二十九卷。據大塚教授《增補中國通俗小說書目》，今存《恆言》可確定爲葉敬池原刊本者，惟內閣文庫有藏；而葉敬溪刊本則大連圖書館舊藏，天理圖書館各有一部。其餘巴黎、倫敦所藏之各一部，則尚未確定爲何刊本。巴黎藏本按筆者前述，已知當爲葉敬池本（或葉敬溪本）之再刷，倫敦英國博物院藏本柳存仁先生著錄雖未確定爲何刊本，但按所述版面行款特徵，則當亦爲葉敬池本系列，而非後來改版之衍慶堂刊本。今世所習見之舊刊本乃世界書局影印之內閣文庫藏葉敬池刊四十卷足本。顧學頡校注排印本所據則爲衍慶堂刊本。大連圖書館及倫敦所藏，因所見著錄未盡詳細，不知其第三十六、二十九卷有否脫葉之情形。天理圖書館藏本據著錄則第二十六卷全缺。而據察影印之葉敬池本，則其中第二十六卷第十八葉原缺，另以衍慶堂本配補；第二十九卷四十葉之後葉碼雖爲四十一（是否影印之關係致四十二成爲四十一），然實脫缺一葉，未以他本配補。

　　而巴黎藏本雖多殘缺，然第二十六、二十九兩卷則皆保存完整，無一脫略。今傳惟一已確定之葉敬池原刊本既有如上述之脫葉，巴黎藏本乃恰可補足。

　　雖然該二葉文字脫缺部分，衍慶堂本俱不缺，但因衍慶堂本文字間有異於葉敬池系列者，已非原著面目，因此此二葉文字之補入便有其重要性。因今流傳普見之舊刊本唯此葉敬池本，爲便於學者對校補足之便，茲將所缺部分，據巴黎本轉錄於下，其文字有異於衍慶堂本之處，將衍慶堂本文字以括弧寫出。

　　第二十六卷〈薛錄事魚服證仙〉，巴黎本第十八葉原文，從「世上死生皆為利，不到烏江不肯休」以下開始：

　　裴五衙把趙幹趕了出去取魚（去）來看，卻是一尾金色鯉魚，有二尺多長，喜道（歡）：「此魚甚好，便可付廚上做鮓來吃。」當下薛少府大聲叫道：「我那裏是魚，就是你的同僚，豈可不（錯）認得（我了）。適才我受了許多人的侮慢，正要告訴列位與我出這一口惡氣，怎麼也認我做魚？便付廚上做鮓吃。若要作鮓，可不將（屈）我殺了，枉做這幾時同僚，一些兒契分安在！」其時同僚們全然不理，少府便情極了，只得又叫道：「鄒年兄，我與你同登天寶末年進士，在都下往來最為交厚，今又在此同官，與他們不同，怎麼不發一言，坐視我死！」只見鄒二衙對裴五衙道：「以下官愚見，這魚還不該做鮓吃，那青城山上老君祠前有老大的一個放生池，儘有建醮的人買著魚鱉螺蛤等物投放池內，今日之宴既是薛衙送來的散福，不若也將此魚投於放生池（內），纔見我們為同僚的情分，種此因果。」那雷四衙便從旁讚（說）道：「放魚甚善，因果之說不可不信。況且酒席上（美）餚饌儘勾多了，何必又要鮓吃。」此時薛少府在階下聽見，歎見：「鄒年兄好沒分曉，既是有心救我，何不就送回衙裏去，怎麼又要送我上山，卻不渴壞了我。雖然如此，也強如死在庖人之手。待我到放

生池內，依還變了……（接下頁）〔轉來，重穿（衍
慶堂本作「換」）冠帶〕。

第二十九卷〈盧太學詩酒傲公侯〉第四十一葉原文，從「夕釋柟
陽朝上坐，丈夫義氣薄青雲」以下開始。括弧中衍慶堂本文字據顧學
頡校注本。

話分兩頭，卻說汪公聞得陸公釋了盧柟，心中不忿，
又托心腹，連按院劾上一本。按院也將汪公為縣令時
挾怨誣人始末，細細詳辯一本。倒下聖旨，將汪公罷
官回去，按院照舊供職，陸公安然無恙。那時譚遵已
省祭（察）在家，專一挑寫詞狀。陸公廉訪得實，參
了上司，拿下獄中，問邊遠充軍。盧柟從此自謂餘
生，絕意仕進，益放於詩酒，家事漸漸淪落，絕不為
意。再說陸公在任，分文不要，愛民如子，況又發
好（奸）摘隱，剔清利弊，奸宄恬（懾）伏，盜賊屏
跡，合縣遂有神明之稱，聲名振于（於）都下。只因
不附權要，止遷南京禮部主事。離任之日，士民攀轅
臥轍，泣聲盈（載）道，遂至百里之外。那盧柟家以
赤貧，乃南遊白下，依陸公為主。陸公待為上賓，每
日供其酒資一千，縱其遊玩山水。所到之處，必有題
詠（詠），都中傳誦。一日遊采石李學士祠，遇一赤
腳道人，風致飄然。盧柟邀之同飲，道人亦出葫蘆中
玉液以酌盧柟。柟飲之，甘美異常，問道：「此酒出

於何處？」道人答道：「此酒乃貧道所自造也。貧道結菴於廬山五老峯下，居士若能同遊，□恣君（當日日）對酌耳。」盧柟道：「既有美醞，何憚相從。」即刻於（到）……（接下頁）〔李學士祠中〕

補上以上二葉文字，今傳葉敬池本方算足本。

附錄：愛書害書

　　法國巴黎國家圖書館藏有不少珍貴的中國古版小說，幾十年來，中國學者前往閱讀參考，並加著錄的頗不乏人，就因爲如此，筆者便懶得一一再加以著錄考證。在巴黎期間，若有工夫前往，也只檢自己有興趣的翻翻而已。在翻檢的過程當中，當然也發現了丁丁點點前人著錄或考證錯誤的地方，但是這種瑣碎的考證事項，只好留待考證文章來做，在此不便多談。在這裏所要講的是另一個和考證無關的問題，就是有些書或許在館方人員的過分關愛之下，而遭受無可彌補的損傷。

　　原來巴黎國家圖書館所藏的中國古書，都是重新裝訂，將原來幾冊合釘爲一冊或數冊精裝本的。這樣做當然有它的好處，就是容易上架，便於借借出出。如果他們當初只是把書疊整齊，再加精裝，本也沒有什麼問題，可惜的是，就爲了整齊好看，他們在裝訂時，把一些書的上下兩端裁割了。這一割，問題就大了，往往書上端的眉批就給裁掉了。中國通俗小說的刊印，自明朝末葉以來，就有了同時刊印眉批的習慣，這些眉批本身雖然沒有什麼文學價值，可是對於了解當時人們的小說觀、寫作方式或考證作家生卒，甚且作者的寫作心態，或多或少都是有價值的。現在搞紅學的那麼熱心的在搞脂批等等，就是爲此。

　　譬如他們那裏所藏的一部《醒世恆言》，實在是一部頗有版本價值的書，可惜的就是眉批部分給裁掉了不少。好在該書另有更好的版本藏在日本，若該書是唯一孤本的話，那研究者，或書的愛好者看到

那種情形，就只有長嘆了。

除了眉批之外，若裁得再侵入些，某些正文恐怕也免不了損傷。此外，就嚴格的中國古書版本學來說，某本某版的長寬多少，都是相當重要的資料，經這麼一裁，這書長一項，也只好免了。

提到這點，就想起牛津大學的杜德橋教授（Glen Dudbridge）曾經向筆者談到的另一件故事。他說，他的一位日本朋友，以前不知在什麼地方買到了一部古書，上面有不少前人的批注，他寶貝得不得了，特地把這一本書委託大學的圖書館重新裝訂，書送回來之後，真是齊整漂亮，可是，翻開一看，上面的許多批注都給裁掉了，他氣得目瞪口呆，對那裝釘的圖書館人員說，「這本書對我已經沒有用了，送給你們圖書館吧！」這本書之所以寶貴，就在那些批注上面，既然給裁了，那和在書舖子買的普通排印本就沒什麼兩樣。

愛書如果愛得不得當的話，有時是會害書的。

後記：本篇原發表於《小說戲曲研究》第一集一九八八年五月，臺北聯經出版公司。

　　　本篇附錄〈愛書害書〉原爲發表於一九八二年十月二十日臺灣日報副刊筆者讀書札記〈隨緣觀書〉之一條，因與本文所記有關，故附於此。

《三言》序及眉批的作者問題

馮夢龍編輯的《古今小說》（《喻世明言》）、《警世通言》、《醒世恆言》，共收話本一百二十篇，合稱《三言》。

大概因為書中有少許犯忌的描寫，並且小說一向就不為正統文人所重視，所以馮氏當初出版這三部書，不但沒署真姓名，連一向常用的筆名也不用，只用了一些奇怪的化名。雖然後來他自己又故意洩露了謎底①，讓世人知道他就是這三部書的編輯者②，可是，就因為曾有這層弔詭，仍然為我們留下了一些小問題。

這三部書各有一篇序，也都有眉批。序不僅將編纂緣起作了交代而已，更從社教的觀點著眼，闡述分析，肯定了小說的價值。在中國小說觀的演進上，這三篇序是不可多得的重要文獻。可是，這幾篇序到底是誰寫的，卻有些問題。

從《明言》和《通言》的序來看，編者和寫序的人是各不相同

---

① 在他自己所編的另一本小說《新列國志》的封面上就有題識說：「墨憨齋向纂《新平妖傳》及《明言》、《通言》、《恆言》諸刻，膾炙人口。」

② 馮同時而稍後的凌濛初在《拍案驚奇》的自序中已提到《喻世明言》等書是馮所編。《今古奇觀》的姑蘇笑花主人序中也同樣的提到。

的兩個人。《明言》的序者署名「綠天館主人」，序中說該書的編者是「茂院野史」，又說他爲該書寫序，是因爲讀了之後頗爲欣賞，「顧而樂之，因索筆而弁其首。」《通言》的序者署名「豫章無礙居士」，序中說《通言》的編者「隴西君」是他的好朋友，所以他才爲該書命名並寫序。

這四個不同的名號，確實頗使人迷惑，好在我們已經知道書是馮夢龍編的，所以可以肯定「茂苑野史」、「隴西君」就是他的化名。可是另外兩個別號卻又是誰？而《恆言》的序者另署「隴西可一居士」，又應當是誰？

這個問題的提出不自今日始，一些研究《三言》的先輩學者早就注意到了。孫楷第先生和英國的白芝（C. Birch）在他們研究《古今小說》的專文裏，都曾就這個問題加以討論，並獲得了一致的結論，即該書的序是馮夢龍寫的[3]。白夏普（J. Bishop）則更認爲《三言》的三篇序都是馮的手筆[4]。

既然問題已經有人提出討論，並有了答案，似乎就不必再費筆墨了。其實不然。

如前所說，這個問題是有些糾葛的。《明言》和《通言》的序裏，明明指出序者和編者是不同的兩個人，而《恆言》的序又是另一

---

[3] 孫楷第在〈三言二拍源流考〉中說：「綠天館主人不知何人，而序文議論宏通，諒非別人所能，或亦馮氏所作。」孫氏該文發表於《北平圖書館館刊》第五卷第二號。而白芝則直指《古今小說》之序即馮夢龍所寫，見C. Birch, "Feng Meng-lung and the Ku Chin Hsiao Shuo", *Bull. of the School of Oriental and African Studies*, Vol. XVIII, Part 1 (1956), pp.64-83。

[4] J. Bishop, "The Colloquial Short Stories in China-A Study of the San-Yen Collection", *Harvard-Yenching Institute Studies*, XIV, Cambridge, Mass., 1956, p.16.

個不同的署名。若要說這三篇序都是馮夢龍自己寫的，首先就必須澄清這些名號的糾葛，才能指實。否則再怎麼說，也只是個推測而已。上引諸先輩在討論這個問題時，都未能提出充分的證據，針對疑難化解謎團，只是旁敲側擊，就下了結論。因此即使有了答案，而且是正確的答案，問題卻仍然懸擱，似解而實未解。所以我們只好不憚其煩地再提出來討論。相信這並不是多餘的。

除了序者的問題以外，眉批的作者同樣的有待澄清。眉批的性質雖然與序不同，但也是進一步了解《三言》形成與內容上不可或缺的一部分。

批點圖書的風氣由來已久。自嘉靖、隆慶以後，隨著小說、戲曲地位的提高與流行，寄情於此道的文人一多，這類作品的批點也逐漸的發展興盛了起來。

像其他學問的衍進一樣，小說的批點之學，也是由簡而繁，由粗而細，隨時間的推移而推展的。如較早的所謂李卓吾批《水滸》，不論是容與堂本百回本或楊定見本的百二十回本，多的是只在重要情節關鍵上批個「好」、「關目好」等類似的簡單而直率的判語而已。往後風氣一開，此道漸受重視，到了金聖嘆的批點《水滸》，除了簡單的判語之外，更多的是人物描寫、情節結構等等寫作理論的發揮，竟然是長篇大論的宏文了。這種長篇大論式的批書方式，或許和個人的思想意趣有關，但是只要追溯一下歷史，就會發現，批書者之所以會藉小說批點這酒杯，來大注其自身之塊壘，是因為小說批點隨著時間的衍變，已經發展到一個成熟的階段，其形式已為社會所接納，為士林所重視。

馮夢龍所留下來的作品，不論是戲曲小說或其他，也大都有眉

批或後評。《三言》自不例外。《三言》的眉批雖然不像稍後的金批《水滸》那般的大發議論，但也不像較早的李批《水滸》那麼的簡樸。眉批中或是難字的注解、典故的說明，或是人物的考證、情節的分疏，更有的是藉題發揮的世情感嘆。這些眉批對於我們了解《三言》的價值，自不在話下。

眉批的作者和序文的作者一樣，看來似乎沒有問題，實際上卻疑竇叢生。如《古今小說》的評者也是署名「綠天館主人」，《通言》的評者則署「可一主人」，《恆言》的評者爲「可一居士」。這些名號到底是誰的化名，不經探尋追究，是很難遽下斷語的。

注意《三言》的學者同樣的也早已有人提出了他們的看法，認爲這些眉批都是馮夢龍自己加上去的。如白芝（C. Birch）說《古今小說》的眉批是馮本人所加⑤，普魯雪克（J. Prusek）認爲《三言》的眉批都是馮自己寫的⑥，而韓南（P. Hanan）則直接引用眉批的資料來作爲考證故事本文的參證，稱這些眉批爲「編者評語」⑦。

他們的判斷，當然是經過了深思熟慮之後才提出的，可是，和序者的問題一樣，也由於都缺乏具有使人信服的證據，仍未免有主觀推斷之嫌。

由上面引述的種種序者和評者署名，我們可以知道，這兩個問題是互相關聯的，因而將之合在一起，一併討論，對問題的解決更爲方便。

---

⑤ C. Birch, Ibid.

⑥ J. Prusek, *Chinese History and Literature*, D.Reidel Publishing Company, Dordrecht-Holland, 1970, p. 337.

⑦ P. Hanan, "The Authorship of Some Ku-Chin Hsiao-Shuo Stories", *Harvard Journal of Asiatic Studies*, Vol. 29, 1967, p.192.

　　爲化解由這許多不同名號所產生的糾葛，且先將三本書中所提到的編者、序者、評者，及其他相關的署名，列成簡表，以清耳目，便於討論：

《古今小說》	編者：茂院野史
	序者：綠天館主人
	評者：綠天館主人
《警世通言》	編者：隴西君
	序者：豫章無礙居士
	評者：可一主人
	較者：無礙居士
	封面題識「茲刻出自平平閣主人手授」
《醒世恆言》	編者：（序中未明言）
	序者：隴西可一居士
	評者：可一居士
	較者：墨浪主人

　　因爲我們已經知道這三部書都是馮夢龍編的，所以表中「茂苑野史」、「隴西君」，以及所謂的「平平閣主人」等，當然都是他的化名。此外，《恆言》的「隴西可一居士」序，並不像《明言》、《通言》的序一樣，說該書是別人所編。從序中的行文語氣，我們也明顯的看出，這是編者自道其書的「自序」。因此，這個所謂的「隴西可一居士」，也就是馮夢龍的化名。而且，「隴西可一居士」和「隴西君」也應當是同一個人。

　　如此一來，則《恆言》的編者、序者、評者，很清楚的都是馮夢龍了。而《通言》的評者「可一主人」，顯然是「可一居士」的別

稱，也是他的化名。經過這一簡單的對照，剩下來還沒解決的就只有《古今小說》的序者、評者「綠天館主人」和《通言》的序者「豫章無礙居士」了。

　　爲解決這剩下的問題，當得從另一方面著手。眉批本身的線索，便是一個探索的方向。

　　如前所述，《通言》、《恆言》眉批的作者已可確定是馮夢龍本人無疑。而他所編的其他各書的眉批或後評，如《墨憨齋新曲》十種、《太平廣記鈔》、《春秋衡庫》、《譚概》、《智囊》、《新列國志》、《新平妖傳》等等，也都是他自己加上去的。這些都是在各書的序引或書中題署已明白說出來的。筆者本可依此而類推，說《古今小說》的眉批也是他自己寫的，因爲這實在是一個有力的推斷，但是筆者認爲這還不夠。多一分證據，就多一分說服力。

　　原來《三言》所收的故事，有許多複見於馮夢龍自己所編的其他各種筆記小說中，其中出現最多的就在於《太平廣記鈔》、《情史》等書中。《太平廣記鈔》是他將原來的《太平廣記》一書重新打散編排而成的，編者是他當然沒問題。而《情史》是不是他所編的，卻會令人懷疑。因爲該書編者題署「江南詹詹外史」，書前有馮夢龍的序，也有「詹詹外史」的自序⑧。而較早的書目或志書中並沒有收

---

⑧　臺大研究圖書館善本書室原藏有「立本堂藏版」《情史》一書，封面「情史」兩大字，旁題「馮猶龍先生原本，詹詹外史評輯」，爲大型本，共二函十五冊，有馮夢龍序及江南詹詹外史序。正文有眉批，也有夾批。然不知何故，據聞該書不久前已失蹤。未能參看，殊覺可惜。該書可能是當今傳世的《情史》中惟一僅存的大型本。筆者今爲此文所根據的《情史》是師大所藏的巾箱小型本，該本出版處所及年月皆不知。正文亦有眉批及夾批。另外筆者自藏民國初年新小說社石印的《新編古今情史類纂》，其目錄標題及故事編排次序已經後人重編過，惟眉批及故事原文則皆保留完整，聊可借參用。此處所引《情史》卷第皆據巾箱本。

錄該書，直到同治年間的《蘇州府志》才將該書列爲馮氏的著作之一。志書的編纂當然有所根據，但是因爲同治時代距馮生時已稍遠，志中又沒充分的說明，所以仍然未免令人迷惑。直到最近的韓南（P. Hanan）及Hua-Yuan Li Mowry女士在他們的專門論文中才提出了較詳細有力的證據，證明了該書確爲馮夢龍所編，並判定了該書的編纂年代[9]。

如果多找證據並不算多事的話，我們在此願先從《通言》、《恆言》及《廣記鈔》、《情史》等各書眉批、後評的對照中，來爲《情史》確爲馮夢龍所編這個結論多找一個注腳，並爲後文《古今小說》的評也是馮夢龍所寫的論點，作一個張本。

在此，我們已知《廣記鈔》、《通言》、《恆言》都是馮自己編，自己寫評。且看各書故事互見，情節相關處的一些批語。

（一）見於《警世通言》部分

1. 第十二卷〈范鰍兒雙鏡重圓〉的入話故事，即《情史》卷二〈徐信〉條：

---

⑨ P. Hanan, *The Chinese Short Story-Studies in Dating, Authorship, and Composition*, Harvard Univ. Press, Cambridge, Mass., 1973, pp. 86-92. Han-Yuan Li Mowry, *Ching-Shih and Feng Meng-lung*, Dissertation for degree of Ph.D. of Univ. of Cal., Berkeley, 1976, pp. 426-256. 這兩篇文字，尤以後者爲然，提出了詳細的考證來證明《情史》是馮夢龍寫的，並指出《情史》的出版在《三言》之後，最可能的是一六二八年以後。其論證確實，然以引據繁多，此處不具引。

小說本文寫至徐信與列俊卿各與舊婦相認，二家團圓之處，有批云：「事大奇。」

《情史》於情節相應處批云：「天下有此巧事，真正通家無害好義。」

2. 第二十三卷〈樂小舍拚生覓偶〉正文，即《情史》卷七〈樂和〉一篇故事：

小說本文「順娘出神，在小舍人身上……腳兒把滑不住，溜的滾入波浪之中。」此上有批云：「一對多情種，非得潮神撮合，且為情死矣。」

《情史》篇後評語云：「一對多情，若非得潮神撮合，且為情死矣。」

又小說本文「喜小姐隨後甦醒，兩口兒精神如故。」此上有批云：「全是潮王弄奇。」

《情史》於相應處有行間夾批：「全是潮王弄奇。」

3. 第二十四卷〈玉堂春落難逢夫〉正文，即《情史》卷二〈玉堂春〉故事：

小說本文「故將金銀首飾器皿，都與你拿去吧！」此上有批云：「路費足矣，要首飾器皿何用？」

《情史》於相應處批云：「得路貲以歸足矣，席捲所有，毋乃貪甚！」

（二）見於《醒世恆言》部分

1. 第十卷〈劉小官雌雄兄弟〉正文，即《情史》卷二〈劉奇〉故事：

小說本文「劉奇敘他向來未曾脫衣之事。欽大郎道：恁般一發是了。」此上有批：「大劉雖曰端人，終是癡漢；小劉貞女，誠亦巧婦。」

《情史》於相應處批云：「大劉雖曰端人，終是癡漢；小劉固然貞女，誠亦巧人。」

又小說本文「劉方聞言，羞得滿臉通紅。」此上有批：「雅操堅持，有何慚色？」

《情史》於相應處有批語與此字句完全相同。

又小說本文「妾是時意欲說明，因思家事尚微。」此上有批云：「有心人。」

《情史》於相應處批云：「有心人也。」

2. 第二十八卷〈吳衙內鄰舟赴約〉正文，即《情史》卷三〈江情〉篇故事：

小說本文「衙內暗暗只管叫苦，說道：如今怎生是好？」此上有批云：「若是一偷而去，各自開船，太平無話，二人良緣終阻，行止俱虧。風息舟開，天所以玉成美事也。」

《情史》篇後評云：「若是一偷而去，各自開船，太平無話，二

人良緣終阻，行止俱虧。風便舟開，天所以玉成美事也。」

　　3. 第三十七卷〈杜子春三入長安〉正文，即《廣記鈔》卷六〈杜子春〉故事：

　　小說本文「我于名教復圓矣！」此上有批云：「□的名教，全仗錢財。」

　　《廣記鈔》於相應處批云：「名教雖辱，非錢不圓。」

　　由上舉各條看來，《情史》和《通言》、《恆言》等情節相應處的眉批，竟有如此多相同的批語，若說偶合是不可能的，若說編小說、寫眉批本來就有相襲的可能⑩，對此也難以解釋，因為《通言》、《恆言》是話本小說，而《情史》則是文言筆記小說，即使是同一故事，而篇幅長短不類，情節也免不了有所增減，除非這些故事都是同一個人所編，眉批或評也是同一個人所寫。否則，若說是其他的人從前人的書中，找出了和他自己所編的相同的故事，再在情節相應的地方，加上前人所用的批語，而且用得那麼多，那是不可想像的事。而且即使是上面我們所引的各篇複見的故事中，也並不是在兩書中出現的批語都相同，錯落在其他情節之上的，仍有許多相異的批語，若說是其他的人抄襲批語，何以會有如此的選擇性？所以這些相同的批語，應當是同一個編書人所為。因為如果這些故事是同一個人編的，評語也是他自己寫的，那他編前書對故事的記憶與感想猶存，很自然的就會將之移到後編書中的同一故事裏來，所以才會出現這許多相同的批語，而前面的疑點也就迎刃而解了。我們知道，《情史》的批語、評語，應當是馮夢龍寫的。《情史》的評者與編者是同一

---

⑩ 韓南先生就曾說到《情史》中的某些評語，是由該篇所據的早期原本連故事評語一併照錄下來的。見 P. Hanan, Ibid, p. 89。

人，當然，編者也就是他了。所謂「詹詹外史」只不過是又一個化名而已。

有了這樣的結論，我們再反過來看看《古今小說》的眉批，這部書中與《廣記鈔》、《情史》等書批語互見的更多，且將之逐條列出，以作比較：

1. 第五卷〈窮馬周遭際賣食䭔媼〉正文，即《太平廣記鈔》卷四十三〈賣䭔媼〉，《情史》卷二〈賣䭔媼〉等篇故事：

小說本文「常何拜伏於地，口稱死罪……此乃臣家客馬周所為也。」此上有批云：「常何不攘人善，亦是高人。」

《廣記鈔》於情節相應處批：「何不攘人善，武臣更難。」

另外《廣記鈔》於篇末之上批云：「媼能引人，的非常品，又何必相問！」

《情史》篇後評亦云：「此媼能引人，的非常品，又何必相問！」

2. 第八卷〈吳保安棄家贖友〉正文，即《廣記鈔》卷二十八〈吳保安〉篇故事：

小說本文「仲翔玩其書，歎曰：此人與我素昧平生，而驟以緩急相委，乃深知我者。」此上有批云：「無交而求，求之而反喜，此意誰人解得？」

《廣記鈔》於相應處批：「人以事求我，而反感之，此意誰人解得？」

又小說本文「楊安居……親執其手，登堂慰勞。」此上有批云：「楊公十分好賢，如今那有此人！」

《廣記鈔》於相應處批：「楊公更奇，正惺惺惜惺惺也。」

3. 第九卷〈裴晉公義還原配〉正文，即《廣記鈔》卷二十八〈裴度〉篇故事，《情史》卷四亦有〈裴晉公〉條：

小說本文「填寫唐璧名字，差人到吏部去查他前任履歷，及新授湖州參軍文憑。」此上有批云：「為人須為徹，我安得遇此等人也。」

《情史》於相應處批：「為人須為徹，晉公有焉。」

另外《廣記鈔》與《情史》俱於篇末批云：「婚宦一時，俱遂樂哉！」

4. 第十七卷〈單符郎全州佳偶〉正文，即《情史》卷三〈單飛英〉篇故事：

小說本文「今將遠去，終身不復相見，欲具少酒食，與之話別。」此上有批云：「自是豪俠舉動，若腐儒，鮮不以為蛇足矣。」

《情史》於相應處批：「都是大丈夫舉動，甚光明，甚磊落。」

5. 第十八卷〈楊八老越國奇逢〉正文，即《情史》卷二〈楊公〉篇與《譚概》卷三十八〈一日得二貴子〉篇故事：

小說本文「闔門歡喜無限。」此上有批云：「楊公以髡囚異物，一朝而得二貴子，兩夫人，以朱幡千鍾養焉，出死地，登九天。其離而合，疏而親，賤而榮，豈非天數為之哉！」

《情史》與《譚概》所收該篇，文字全同，故事的結局云：「而翁以髡跣跳戰之卒，且為虜囚，一旦而得二貴子，兩夫人，以朱幡千鍾養焉，其離而合，疏而親，賤而榮，豈非天故為之哉！」

6. 第二十八卷〈李秀卿義結黃貞女〉正文，即《情史》卷二〈王善聰〉篇故事：

小說本文「善聰立意不肯道：嫌疑之際，不可不謹……把七年貞節，一旦付之東流，豈不惹人嘲笑。」此上有批云：「確是眞正女道學，可敬，可敬。」

《情史》於相應處批：「善聰眞正女道學。」

又小說本文「李公意甚憫之……親身到彼主張，花燭笙簫鼓樂，取那黃善聰進門成親。」此上有批云：「那有此湊趣太監，十中無一。」

《情史》篇後評云：「可惜絕好一件事，卻被中官做去。」

7. 第三十三卷〈張古老種瓜娶文女〉正文，即《廣記鈔》卷五〈張老〉篇與《情史》卷十九〈張果老〉篇故事：

小說本文未有批語與二書相近者，然《廣記鈔》、《情史》所收該二篇上各有四條批語，完全相同。

由以上這些對照，並照應前面的說明，則《古今小說》眉批的作者，當然就是馮夢龍自己了。評者既然是他，那麼，序當然也是他寫的，因爲該書的序者、評者都是「綠天館主人」。

我們之不憚其煩的作這些對照，除了以資證明評者的確實身分之外，另一方面也可以藉此約略看出馮夢龍在編他的話本小說和文言小說時，資料互相運用的情形。因爲這不在本題之內，故暫不具論。

現在，《三言》序者、評者的問題，就只剩下一個《通言》序的作者「豫章無礙居士」了。

　　既然《三言》是一部叢書，編者為同一人，而評者也就是編者，並且第一部和第三部的序也都是編者自己寫的，按照三書體例一致的情形來說，《通言》的序也應當是他自己寫的。並且三篇序的理論也是一貫而下，作此推論，當不過於粗率。

　　另外，《通言》序本身說編者隴西君「與余相遇于棲霞山房……因出其新刻數卷佐酒」的話來看，他這序是寫於「棲霞山房」的。而後來《恆言》的「隴西可一居士」序也是寫於「棲霞山房」，這也給了我們一個暗示，即這全篇序的作者就是同一個人。否則怎麼會那麼巧，兩篇序都是在同一個地方寫的呢？

後記：本篇原發表於《中國古典小說研究專集》二，一九八〇年六月。

「說話」與「小說」的糾纏
——馮夢龍《三言》、《石點頭》序言、批語的話本小說觀

一

　　馮夢龍在小說方面的成就是各方面的，特別是《三言》的出版，開啓了後來文人編寫「話本小說」的風氣，使話本小說成爲傳統小說中的一個重要文類。可以說《三言》的出版，爲後來話本小說的寫作提供了典範。

　　典範的形成，不可諱言的首先應歸功於市場的成功。通俗小說畢竟從來不爲傳統文人所重，《三言》之後之所以會有《二拍》及其他話本小說集之陸續刊行，主要就在於書商已經看好《三言》這類作品的市場預期。

　　《三言》之所以會有這麼一個一出即紅的成果，或許有著一些運氣，就像每一部投向市場的作品一樣，讀者的反應會如何，是誰也沒辦法事先預料的。尤其他是第一個嘗試以新的方式編寫出版話本

小說集的人，[①]成功與否，原來都在未知之數。但是他畢竟成功了。而他之所以成功，不盡然只是因為趕上了當時已漸發展成熟的市場機制，而是他恰當其時的開發了一種新的讀物，抓住了廣大讀者群。這一廣大讀者群包含識字的市民大眾，也包含願意開放閱讀視野的文人士子。而新的讀物就是重新加工潤飾而成的話本體小說。重新潤飾話本，並不只是把說話人流傳下來的話本拿來，隨意的改編改寫，而是朝一個設定的方向，依一定標準所作的重新設計包裝。這些設計包裝的背後，就是馮夢龍想要怎樣讓「話本小說」可以成為雅俗共賞的一套構思。也就是說，從編寫《三言》第一部《古今小說》時，他就有了一套預設的編輯方針，一個特定的小說觀。這些小說觀首先見於《古今小說・序》。後來由於出版策略成功，於是又有《警世通言》、《醒世恆言》的相繼出版。在《古今小說・序》中提出的見解，在《通言》及《恆言》二書的〈序〉得到了補充與發揮。

然而不僅如此，由於《三言》的出版，不能免於當時出版界的習俗，正文之外，各篇也都附有眉批、評注。馮夢龍的小說觀，雖然首要見於各書序文中，但也因為有了眉批評語的呼應，一些重要的見解才更得到印證、落實。

《三言》的眉批，時代雖然比李卓吾的《水滸傳》批為後，但一般上被認為還是屬於較缺乏理論深度的早期小說批注形式。比起稍後金聖嘆自成一格，具理論架構深度的《水滸傳》評點，馮夢龍的話本小說批注，在小說理論的建構上，當然相對薄弱。但是，如果從「話本小說」這一文類的發展角度來說，他的批語，卻是與序文共同呼應

---

① 比起較早時期洪楩出版的《六十家小說》及熊龍峯所刊話本，馮夢龍編寫出版的《三言》明顯有所不同，所以說是一種新的嘗試。

故事正文，一起型塑「話本小說」規範的不可或缺的一環。因此特別從他為編寫話本小說而寫的序文、批語來看他的小說觀，看他如何規範、導引話本小說的寫作方向，就是一件非常有意義的事。

當然，和他有關的小說還很多，但本文重點只在於他對話本小說方面的看法，因此話本小說之外的例證，就不在論述之列。而《三言》之外，《石點頭》也是由他作序及眉批，因此引證說明除《三言》之外，也包含《石點頭》。

二

論文學發展史或以朝代說文學特色者，常以唐、宋為比論。馮夢龍談小說發展亦如此。《古今小說‧序》於小說「盛於唐，浸淫於宋」的說法之外，更以「唐人選言，入於文心；宋人通俗，諧於里耳」的對比，試圖為唐、宋二朝小說作標籤式之區隔定位。

以「入文心」、「諧里耳」為小說本質差異之說明，來區隔文人品賞及通俗情趣的不同，給人的印象大體上應當是簡潔明快，能直指事物本質的形容用語。也就因此而常常為論傳統小說者所引用。但是，只要再一思量，卻就會發現他這些說法其實包含了幾個互為對應的，不同層次的東西，不只像字面顯現的那樣簡單明瞭。

首先，以小說發展「盛於唐，浸淫於宋」對應下文「唐人選言，宋人通俗」的說法，就已頗為含糊。按照這樣的說法，「盛於唐」指的當然就是後來被稱為「唐人小說」或「唐人傳奇」的「選言」，也就是高級文人的精緻文言作品。而所謂的「浸淫於宋」（即宋代逐漸發展興盛），對應於「通俗」的說法，指的當然不會是那些

精緻的文言之作，而是職業說話人的底本或由此流傳下來的話本。雖然文言小說和話本後來都被稱作小說，但二者不只在文類上大致可別，在起源及傳承上更有不同。馮夢龍這樣的說法，未免就模糊了眞相，隱藏了問題。因爲宋代也有不少的文言小說作品，雖然常有人覺得宋人文言小說成就不如唐人，但是如果以閱讀欣賞的角度來說，宋朝的「話本小說」，卻更不成氣候。

代表宋人的其實是「說話」，是「說話人」和「聽衆」當場面對面的表演藝術。這不只和唐人傳奇等文言小說原來是爲閱讀而書寫，訴諸於文字媒介的有所不同，和後來他蒐集到的「話本」，以及他自己編寫的「話本小說」，也還有不同。

不論「話本」保留了多少原說話人的故事內容，或記下了多少說話人的聲口語調，畢竟都已是一個提供閱讀的文本，和「說話」的當場情境，也還有本質上的差別。②

馮夢龍對其中的差異及相互關係，原本應當是了解的。不過，在舉證論述的時候，他卻又似乎不知不覺的把二者混爲一談。因此就有點理路糾纏。

當他以「唐人選言，入於文心」、「宋人通俗，諧於里耳」說明唐、宋小說差異時，其實已經注意到其中包含著藉助於眼和耳兩種不同的媒介。所謂「入文心」，就是合於文人的文學欣賞品味，這是經由閱讀的。而「諧里耳」指的則是通俗大衆很喜歡聽，這當然得有

---

② 口語交流互動以及文字之閱讀，二者之間情境差異及相應的心理機制相當的不同，是論口語文化及書寫文化發展的差異的重要論題。參考：Richard Bauman ed., *Folklore, Cultural Performance, and Popular Entertainments*, (Oxford Univ., 1992) pp.12-19.Walter J. Ong, *Orality & Literacy-The Technologizing of the Word*, (London Routledge,1995) pp.8-25。

說話人講。爲了強調小說必須通俗才更感人，他舉以爲說明的例子是「說話人當場描寫」[3]的如何如何。這些都說明了他所說的「諧里耳」，指的原本就是說、聽互動的場景，而不是文字與閱讀的關係。

在說明何謂「諧里耳」的時候，他舉證的是「說」與「聽」，在這時候，「說」、「寫」界線是沒有混淆的。但是接下來的論述，他卻就把「說話」、「話本」，或者「話本小說」混爲一談，並試圖把說話當場聽聞的感動，就視同等於閱讀話本小說的感動。而動人聽聞的說話，總是因爲話語通俗，一轉就成了小說文字也必須通俗方感人的認知。而且更進一步的是他由聽衆當場受到說話感動的情景，看到了施行教化的有效媒介──既然說話因爲通俗，可以如此「感人捷且深」（《古今小說‧序》），「通俗」的話本小說當然更可以用來感動、教化世人。

《三言》及《石點頭》的序，之所以多從通俗與教化的觀點立說，其根源就在於此。

三

說話人爲了動人聽聞，除了話語必須是人人能懂、能感應的語言之外，恐怕還得有上乘的口才，相應的面部表情及肢體動作。有時候還必須有節律的響木或其他伴合的樂器樂音之配合。也就是說，說話

---

[3] 如《古今小說‧序》云：「試今說話人當場描寫，可喜可愕，可悲可涕，可歌可舞。」《警世通言‧序》云：「里中兒代庖而創其指，不呀痛，或怪之，□，吾頃從玄妙觀聽說三國來，關雲長刮骨療毒，且談笑自若，我何痛爲！」講的都是聽講的感動，而不是閱讀的感動。

人的「話」之所以感人，原因恐怕不只在於故事，也不只在於用語的通俗或不通俗，而更在於如何「演出」或「說出」這一故事。

　　善於「說話」的人，是大可以憑其才華，將文字看來平板無奇的故事，說得天花亂墜，說得感人肺腑的。因為「說話」是表演藝術，效果如何得看說話人的當場發揮。說話不是故事的宣讀。因此即使文字文本讀起來相當感人的作品，讓不善講的人去說，也可能說得極不感人。④相對的，即使讀起來可能如馮夢龍所說的是「鄙俚淺薄、齒牙弗馨」的〈甄江樓〉、〈雙魚墜記〉一類，善說的人照樣可以把它們說得扣人心弦。因為「說、聽」與「寫、讀」畢竟是兩種不同的溝通互動模式。

　　由此可知，「說話」的感人，其實不盡在於通俗或不通俗，而在於會不會說。而供閱讀的作品是否感人，當然也就不會只是通俗與否的問題。⑤對於精通文學，文學教養深厚的人來說，用精鍊的文字或文言寫作的作品，只要寫得好，讀起來照樣受到感動。馮夢龍所面對的問題其實只在於能讀文言或精緻文字作品的人，在可預期的小說市場中，人數比例所占不多而已。文字如能較為通俗，能讀的人將更屬多數。「天下之文心少而里耳多，則小說之資於選言者少，而資於通俗者多。」（《古今小說‧序》）說的就是這層意思。

---

④ 講唱是一種表演藝術，只能照本宣科的人絕不會是一個真正的講唱者，這是研究說唱藝術的人早就知道的事。參考：Albert B. Lord, *The Singer of Tales*, (Cambridge: Harverd Univ., 1981) pp.22-24。

⑤ 如果把一個在說話當場說得極為感人的故事，一字一語完全不漏的記錄下來，即使很為通俗，對一般人來說，卻可能難以卒讀。可見文字之感人和說故事的感人是很不一樣的。一般而言，文字寫定的故事總是經過修飾，因為閱讀主要是經由分析的理解，而不只是感性的接受。參考：Viv Edwards & Thomas SienKewicz, *Oral Cultures Past and Present*, (Cambridge: Mass, Basil Blackwell, 1991) p.144。

這也就是說，馮夢龍的話本小說觀，是把對聽眾的預期和對讀者的預期混淆，把「說話」和「話本」視爲同一了。從這方面來說，他未免有點「混淆視聽」。可是就在這樣一個「混淆視聽」的基礎上，他構設了寫作、出版的前景預期，才有《三言》的編寫，才形成後來話本小說的規範。

四

爲了強調文字通俗在小說推廣上的作用，馮夢龍在相關序文中舉了話語通俗感人的例證，以爲說明。但是他舉證的事例都是「說話」當場的互動場面，而不是個人私下閱讀的感動情形。正是那種臨場的參與感，那種說、聽互動的特殊氛圍，才會有他所說的「雖日誦《孝經》、《論語》，其感人未必如是捷且深」的效果。在這層面上，他是把聽眾聽說話人講唱的感動，直接就等同讀者閱讀故事文本的感動。

說／聽必須是人與人之間面對的互動，[6]在場棚內聽說話人講故事，更是個人、聽眾以及說話人多元呼應的情境，這和文字閱讀之間的互動差異是相當大的。說／聽互動總得面對，對聽者來說，無論如何都不會是隱密的。而不論是私下對談或與眾人同聽說講，聽者的反應主要是直接的、感性的。而閱讀活動卻可以是私下的，隱密的，可以一再思索與重複的。讀者和作者的關係更是間接而非直接的。[7]從

---

[6] 現代的廣播、電視，雖亦是說、演與觀、聽的關係，但觀、聽者與演出人並非當場面對，而是透過另外的媒介，這種情形和當場參與面對面說聽情境大不相同。

[7] Richard Bauman, *Folklore, Cultural Performance, and Popular Entertainments*, pp.18-19. Bruce A. Rosenberg, *Folklore & Literature-Rival Siblings*, (Knoxville: Univ. of Tennessee, 1991) pp.36-37.

這方面來說，二者的差別相當的明顯。

　　馮夢龍顯然是將人類不同層次的二種傳通互動，攪合爲一了。但是不論其中夾纏了多少觀念上的誤認，他畢竟就在這樣的一個認知底下，爲小說話語必須通俗方感人的說辭，找到一個似乎振振有辭的理論基礎。

　　既由說話人當場的動人聽聞，看到小說「話須通俗方感人」，接著便該是怎樣運用這因爲通俗而可以動人的話本小說。

　　和同時代的一些文人相比，馮夢龍對通俗文學的態度當然是屬於開放的。但是，他的思想畢竟還有保守與傳統的一面。這由他在編寫通俗文學作品之外，同時也編寫許多經、史參考書，並且一直想循科舉的道路尋求出身的態度，即可見一斑。他不像李卓吾或金聖嘆敢於對傳統價值作正面的批判。就某方面來說，他是一個比較不具叛逆性格的人，有時候還相對的顯得保守。相應於這一特質的就是功利主義的小說觀。

　　話本小說既經認定可以因其通俗而感人，商業考量之外，他便認爲應當可以藉這一類作品，寓教於樂，施行教化。而這一個認定，更爲他的小說出版，提供了一個冠冕堂皇的說辭。

　　以他的觀點來說，小說的主要價值在於可以作爲六經國史之輔，可以輔佐六經國史而行教化。[8]

　　爲行教化，既已有六經國史，又何須小說？問題就出在六經、

---

[8] 這些說法如《警世通言‧序》：「通俗演義一種，遂足以佐經書史傳之窮……不害於風化，不謬於聖賢，不戾於詩書經史，若此者，其可廢乎！」、「推此而說孝而孝，說忠而忠，說節義而節義。」《醒世恆言‧序》：「六經國史而外，凡著述皆小說也……以明言、通言、恆言爲六經國史之輔，不亦可乎！」

國史是上層士子的經典，不是普及於庶民大眾的讀物。《通言·序》所謂：「經書著其理，史傳述其事，其揆一也。理著而世不皆切磋之彥，事述而世不皆博雅之儒。」說的就是這層道理。社會上的「切磋之彥、博雅之儒」畢竟是少數。「村夫稚子、里婦估兒」一類，才是多數。對於這些多數的庶民大眾來說，要對他們行教化，便只有靠「感人捷且深」的通俗小說。

馮夢龍既認為通俗小說是為「佐經書史傳之窮」而存在，而有價值，於是不只在編寫話本小說時，主題導向就受到了影響，後來在書名的取向上更直接的就點出了這一意含。《三言》首集出版時，原只取名《古今小說》，後來因為暢銷，於是而有第二、第三集的出版。第二集《警世通言》、第三集《醒世恆言》，《警世》、《醒世》所標示的教化意味，是再清楚也不過的。接著《古今小說》再版，更改名為《喻世明言》。《三言》為一，教化意義的宣示，更為強化。

其實不論《三言》或《石點頭》皆不乏色情描寫，雖然可以說是對當時通俗小說市場反應，但畢竟與教化勸善的說辭有些扞格不入，因此不免讓人覺得警世教化之說也只是商業手法的美麗包裝。受其影響的《二拍》，情形正相彷彿，一方面大談教化，一方面情色不拘。但不論如何，這一個勸善教化的說法，就成了他編寫作品時的引導，成了型塑話本小說傳統的一個框框，或者說成了一道拘束話本小說發展的緊箍咒。

五

不論說話人當初的講唱是否「話必說教」，在馮夢龍把新舊故事編成「話本小說」讀物時，是把它們移往了說教的方向。這是對比

新舊作品時就可以發現的。如他將《六十家小說・錯認屍》一篇改寫收入《通言》，題〈喬彥傑一妾破家〉，舊本結局無明顯報應情節，《通言》改寫，加上惡人惡報一段，並在相應處特別以批語注明：「少此段報應不得」。⑨

　　但是報應畢竟只是教化「說法」的一部分，而且以小說的敘述過程來說，報應多半也只在末尾部分，作為結局收場。小說描寫的總是人與人之間的事，敘事內容不是人就是事。而小說中的人與事，不論多少虛構，如何想像，無處不是人生、人性的顯露或投射。

　　小說當然不必寫真實某人的事蹟，正如《通言・序》所說：「人不必有其事，事不必麗其人」。作者和讀者所共同在意的是小說是否寫得合理，是否傳達了人間的某種道理，而不是內容的真與假。「事真而理不贗，即事贗而理亦真」（《通言・序》）說的就是這道理。

　　也就因此，為呼應序言的教化觀，馮夢龍在《三言》及《石點頭》的眉批中，⑩就有不少以小說情事見世情，以世情見人性的批語。或以諷當時之世風，或以示生活智慧之分享。

　　批語除了有解說本文文意的作用外，更有導引讀者閱讀視野與預期方向的作用。馮夢龍的話本小說眉批，就這方面來說是從另一個側面為序言的教化觀，作了提示性的呼應。他的批語其實不只要讓讀

---

⑨ 馮夢龍改寫舊作文字情節的情形，筆者以前有專文討論，見：胡萬川，〈從馮夢龍編輯舊作的態度談所謂宋代話本〉，收於胡萬川著《話本與才子佳人小說之研究》一書中，（臺北，大安出版社，1994）。

⑩ 《三言》的序及眉批，作者署名各異，但應當都屬馮夢龍工作，本人有專文討論，見：胡萬川，〈三言序及眉批的作者問題〉收於胡萬川著《話本與才子佳人小說之研究》中。至於《石點頭》序及批，則已標明為馮所作。

者更懂得欣賞,更是要把讀者導向一個特定的認知。這個認知就是小說中處處有世情,處處見人性。不論是感慨或提示,他的話本小說批語,常常就見到似乎是為「喻世」、「警世」、「醒世」作旁注的話語。

他這一類批語,或藉情節而抒感,或以古今世風相對比,有時候直接以「世情」「末世」等挑出點明。茲將這一類批語稍作分檢,以為說明。⑪

以「人情」、「世情」、「世風」為說的如:

《古今小說》第二卷〈陳御史巧勘金釵鈿〉,頁六B面正文:「盡說宦家門戶倒,誰憐清吏子孫貧。」

批:「世情可恨,所以貪吏不止。」

第十三卷〈張道陵七試趙昇〉頁十六B面正文:「閒居獨宿之際,偶遇個婦人,不消一分半分顏色,管請你失魂落意,求之不得,況且十分美貌。」

批:「一派閒敘得好,說盡世情醜態。」

第十七卷〈單符郎全州佳偶〉頁十三A面正文:「上司官每聞飛英娶娼之事,皆以為有義氣。」

批:「近來世風惡薄,倘有此事,翻作罪案矣。」

---

⑪ 《古今小說》批語及正文頁碼,據臺北世界書局1958影印明天許齋刊本。《警世通言》據1958年世界書局影印明兼善堂。《醒世恆言》據1959年世界書局影印明葉敬池本。《石點頭》據1990年上海古籍出版社影印明葉敬池本。

《通言》第二十七卷〈假神仙大鬧華光廟〉頁二A面正文：「空中聞子書聲清亮，殷勤嗜學，必取科甲，且有神仙之分。」

批：「人情好諛，故以諛入。」

《恆言》第三十八卷〈李道人獨步空門〉頁二十一B面正文：「此乃是說平話的常規，誰知眾人聽話時一團高興，到出錢時面面相覷，都不肯出手。」

批：「世情大率如此，豈獨說平話為然。」

《石點頭》第二卷〈盧夢仙江上尋妻〉頁六A面正文：「眾人齊道，盧大伯，今日還是舉人相公的令尊，明年此時，定是進士老爹的封君了。我們鄉里間有甚事體，令要仗你看顧。」

批：「市兒村翁口角宛肖，然世情卻是如此。」

以古今對比，以今為末世之感慨者如：

《古今小說》第二十一卷〈臨安里錢婆留發跡〉頁十二B面正文：「只說我弟兄相慕信義，情願結桃園之義。」

批：「古人結義真結義，今人結義乃結氣，古人結義勝同胞，今人結義沒下稍。酒肉場中心腹訴，一朝臨難如陌路。同胞兄弟多作仇，何怪區區結義流。此歌雖俚，切中世弊。」

第三十九卷〈汪信之一死救全家〉頁三十二A面正文：「到安慶去替他用錢營幹。」

批：「凡營幹必要用錢，此風自宋已然矣，無錢者將奈何！」

《通言》第一卷〈兪伯牙摔琴謝知音〉頁十五B面正文：「一半代令郎甘旨之奉，一半買幾畝祭田，爲令郎春秋掃墓之費。」

批：「古人交情如此，眞令末世富貴輕薄兒愧殺。」

第四卷〈拗相公飲恨半山堂〉頁十一B面正文：「官府奉上而虐下。」

批：「奉上虐下四字，說盡末世有司瘡痛。」

第六卷〈兪仲舉題詩遇上皇〉頁九A面正文：「便出門長篇見宰相，短卷謁公卿，搪得幾碗酒喫。」

批：「且說如今長篇短卷，何處搪酒喫。」

第三十六卷〈皂角林大王假形〉頁六B面正文：「看的人發一聲喊，先歸的是假的。」

批：「有心假也要假得像，不似今人假得全不像。」

《恆言》第二卷〈三孝廉讓產立高各〉頁八B面正文：「全無謙讓之心，大有欺凌之意，衆人心中甚是不平。」

批：「若在今日，都只奉承紗帽了，誰肯不平開口。漢之風俗即此可知。」

第十六卷〈陸五漢硬留合色鞋〉頁二十八A面正文：「如何受得這等刑罰，夾棍剛套上腳，就殺豬般喊叫，連連叩頭。」

批：「世上冤情如此類者甚多，但不得虛心聽訟如此好太守耳。」

　　第二十二卷〈張廷秀逃生救父〉頁五十A面正文：「見丈夫不著急尋問，私自賞家人銀子，差他體訪。」

　　批：「主母遣僕，亦須用賄，末世非錢不行，信哉！」

　　《石點頭》第二卷〈盧夢仙江上尋妻〉頁十四B面正文：「一則以公姑無人奉養，欲代夫以盡溫凊；二則仆人未歸，死信終疑，故忍死以俟確音。」

　　批：「眞心實話，不似今人口是心非。」

　　第三卷〈王本立天涯救〉頁四A、B面正文：「官府也優目委任，並不用差役下鄉騷擾。」

　　批：「居上者役民以禮以慈，則民之事上亦必以誠以信，故不勞而治。後世反是，焉得不亂。」

　　第六卷〈乞丐婦重配鸞儔〉頁二十六B面正文：「親族那個不把他嘲肖。」

　　批：「勢利起于家庭，千古皆然，人不可不自奪也。」

　　第七卷〈感恩鬼三古傳題旨〉頁二A面正文：「會修行者救饑寒解人仇怨，隱諱人過失。」

　　批：「今之好善者惟博名□，誰肯作如是□□功德。」

　　第七卷〈感恩鬼三古傳題旨〉頁二B面正文：「除了讀書的吃死飯，一家之中出氣多，進氣少。」

　　批：「讀書人吃死飯，千古一律，可憐，可歎！」

六

　　除了把小說當作映照現實的鏡像之外，批語中對《通言・序》所提小說與歷史分野的見解也有相互呼應的說法，等於對他編寫話本小說標準的補充說明，值得提出討論。

　　《通言・序》云：「野史盡眞乎？曰，不必也；盡贋乎？曰，不必也。然則去其贋而存其眞乎？曰，不必也。……人不必有其事，事不必麗其人。其眞者可以補金匱石室之遺，而贋者亦必有一番激揚勸誘，悲歌感慨之意。」說明的是小說所求爲藝術之眞，事理之眞，而非歷史之眞。這一個觀點，在眉批中得到了強化。

　　《古今小說》第八卷〈吳保安棄家贖友〉頁四A面正文：「洞主姓蒙，名細奴邏。」

　　批：「按唐史，天寶後蒙氏遂據有姚州之地，細奴邏乃六詔開額之祖。小說特托名耳。」

　　第二十一卷〈臨安里錢婆留發跡〉頁二十八A、B面正文：「羅平問道，這小鳥兒還是天生會話，還是教成的？」

　　批：「高季迪歌云：羅平惡鳥啼初起，犀弩三千射潮水。羅平疑是地名，今作人者，或小說家流傳之誤。」

　　《通言》第一卷〈俞伯牙摔琴謝知音〉頁七A、B面正文：「伯牙將斷絃重整。」

　　批：「按地理志，伯牙臺在浙江嘉興府海鹽縣，亭側有聞琴橋，疑即與鍾子期鼓琴處。小說大抵非實錄，不過用事以見知音之難耳。」

第三卷〈王安石三難蘇學士〉頁六B面正文：「秋花不比春花落，說與詩人仔細吟。」

批：「按此詩乃歐陽公所作，以譏荊公者，小說家不過借以成書，原非坡仙實事也。」

第十九卷〈崔衙內白鷂招妖〉頁十六A面正文：「請將羅公遠下山……那羅眞人果眞生得非常。」

批：「宋時小說，凡言道術，必托之羅眞人，蓋附會公遠之名也。」

由這些例子可以看出馮夢龍深知小說本質爲虛構，不必拘泥於內容之眞假。因此不論小說是舊作或新編，即使發現與歷史有關之內容，顯然有不合史實者，只要不違小說事理，亦不予更改，並且特別在眉批處予以點明。一切只因爲那些人或事對小說家來說：「不過借以成書」用來當作小說的好素材而已。

就在這些個地方，眉批對序言所提的理論，又做了強有力的呼應補充。

七

從話本小說的序言、批語來看，馮夢龍是很清楚的了解到不論說或寫得多麼眞實，話本或小說都只是一種虛擬，一種選項反應眞實的虛擬。然而雖然只是虛擬，只要說／寫得好，卻又總是讓人覺得很「眞」。也正是因爲很眞，所以會感動人。

在這種情況之下，人們閱讀小說，便可以是以一種隔而又不

隔，似乎投入其中，卻又是置身其外的心情來面對。既可以從閱讀中得到激揚感動，也可以感到輕鬆愉快。但更重要的是，讀者從閱讀的感動中會見證世情，會得到啟示與教化。

也就因為有了這樣的認識，因此他在編寫小說時，雖然為了提升作品的可讀性，在文學或甚至情節上，對舊話本或多或少做了修飾，但眉批的重點，卻從來不在文章義法，而只在內容的人物與事件。當然這和他為這些作品所預設的主要讀者群是庶民大眾而不是文人學士也有關係。和庶民大眾可以有的共同話語，當然只會是人情世故，而不會是文筆、章法。

不論《三言》有多少作品是改編舊作，有多少是他的別出心裁，既皆經他潤飾寫定，其實也可以說他就等於是作者了。但是，以他寫作眉批的方式來說，他卻又不是一個沉迷或忘懷於自我作品情境中的人，而更像一個冷靜的讀著他人作品的人。這或許也因為話本小說源自「說話」，傳統上是以說古今奇情為主，所有故事都是古人或他人的事蹟，絕少會有像後來《紅樓夢》一類反映作者身命情感的內容，也就因此而他的話本小說批語，就不會有像《紅樓夢》的脂評一類用隱晦或暗示的語言，將小說文字或內容導向另一種思考的可能。他的批語一般來說，絕不期待導向模糊，導向錯誤。他期待的是將讀者指向一個更清楚的閱讀軌跡。

而因為他已為話本小說預設了可以有教化的功能，因此眉批便不免朝向他所預期的方向，希望讀者能更清楚的由世情的對比見證，而有所喻，有所警，有所醒。

八

　　早期中國古書未有句讀，因此讀者閱讀時得自加句讀，是一種自啓蒙之後就會養成的習慣。而在邊白作讀書注記以助理解，或助翻尋，也是讀書人常事。西洋古代著作如希臘時代諸多抄本，也無句讀，念誦者得自分段落，也是研究者早已確認的事。[12]後來有了印刷，但早期印本也是句讀簡單，因此讀者會在書上作加強或校正的句讀，以及在書的邊白上作注記，這一點和中國古代傳統也還有點類似。[13]不同的是，他們後來並沒有因此而發展出像中國一樣的依附於批點而形成的評論傳統。他們的評論另外自成格局、自成體系。

　　眉批的寫作，可以只是讀者個人閱讀之後的隨想或備忘，這是中外皆然的。這種個人私下的批記，只是個人閱讀當時的思維反應，如果後來不是爲了其他的原因，這種眉批是不會公開的。也就是說，這些帶著批語的書如果不被外傳，則這些批語永遠只是對批者自身有意義。

　　但是，一般爲著出版而寫作的眉批就不是這樣，這是另一種完全不同的方式。以小說而言，不管是否自己的作品，在寫作眉批的時候，就應該已經把它當作是一個獨立存在的東西。馮夢龍爲《三言》、《石點頭》作眉批，很清楚的就是這個態度。所以他就可以是一個冷靜的閱讀者，因此而可以冷眼旁觀，可以藉古諷今。當然他也因此而可以是作品的批評者或解說者，前文所舉藉批語論史實眞假與

---

[12] Rosalind Thomas, *Literacy and Orality in Ancient Greece*, (Cambridge　Univ.,1992)　pp.4-9.

[13] Sandra Hindman ed., *Printing the Written Word-The Social History of Books,Circa 1450-1520*, (Ithaca: Cornell Univ.,1991)pp.226-256.

小說假借的部分，就是這一類。然後，很自然的，藉著眉批，他實際上又扮演了故事文本與讀者之間的仲介，或一個外來的介入者角色。

以印刷、閱讀的實際情況來說，小說原來是可以不必附有眉批的，而讀者也可以完全不管眉批，就獲得閱讀樂處的。但是，既然當時的出版習慣，眉批、評注成了一種常態，讀者可能也就習慣這樣的出版形態，或許也習慣了正文與眉批、評注相間而行的閱讀方式。在這種情況下，閱讀的活動就較為複雜了些。

以馮夢龍的話本小說眉批來說，看起來是沒有後來金聖嘆《水滸傳》評注或《紅樓夢》脂評的複雜，但是那些批語卻也多半就是另一種獨立存在的文本，和小說內容對話的文本。因此閱讀的時候，就形成了文本與批語與讀者三者之間的對話。原本故事文本和讀者之間多了一個第三者，是介入者，卻也是牽引讀者和文本理解的仲介者。

這一個仲介者，藉小說看世情論人性，或冷言冷語，或熱心的指陳，來回於虛擬的小說真實和現實的世情真實之間。[14]或以「今昔之比」借慨當前，或以「末世」如何，直訴人心。就在這樣的時候，批者原本似乎不涉的個人情緒，不自覺的就洩露了出來。馮夢龍的話本小說序和眉批，因此就不只是為話本小說的寫作提示了客觀上的規範，以及他認為應當有的主題導向而已，字裏行間隱藏不住的還有他自己。

後記：原載二〇〇二年十二月《中國文學評點研究論集》。

---

[14] 講故事的人，不論是專業的或業餘的，常會有插話說明，以當前世事或講說當場之況為喻，形成一個與聽眾的溝通互動，也塑造了一個故事幻想和現實之間的橋梁。馮夢龍既認知小說為虛擬，但眉批又好以當前人心世態為對比，便是將現實與虛擬之交互錯綜，使故事看起來更真實動人的作法。相關觀念參看：Linda Degh, trans. by E. Schossberger, *Folktales & Society-Story Telling in a Hungarian Peasant Community*, (Bloomington: Indiana Univ., 1989) p.85。

從馮夢龍編輯舊作的態度談
所謂宋代話本

　　宋代話本小說的出現，是中國小說，尤其是白話小說發展史上的一個重要階段。我們若要探索明清以後白話小說的發展，便不得不以宋代話本爲其淵源。

　　宋人所說的「話本」，原不限於短篇，後來約定俗成，爲別於講史或其他長篇體製，便用來專指「小說」──短篇的故事。本篇所論，即專就此而言。

　　由於話本來自民間，但諧里耳，不適文心，早期的話本免不了受了文人的疏忽。因此，雖然由文獻資料可以得知宋代說話的盛況，與「小說」之受歡迎；由舊有的書目，也還可以見到曾經刊行的宋人「話本」篇目，但是，時過境遷，我們今日卻再也見不到一篇眞正的「宋刊」話本。

　　我們現在所能看到的「宋人」話本，最早的只是明刊本。而這還是我們這些晚生學子的幸運，若早生五十年，連這些明刊本都難以見到。

　　就現有的資料來說，嘉靖年間洪楩清平山堂所印的《六十家小說》是最早的一部話本集，連殘缺者在內，現在尚存二十九篇。其次

是熊龍峯所刊的小說，現在僅存四篇。再其次便是馮夢龍所編的《三言》，共收羅宋朝至明朝話本一百二十篇。這三種選集便是今人據以討論「宋人話本」的最重要資料。當然，晚明的通俗類書如《燕居筆記》、《繡谷春容》、《國色天香》等也都各雜有一兩篇話本，但其重要性卻絕不如以上三部。至於《拍案驚奇》以下的話本集，則都屬於創作，在討論早期作品時，便不相關。

《三言》一百二十篇，雖然大部分是明代的作品，但是，經歷來學者的考證，仍然是公認的「保存」了「宋人話本」最多的一套話本選集。馮夢龍編輯這部話本選集的時候，雖然說是「古今通俗小說」的彙編，但是，實際上出版的時候，除了少數幾篇注明「宋人小說」之外，並沒說出哪一篇是「古」，哪一篇是「今」。因此，讀者覽讀之餘，倉促之間，也就難以分辨哪篇是哪個時代的作品。

當然，如果我們只就純欣賞、娛樂的角度來看這些話本小說，哪一篇是哪個時代的作品，並不是重要的問題。但是，如果就小說史的觀點來說，或進一步要以小說來作為探索某一時代的社會、風俗的旁證，作品的時代問題就顯得重要了。

學者們便是基於這個出發點，才要追究某篇作品的時代歸屬。於是，或從目錄，或從用語，或從所謂的文章風格等等方面，試圖判斷《三言》一百二十篇作品何者為宋人所作，何者為明代新編的部分，便成了研究話本史一個不可或缺的環節。

幾十年來，經各方學者的努力爬梳，雖然由於各人所持觀點的不一，而仍有各種歧異的見解，但是，有一些仍然是眾人公認的「宋人小說」，尤其是那些馮夢龍自己注出「宋人小說」的篇章，以及在《醉翁談錄》或《寶文堂書目》等等書目上找得出題目相類的各篇。

　　這些收在《三言》裏面的所謂「宋人小說」，我們在作小說發展史的探究上，是不是可以直截了當的就當作眞的「宋人小說」來處理？是不是就可以據以論斷「宋人話本」的風格？或許有人會認爲這是理所當然，但是筆者卻不敢如此草率。因爲這牽涉到許多文學欣賞與評價上的問題。

　　如果我們要以《三言》所收的這些所謂「宋人小說」來印證某些宋人話本的形式，取材的偏向，當然沒問題。但是，如果逕要以這些作品來作爲「宋人小說」文字上、風格上，或種種其他文學問題的探索基本，卻有問題。

　　問題就出在馮夢龍編輯這些小說的態度上。

　　如果「話本」是民間說話藝人師、弟相傳的「故事底本」，那麼「話本」的文字多半會是粗糙的，因爲畢竟那只是「故事的大綱」或「提示」，文字的修飾並不重要，重要的是說話人當場的「演出」效果。

　　如果「話本」最初的流傳，是由有心的聽衆或甚且是說話人自己，將所說的故事編刊發行，那麼他們所重視的，也多半在於情節的趣味，而不在於文字的修飾。後代在民間廣爲流傳的某些演義、戰爭小說，便多還有這個特性。

　　但是，生在晚明，生在那個通俗小說已頗受文人注意時代的馮夢龍，憑著他自己對通俗文學的愛好與熱心，他所編輯的話本，甚且可以說，包括他所編輯的一切通俗文學作品，卻並不只是專爲「諧里耳」，專爲「搜集癖」的驅使所作的「搜集工作」。他本身是個專業的文人，他所從事的通俗文學編輯工作，多半不只是要其既「諧里耳」，更是希望它們能「入文心」的。

這可以從他改編《列國志傳》爲《新列國志》，以及改編《平妖傳（二十回）》爲《新平妖傳（四十回）》的態度上看得出來，也可以從他編輯《三言》的態度上看出來。他之所以要改編前人的舊作，是因爲他認爲前人的舊作文字粗俗，或者情節荒謬。

他編輯舊作，往往不只是「輯」而已，而是常常加以「重編」。對待《列國志傳》、《平妖傳》是如此，對待話本小說也是如此。不過前二者顯而易見，而他也早明白宣示，所以爲眾所知；而後者則較不爲人注意而已。

馮夢龍的話本編輯工作，對待舊作的態度，與他對待所改編的舊長篇小說一樣，有文字上的修飾，也有情節上的更改，幅度大小不一。以現存《六十家小說》、熊龍峯所刊小說等這些較早刊印的一些相應篇章來對照，幾乎沒有一篇沒有修改的。

或許有人會說，《三言》裏頭的話本，文字上、情節上之所以與較早刊印者有所不同，可能是因爲他所根據的本子原來就與收在《六十家小說》裏的不同。但是，就馮夢龍「編」書的一貫態度來說，這種可能性很小。而且，就實際上對照所得的結果，也都明確的指出，這些不同是他有意修改的。

底下即就《三言》、《六十家小說》、熊龍峯所刊小說相應篇章的對照，從文字、情節的異同上，舉出事實，來看馮夢龍如何編輯舊作，然後談談如何對待這些收在《三言》裏的「宋人小說」。

甲、文字方面的刪與改

這方面大略可分四點來說：

（一）刪去篇首的「入話」二字，及入話故事與正文故事間的「權作個笑耍頭」，以及故事結束的結語「話本說徹，權做散場」等字眼：

　　《六十家小說》（底下簡稱清本）及熊龍峯所刊小說（底下簡稱熊刊）現存各篇章，在題目之後，本文之前，多保留有「入話」兩字（清本各篇，除殘缺者不計外，唯〈洛陽三怪記〉一篇缺此二字），《三言》所有一百二十篇，不論「古」「今」，則全部去此二字。

　　清本的〈刎頸鴛鴦會〉一篇，入話與正文間有「權作個笑耍頭回」，《通言》收此篇，刪去此數字。

　　清本的〈簡帖和尚〉、〈陳巡檢梅嶺失妻〉，熊刊的〈張生彩鸞燈傳〉，篇末都以「話本說徹，權作散場」八字作結，《三言》收此三篇，並皆刪去。其餘《三言》所有篇章，也沒有一篇以這八字作結的。

　　以上這些字眼，原本都是說話人的專業術語。對於持用這些話本的說話人來說，標出這些字眼，或許多少有著提示的作用。早期刊印的話本之所以多仍保留這些字眼，正是它們較爲接近話本原來面目的一個特徵。

　　馮夢龍編刊《三言》的主要目的，初不在於保存這種民藝的本來面目，而在於藉著這種文學形式，爲讀者提供一些可讀性高的文學作品。他所要提供的是供人案頭閱讀欣賞之用的作品，而不是供人說書的「底本」。因此這些術語便失去了實際的效用。

　　就閱讀的效果來說，這些字眼實際與故事的發展無多大關係，出現於文中，非但無大用處，反而稍覺有礙文氣的通暢。因此，便遭受

了刪除的命運。

（二）刪改或增入篇中的詩詞、駢句、諺語等插詞。

　　韻散間雜敘事，是從唐代變文以至宋人說話，一脈相承的特色。這種體製最初的起源如何，不是本文論題所在，姑置不論。單就說話人當場演出的效果來說，有說有唱，便是吸引聽眾的最佳法門，因此，較早刊刻的話本，每每保存較多的韻語，實際正是話本的本色。後來文人創作的話本或演義小說等，雖沿用了這種形式，卻因為它們多半為供案頭閱覽之用，不作當場敷演之書，唱作之用的韻語便失去了原有的重要性，因此，篇中韻語的比例便越來越少，每段韻語的體製也越來越小，終至於有的僅成了點綴。

　　一般通俗小說中的韻語，大體上有詩、詞、曲、駢文、諺語、俗語等等，因為後來已漸失其重要性，一如插播於散文的敘事中者，所以總稱之為「插詞」。

　　馮夢龍編刊《三言》，對於舊作的插詞，每多刪改，間亦有加入者，為醒眉目，且先舉例說其刪者，然後再及改者，最後才說增插者。

　　1. 與清本、熊刊對照，馮夢龍為求小說行文敘事的流暢，每每將舊有頗長的插詞刪削。或去其半，使成短製。

（1）將舊作插詞整首刪去者

　　清本的〈戒指兒記〉即《古今小說》的〈閒雲菴阮三償冤債〉。〈戒指兒記〉介紹女主角玉蘭出場，有〈滿庭芳〉詞一首，

《古今小說》全部刪去。〈戒指兒記〉敘述阮三遊永福寺，有描繪新春佳景的詩一首，《古今小說》刪去。〈戒指兒記〉阮三死後，阮二買棺木回來，有詩一首，《古今小說》刪去。

以上是刪得不留痕跡的例子。

另外一種情形是：舊作插詞往往有詩詞二首相連，或諺語、俗語與詩詞相連，馮夢龍或者嫌其重複，而刪去其中一首。

如前引〈戒指兒記〉，描述上元佳景，先有〈瑞鶴仙〉詞一首，再接七絕一首，《古今小說》便將詩刪去。又清本的〈刎頸鴛鴦會〉以詩詞各一首爲入話，《通言》收此篇，將詞刪去。

諺語與詩詞相連，在清本等刊刻較早的話本中屢見不鮮，主要的形式爲諺語、俗語兩句與絕句一首相連，連成一氣，看起來似詩非詩。馮夢龍大概認爲這種形製怪異，所以便刪去其中之一。

茲舉清本的〈陳巡檢梅嶺失妻記〉爲例，篇中有插詞如下：

> 正是：青龍與白虎同行，吉凶事全然未保。
>
> 天高寂沒聲，蒼蒼無處尋。
>
> 萬般皆是命，半點不由人。
>
> 正是：鹿迷鄭相應難辨，蝶夢周公未可知。
>
> 神明不肯說明言，凡夫不識大羅仙。
>
> 早知留卻羅童在，免交洞內苦三年。
>
> 正是：寧可洞中挑水苦，不作貪淫下賤人。
>
> 世路山河險，石門煙霧深。
>
> 年年上高處，未肯不傷心。
>
> 正是：風定始知蟬在樹，燈殘方見月臨窗。

夫妻會合是前緣，堪恨妖魂逆上天。

悲歡離合千般苦，烈女真心萬古傳。

《古今小說》收此篇，上述這些插詞，便都只留下前面兩句，將後面相連的絕句全部刪去。

又同篇清本另有插詞如下：

正是：千千丈琉璃井里，番為失腳夜行人。

雨裏煙村霧里都，不分南北路程途。

多疑看罷僧繇畫，收起丹青一軸圖。

正是：施呈三略六韜法，威鎮南雄沙角營。

欲問世間煙瘴路，大庾梅嶺苦心酸。

山中大象成群走，吐氣巴蛇滿地攢。

正是：從空伸出拿雲手，救出天羅地網人。

法錄持身不等閒，立身起業有多般。

千年鐵樹開花易，一日酆都出世難。

《古今小說》便只保留後面絕句一首，而將前面二句刪去。

按：此種詩與諺語或俗語相接的形式，中間本來應當有一個轉述語隔開，清本的〈曹伯明錯勘贓〉一篇插詞，便是尚保留原來形式的一個例證，茲舉其例如下：

正是：金風未動蟬先覺，暗送無常死不知。

古語云：

兩臉如香餌，雙眉似曲鉤。

　　　　　　吳王遭一釣，家國一齊休。

　　　正是：爭似不來還不往，也無歡喜也無愁。

　　　　　　古人有云：

　　　　　　天聽寂無聲，茫茫何處尋？

　　　　　　非高亦非遠，都只在人心。

　　這應當是這類插詞的原來形式，後來的刊印者不知如何，每每將
其中的轉述語「古語云」等漏去，便成為六句似詩非詩的韻語，因此
馮夢龍重編時，便將其中的一半去掉。他這樣做，大概是認為兩者合
成一氣，體製不類吧！

（2）將舊作插詞刪去一部分者：

　　如清本的〈錯認屍〉一篇，即《通言》的〈喬彥傑一妾破
家〉。

　　〈錯認屍〉有插詞如下：

　　　正是：沒興賒得店中酒，災來撞著有情人。

　　　　　　佳人有意郎君俏，紅粉無情浪子村。

　　　　　　婦人之語不宜聽，分門割戶壞人倫。

　　　　　　勿信妻言行大道，男子綱常有幾人。

　　《通言》將前半刪去，又將所存後半更改數字。

　　又清本的〈陳巡檢梅嶺失妻記〉，入話詩為：

　　　　　　獨坐書齋閱史篇，三貞九烈古來傳。

　　　　　　歷觀天下險嶇嶠，大庾梅嶺不堪言。

君騎白馬連雲棧，汝駕孤舟亂石灘。

揚鞭舉棹休相笑，煙波名利大家難。

《古今小說》刪去前半，成為七絕一首。

熊刊〈張生彩鸞燈傳〉，即《古今小說‧張舜美燈宵得麗女》。熊刊有插詞如下：

何人遺下一紅綃，暗遣吟懷意氣饒。

勒馬住時金轡脫，挺身親用寶燈挑。

輕輕滴滴深深韻，慢慢尋尋緊緊瞧。

料想佳人初失去，幾回纖手摸裙腰。

《古今小說》刪去當中四句，成為絕句一首。

2. 改寫舊作插詞者：

馮夢龍編輯話本集，對於舊作插詞的改寫很多，其情形大致不外下述三種：一者，因為原本插詞過長，除了前述刪之一法外，尚有將原意濃縮，使成短製者。二者，因原本插詞與全篇情節的發展不相連貫，便將原有者刪去，重新改寫，使文氣首尾相貫。三者，體製不變，據原作修改字句。

第一種情形如熊刊〈張生彩鸞燈傳〉有敘述向女子調情的「調光經」駢句，共四百三十八字，《古今小說》收此篇，將其文字濃縮，改為一百二十字，原意大體不變。以其原文過長，故不具引。

第二種情形如清本〈戒指兒記〉，寫阮三以病弱之軀，與陳小姐偷歡，竟致身亡，阮二得知，便先買棺將之入殮，等候父親與大哥回

來定奪。此下有插詞云：

> 正是：燈花有焰鵲聲喧，忽報佳音馬著鞭。
>
> 驛路迢迢煙樹遠，長江渺渺雪潮顛。
>
> 雲程萬里何年盡，皓月一輪千里圓。
>
> 日暮鄉關將咫尺，不勞鴻雁寄瑤箋。

這一首詩和上下情節的發展，似乎連貫不上，頗有格格不入之感，馮夢龍便將之刪去，改寫為：

> 正是：酒到散筵歡趣少，人逢失意歎聲多。

又同篇，〈戒指兒記〉描寫阮三與陳小姐之歡愛，有〈南鄉子〉詞一首及諺語兩句，《古今小說》將之全部刪去，改寫為〈西江月〉一首。也是為了使插詞能夠與上下文章更相連貫。

第三種情形如熊刊〈張生彩鸞燈傳〉有插詞云：

> 囊裏真香誰見竊，鮫綃滴血染成紅。
>
> 殷勤遺下輕綃意，好與才郎置袖中。

《古今小說》改寫為：

> 囊裏真香心事封，鮫綃一幅淚流紅。
>
> 殷勤聊作江妃佩，贈與多情置袖中。

同篇熊刊插詞云：

> 濃麝因同瓊體纖，輕綃料比杏花紅。

雖然未近來春約，已勝襄王魂夢中。

《古今小說》後兩句未更動，前兩句則改寫為：

濃麝因知玉手封，輕綃料比杏腮紅。

又如清本〈戒指兒記〉入話詩為：

好姻緣是惡姻緣，不怨干戈不怨天。

兩世玉簫難再合，何時金鏡得重圓？

彩鸞舞後腹空斷，青雀飛來信不傳？

安得神虛如倩女，芳魂容易到君邊。

《古今小說》改寫為：

好姻緣是惡姻緣，莫怨他人莫怨天。

但願向平婚嫁早，安然無事度餘年。

改寫插詞，同樣的是為了使其更為切合上下文章，更為典雅，以適觀覽。

馮夢龍對於舊作插詞的或刪或改，例子甚多，難以一一枚舉，但由以上諸例，即可推概其餘。

3.　增入插詞者：

馮夢龍編輯舊作，增入插詞的情形，按現有可資對照的數篇來說，不如刪或改來得多。最多的只是《古今小說》所收的〈羊角哀捨命全交〉及〈范巨卿雞黍死生交〉兩篇。

　　這兩篇在清本分別題作〈羊角哀鬼戰荊軻〉與〈死生交范張雞黍〉，皆已殘缺。就殘文而言，兩篇都是通體用淺顯的文言寫成，除了〈范張〉篇尚存有下場詩一首之外，不見有插詞。

　　以殘文《古今小說》相應的章節對照，《古今小說》於〈羊角哀〉篇增入一首十句的五言詩。〈范張〉篇增入兩首七絕，改寫下場詩為詞一首。

　　馮夢龍之所以要增入插詞，大概是為了求得全書各篇體例的一致。因為《三言》為話本專集，書中各篇插詞雖然已不如早期話本之多，但仍然保留這一形式。書中既然收了這兩篇，而皆無插詞，於全書體例便未免有所不合，所以便於適當之處增入插詞，使全書格式得以統一。

　　以上各節，便是馮夢龍編輯舊作時，有關插詞方面的加工。底下再論散文敘事部分的修改情形。

（三）改寫散文部分的文字

　　插詞之外，馮夢龍編輯舊作，將原作散文敘述文字加以改寫的也很多。文字改寫多了，免不了就會影響整篇文章的風格，甚至改變原來的情節。有關情節的大更動之處，我們留待下面再說，此處單說那些不甚影響情節的文字更動。

　　文字改寫的情形如何，上下並排對照是一個最簡便有效的說明，底下即分左右兩欄，左欄列清本、熊刊，右欄列《三言》，舉其更動幅度較大者數段為證：

（1）清本〈戒指兒記〉 阮三……篤好琴簫，結交幾個豪家子弟，每日向歌管笑樓：終朝喜幽閑風月。時遇上元宵夜，知會幾個弟兄來家，笙簫彈唱，歌笑賞燈。大門前燈光燦爛，畫堂上士女佳人往來喧鬧，有不斷香塵。這火子弟在阮三家吹唱到三更時分，各人四散。阮三送出門，見街上人漸稀少，與眾兄弟講道：「今有一喜天宇澄澈，月色如畫；二喜夜深人靜，臨再舉一曲可也」。眾人皆執笙簫象板，口兒內吐出金縷清聲，吹出那幽窗下沉吟半晌，遺音瀏亮，驚動那貴室佳人，聒耳笙簧，惹起孤眠獨宿。	（1）《古今小說・閒雲菴阮三償冤債》 阮三……篤好吹簫，結交幾個豪家子弟，每日向歌館娼樓，留連風月。時遇上元燈夜，知會幾個弟兄來家，笙簫彈唱，歌笑賞燈。這夥子弟在阮三家吹唱到三更方散。阮三送出門，見行人稀少，靜夜月明如畫，向眾人說道：「恁般良夜，何忍便睡，再舉一曲何如？」眾人依允，就在階沿石上向月而坐，取出笙簫象板，口吐清音，嗚嗚咽咽的，又吹唱起來。
（2）清本〈簡帖和尚〉 「小娘子，你如今在這裏，老公又不要你，終不為了，不若姑姑說合你去嫁官人，不知你意如何？」小娘沉吟半晌，不得已，只得依姑姑口，去這官人家裏來。逡巡過了一年。	（2）《古今小說・簡帖僧巧騙皇甫妻》 「小娘子，你如今在這裏，老公又不要你，終不然罷了。不若聽姑姑說合你去嫁了這官人，你終身不致擔誤，挈帶姑姑也有個倚靠，不知你意下如何？」小娘子沉吟半晌，不得已，只得依允，婆子去回復了。不一日，這官人娶小娘子來家，成其夫婦，逡巡過了一年。

（3）熊刊〈張生彩鸞燈傳〉	（3）《古今小說・張舜美燈宵得麗女》
女謂生曰：「妾處深閨，祝求天合，得成夫婦。昨日濃歡，今朝離別，從此之後，無復再會。不若以死向君，無忘此情，妾亦感恩地下矣！」生曰：「我非木石，豈肯獨生！」女曰：「君有此情，我之願也。」遂解衣帶共結，與生同懸於梁間。尼急止之曰：「豈可輕生如是乎？你等要成夫婦，但恨無心耳！」生女雙雙跪拜，求計於尼。	（女）謂生曰：「妾乃霍員外家第八房之妾，員外老病，經年不到妾房，妾每夜焚香祝天，願遇一良人，成其夫婦。幸得見君子，足慰平生，妾今用計脫身，不可復入，此身已屬之君，情願生死相隨。不然，將置妾於何地也！」生曰：「我非木石，豈忍分離！但尋思無計，若事發相連，不若與你懸梁同死，雙雙作風流之鬼耳！」說罷，相抱悲泣。老尼從外來曰：「你等要成夫婦，但恨無心耳，何必作沒下稍事！」生女雙雙跪拜求計。

　　由左右欄的對照，我們可以發現，馮夢龍對於「編輯」一事，確實不只「輯」之了事，而是下過一番工夫修飾過的。《三言》裏的文字，比起舊本，流暢優雅多了。

　　這是僅舉數例以見大端，其他或多或少加工修飾之處，以有舊本可對照者而言，可以說每篇都有，不必一一列舉。

（四）其他如人名、地名、年代等等之更改：

　　這一部分，以舊本對照，更改者不多，但仍有數例可引：

　　人名：清本〈刎頸鴛鴦會〉女主角為「蔣淑珍」，其婢為「阿滿」，其首嫁之人為「某二郎」，二郎之大哥為「某大郎」。《古今

小說》將之改爲「蔣淑眞」、「阿瞞」、「李二郎」、「李大郎」。

　　馮夢龍之所以會將「某」字改爲「李」字，大概是爲了增加故事的眞實感。

　　地名：清本〈羊角哀〉篇，羊角哀爲「吳國人」，《古今小說》改爲「雍州人」。清本〈簡帖和尚〉篇有「大國長安一座縣」，《古今小說》改爲「長安京北」。

　　年代：清本〈五戒禪師私紅蓮記〉有「話說大采英治平年間」，顯然字誤，《古今小說·明悟禪師趙五戒》改爲「話說大宋英宗治平年間」。清本〈李元吳江救朱蛇〉有「南宋仁宗朝熙己年」，然宋朝實無「熙己」年，《古今小說》乃改爲「南宋神宗朝熙寧年間」（仁宗、神宗俱在北宋，《古今小說》仍用南宋，蓋沿舊本之誤）。

　　因爲人名、地名、年代與小說情節的發展沒多大關係，所以不必多改。

　　以上是馮夢龍編輯舊作時在文字方面刪改修飾的情形，以下再論情節的改編。

乙、情節之改編

　　馮夢龍的《新列國志》與《新平妖傳》，比起《列國志傳》和二十回本《平妖傳》，明白的說是改寫，所以除了文字上大加修飾以外，情節上更有大幅度的增改刪削，這是大家都知道的事。而他重訂的《墨憨齋新曲》，對於舊作，也有類似的情形，度曲者皆能道之。

　　但是，《三言》對於舊作的情節有無更動，專家們卻曾經有過相反的意見。

　　普魯雪克（J. Prusek）認為馮夢龍編《三言》時，曾改寫某些舊作的情節，使其賦有更新一層的道德意義，並舉《古今小說》之〈衆名妓春風吊柳七〉、〈明悟禪師趕五戒〉，及《通言》的〈喬彥傑一妾破家〉等三篇為例以為證明。[①]

　　白芝（C. Birch）和白夏普（J. Bishop）二人則認為馮夢龍編《三言》對於所據舊本的情節，沒有任何更動。白夏普對於他的看法沒有提出進一步的說明[②]；白芝則舉《三言》之眉批為證，認為馮夢龍對於某些舊本所誤用的人名、地名、年代等等，雖明知其錯誤，在編輯時卻不作改正，仍沿其誤，只在眉批中指出。由此可見馮夢龍編《三言》時，對於舊本是力求保持其原樣，不作修飾的，因此也就不可能有更改舊作情節的事。[③]

　　以上這兩種說法，當以前者為是，馮夢龍編輯《三言》，對於舊作不只有文字上的修改，更有情節上的更動。當然，一如他編《墨憨齋新曲》一樣，並不是對每篇舊作的情節都加以更動，而只是改寫那些他自己認為「不合情理」的部分。

　　前面已經說過，人名、地名、年代的錯誤，對一篇小說情節的影響並不很人，所以馮夢龍在這方面更動的不多。但是，並不能因此而

---

① J. Prusek, *Chinese History and Literature*, Dordrecht-Holland, 1970, p. 210, pp.313-335.

② J. Bishop, *The Colloquial Short Stories in China-A Study of the San-Yen Collection*, Harvard-Yenching Institute Studies XIV, 1965, p. 19.

③ C. Birch, *Feng Meng-lung and the Ku Chin Hsiao Shuo*, Bull. of the School of Oriental and African Studies, Vol. XVIII, 1956, pp. 78-82.

推論他也不改情節。

　　普魯雪克提到的三篇，正是馮夢龍編刊舊作時，情節修改幅度最大的三篇。

　　一、先說清本的〈柳耆卿詩酒翫江樓記〉和《古今小說》的〈眾名妓春風吊柳七〉。這兩篇的情節差異頗大，白芝先生即因為如此，認為這篇應當算是馮夢龍的創作，不應當認為是因襲舊本。[④]

　　然而，我們仍然認為這篇是馮夢龍不滿意於舊作情節的改作，而不是純然的創作。他所根據的底本正是〈柳耆卿詩酒翫江樓記〉。

　　〈翫江樓記〉的情節大要如下：

> 柳耆卿為餘杭縣宰，心慕當地名妓周月仙，屢調之不從。後偵知月仙與隔渡黃員外曖，每夜乘舟往來。遂密令梢人於半渡劫而淫之。月仙悲痛之際，作詩一首云：「自嘆身為妓，遭淫不敢言。羞歸明月淚，懶上載花船。」隔日，耆卿召月仙佐酒，酒半，柳歌前詩，月仙大慚，因順耆卿，自此日夕常侍耆卿。

　　此篇話本流傳頗廣，除《六十家小說》之外，何大掄題序的《燕居筆記》，余公仁批補的《燕居筆記》，及《繡谷春容》都收有此篇，《繡谷春容》所收該篇文字與《六十家小說》甚少差異，情節則大致相同。兩種《燕居筆記》筆者皆未見，以其篇題之相當推之，內容當亦無大差別。

---

④ Ibid.

以這篇的內容來說，千古風流才子柳耆卿，竟然是一個卑鄙的採花賊。這或許是柳耆卿在民間傳說中的面目。但是，對於一個文人如馮夢龍者流而言，這卻是個難以接受的說法，所以他才一再的對這篇故事，這種說法，深致不滿。

《情史》卷十八收了這個故事（《情史》雖為文言，但故事情節則與話本〈歡江樓記〉同），題為〈柳耆卿〉，馮夢龍在篇後有評語云：「耆卿風流才子，何物黃員外得掩其上，月仙為失評矣。」[5]《古今小說‧序》提及此篇，也說：「然如歡江樓、雙魚扇墜記等類，又皆鄙俚淺薄，齒牙弗馨焉。」[6]不以為然之詞，更為明顯。

馮夢龍既然對〈歡江樓記〉的寫法深表不滿，在他編輯柳耆卿故事時，會將情節大加變改，自屬意料中事。《古今小說》中的〈吊柳七〉，就是因此改編而成。

〈吊柳七〉這一篇比起〈歡江樓記〉，面目已大不相同。我們之所以仍將它當作改編舊作來看待，而不認為是創作。是因為〈吊柳七〉這一篇主要情節的轉折，仍然大部分是沿襲〈歡江樓記〉而來，如柳耆卿所宰之縣仍為餘杭，妓女仍名周月仙，不過月仙原來所愛的人改為黃秀才（與舊作黃員外同姓），用計命舟子逼淫月仙者為另一新增的角色劉二員外（是一個「員外」），而非柳耆卿而已。其他細節的描述仍然大致與〈歡江樓記〉相似，文字也多所雷同（〈吊柳七〉篇的〈西江月〉詞、吳歌皆襲自〈歡江樓記〉，其本文自葉七上頁至葉九上頁的文字，多與〈歡江樓記〉雷同），所以說它是襲自

---

[5] 《情史》為馮夢龍所編，每篇之眉批、評語亦皆為馮夢龍所自題，筆者已有考證，見胡萬川：〈三言序及眉批的作者問題〉，《中國古典小說研究專集》第二集，聯經出版公司，1980年6月初版。

[6] 《古今小說‧序》為馮夢龍所自作，筆者已有考證，見胡萬川，前引文。

〈翫江樓記〉，再改編情節增訂而成，絕不爲唐突。

〈吊柳七〉這一篇寫到劉二員外逼月仙一段之上，有批語云：「此條與〈翫江樓記〉所載不同，〈翫江樓記〉謂柳縣宰欲通月仙，使舟人用計，殊傷雅緻，當以此說爲正。」正是馮夢龍夫子自道，說明其所以更改舊作的原因。

在馮夢龍改編下的柳耆卿，已經不是用計逼姦的下流人，而是知情識趣、玉成才子佳人美事的地方官，足爲風流名士典型。這就是馮夢龍特意改寫的用心所在。

二、再說清本的〈五戒禪師私紅蓮記〉和《古今小說》的〈明悟禪師趕五戒〉，這兩篇所演述的都是東坡、佛印二世相會的故事。故事中說東坡的前生爲五戒，佛印的前生爲明悟，兩人都是禪師。（《繡谷春容》也收了〈紅蓮記〉這篇話本，題目別作〈東坡、佛印二世相會〉。情節、文字與〈紅蓮記〉大體相同，也同樣是我們所說的「舊本」。）

〈紅蓮記〉的前半部，敘述東坡、佛印的前生（即五戒與明悟），後半部敘述兩人的今生。〈趕五戒〉這篇則先以李源、圓澤三生相會的故事爲入話，再敘述東坡、佛印二世相會的故事。這篇在描述東坡、佛印的前生部分，除了更動少數一些文字外，故事、內容幾乎全同於〈紅蓮記〉。描寫二人的今生部分，則頗有差異。

〈紅蓮記〉於東坡、佛印二世相會之後，即草草作結，〈趕五戒〉這篇則又添加情節，增長敘事達七葉之多。這些增加出來的情節，與《醒世恆言》的〈佛印師四調琴娘〉前半部大體相同。

馮夢龍之所以要加上這些情節，大概認爲〈紅蓮記〉所述的二人今生部分過於簡單，趣味性相對的減低。因此，便將歷來有關二人的

傳說軼事增加上去，改成現在的樣子。

　　因爲二篇前半部的文字、情節，大致相同，很明顯的，馮夢龍是根據舊作而改寫，所以，同樣的也不能算是創作。

　　三、再談清本的〈錯認屍〉和《通言》的〈喬彥傑一妾破家〉這兩篇的情節，除了《通言》這篇於最後增出一段報應文字以外，其他全部相同。

　　爲說明馮夢龍何以要加入最後一段，得先對整篇故事有個了解。茲將故事大要摘述如下：

> 杭州人喬俊，字彥傑，業商，娶妻高氏，有一女名玉秀，年方二九。後俊於營商途中，復買妾周氏返家。妾不守婦道，於喬俊外出日，與家中小二有私，爲懼事洩，又使小二姦污玉秀，以飾其口。事爲高氏所悉，遂強周氏與之共殺小二，棄屍河中。適有鞋匠陳文與妻爭吵出走，其妻外出找尋，誤以小二之屍爲其夫，遂雇破落戶王酒酒打撈。王已知其屍乃喬家小二，即以之要脅高氏索錢。高氏不從，且痛罵之，王遂首告於官。喬俊一家四口，高氏、周氏、玉秀及家僕洪三因而皆死獄中。喬俊營商失利返家，見此情景，亦自投水死。

　　清本〈錯認屍〉一篇，寫到喬俊投水死，即已結束。而《通言・喬彥傑》這篇，則在此之後，又多添出一段。所多出的情節爲喬俊死後陰魂不散，附體王酒酒，向他索命。王酒酒被纏不過，終於也

投水而死。

　　《通言》在後來多出的這段報應情節之上，有批語云：「少此段報應不得。」明白的說出了這是馮夢龍編書時才加上去的。⑦

　　四、其他。如果要嚴格一點的說，如前文談文字修改部分，按左右欄對照所顯示的如此不同來說，便已經算得上是情節的改寫了。因為文字上這麼大幅度的修改，可以說書中角色的心理、性情、舉動，顯然便已經與前不同。但是，因為那些段落大體上還是就舊本原有的敘事線索加以修飾，所以我們還是把它們當作文字修改來討論。

　　除了上舉的這些例子之外，和舊本對照，顯然是馮夢龍編書時添加上去的段落，還有不少例子：

　　如清本〈戒指兒記〉描述阮三的朋友張遠見阮三為相思成病，為撮合阮三美事，便直接去菴裏找尼姑王守長，叫她幫忙。而《古今小說》在這中間便又加入一段，說張遠離開阮三之後，便先到女主角陳小姐家門前觀望，看看有無機緣可以傳遞消息。苦候兩日，才聽到陳家僕人出外叫人，說有兩甕小菜要送給閒雲菴的尼姑。張遠因此知道菴裏的尼姑與陳家相熟，而他自己也認得這尼姑，因此才想要利用尼姑做牽頭，然候才到尼姑菴去找王守長。

　　這一段便是馮夢龍加上去的。加上這一段，使故事前後的銜接更加綿密，而情節的發展也更為合理。馮夢龍在這段之上有兩處批語：「肯如此用心的是好友」、「關目好」，顯然對這一段添加的描寫相當的滿意。

　　另外，《古今小說》的〈羊角哀〉篇，也比清本多出一段（殘

---

⑦　《三言》之眉批皆馮夢龍所自加，筆者已有考證，見胡萬川，前引文。

文不算在內）。羊角哀爲助左伯桃魂靈與荊軻魂靈相鬥，焚燒草人相助，仍鬥荊軻不過，角哀便到荊軻廟中大罵，打毀神像的一段，便是《古今小說》多出來的。

像這種多加的段落，在其他篇章還有不必一一列舉。

由以上這些排比對照，我們可以清楚的看出，馮夢龍編輯《三言》，對於舊作是經過一番苦心修訂，而不只是簡單的將舊作彙輯成書就了事的。他的修改是從題目開始，以至文字、情節整個內容的。因此，即使他所收錄的某篇果然是根據「宋人小說」而來，但是，我們卻不能輕易地說收在《三言》裏的這篇仍然是「宋人小說」。

譬如《水滸傳》，簡本與繁本的文字相差甚多，七十回腰斬本與百回本（或百二十回本等等）也大不相同。如果我們說簡本是施耐庵（或羅貫中）寫的，我們就不能說繁本也是施耐庵的作品。如果我們說施耐庵寫的是全本，我們也就不能說腰斬本也是施耐庵的作品。因爲那已經是經過後人大加增飾或刪減過的作品，與原來的面目已大不相侔。如果施耐庵寫的是簡本，我們便不能據繁本來論「施耐庵」的文字風格。如果施耐庵寫的是全本，我們也就不能據腰斬本來論「施耐庵」的創作意識或思想。

同樣的道理，即使《三言》裏面的某些篇章原來眞是「宋人小說」，但是，我們卻不能直指這些在《三言》裏的「宋人小說」就是眞的「宋人小說」，因爲經過了馮夢龍的一番加工，它們多少已經走了樣。對那些有舊作可資對照的作品，我們當作如是觀，對那些沒有舊本對照，而被指爲「宋人小說」的作品，我們也當作如是觀。因爲「修改」是馮夢龍編《三言》的一貫作風，由上面的論述已經顯示得很清楚。對那些作品，我們頂多只能說：那是馮夢龍改編過的宋人小說。

　　譬如，《醒世恆言》第二十三卷的〈十五貫戲言成巧禍〉，馮夢龍在題目下注出：「宋本作〈錯斬崔寧〉」。因此，這一篇便往往就被當作典型的「宋人小說」來討論。

　　但是，這一篇入話故事一開始介紹主角出場，就說：「卻說故宋朝中有一個少年舉子。」正文故事一開始也說：「卻說南宋時。」已明白的不是「宋人」口氣，怎麼會是「宋人小說」？可能這篇「原來」也是「宋人小說」，但是，收在《恆言》裏頭，我們卻已不能說它是「宋人小說」。因為雖然沒有舊本可資對照，我們不知道馮夢龍在裏頭作了什麼手腳，但是「故宋」、「南宋」等字眼，卻已明白宣示，《恆言》裏的這篇已不是「宋人」所作。他注出「宋本作〈錯斬崔寧〉」，或許已經是一個暗示：「我這篇與宋本不同」。焉知這篇故事後來報應不爽的那一段不是他加進去的？

　　另外，附帶一談《六十家小說》和《熊刊小說》等早期刊印的話本小說。這些刊印較早的話本，因為形式較為古樸，文字也較為質拙，而題目和《醉翁談錄》、《寶文堂書目》等對照，也有許多真是若合符節的「宋人小說」。因此除了少數幾篇如〈曹伯明錯勘贓記〉、〈風月相思〉等，明白的標出時代背景是元代或明代的以外，便多半被認為是「宋人小說」。

　　但是，較早的《六十家小說》刊於嘉靖年間，即使從嘉靖元年起算，距南宋滅亡已將二百五十年。而刊於萬曆年間的《熊刊小說》，更距南宋滅亡已達三百年左右。這期間，這些「宋人小說」的流傳如何？是不是已經有人改過（不管是刻書家或說書人自己）？都已難詳考論定。

　　譬如《六十家小說》裏的〈李元吳江救朱蛇〉，介紹主角出場說：「南宋仁宗朝熙已年……」，已顯然不是宋人口氣。他如〈夔關姚卞弔諸葛〉說：「話說宋朝仁宗朝……」；甚且如〈柳耆卿詩酒翫江樓記〉的「當時是宋神宗朝間」，及〈合同文字記〉的「話說宋仁宗朝慶曆年間」等等口氣，也都可能不是當代人的說法。如果這些原來都是「宋人小說」，那麼，很可能的，經過二三百年的流傳，它們都已經攙入了後人的添加物。

　　如果說，這些故事從宋人一直流傳到現代，現代的說書人也一樣的將這些故事騰之於口，作為他們宣講的題材，然後有心人取其底本，將之彙集成書，所以便有了後來人的口氣，也不是不可能的。《三國》、《水滸》的故事，不是從未成書，就先騰之於說書人之口，一直講到定本，一直講到現在嗎？

　　如果我們要將「宋代話本」當作一種「體裁」來講，那麼所有的話本小說都可以說是「宋人小說」。但是，如果這裏所指的「宋代」是確指時代而言，則我們在指稱這些明代刊印的某篇小說為「宋人小說」時，便得費一番斟酌。

　　本篇的主旨不在於否定「宋人小說」的存在，而在提供一個討論的方向：到底如何確定這些明代刊印的「宋人小說」的身分。相信這是一個值得再加探索的問題。

後記：本篇原發表於《古典文學》第二集，一九八〇年十二月。

從《智囊》、《智囊補》看馮夢龍

　　《智囊》、《智囊補》是馮夢龍許多筆記小說中的兩部。《智囊》成於天啓六年丙寅（一六二六）。八年之後，即崇禎七年甲戌（一六三四），將《智囊》增刪改編爲《智囊補》。

　　《智囊》原本臺灣已不可見，依書目所載，當今只有日本內閣文庫和美國國會圖書館各藏有一部明刊本。據內閣本微卷，該書前有張明弼、沈幾二篇序文及馮夢龍自序。這三篇序文在後來的《智囊補》中都不再收入。大概由於《智囊補》的刊行，《智囊》的市場價值喪失，從此不再流傳。

　　《智囊補》的原本此地也不可見。臺大研究圖書館藏有一部大型本，題作《增定智囊補》，可能是清刻本。坊間筆記小說大觀也收有該書，題作《增廣智囊補》。所謂「增定」、「增廣」，大概都是書商的廣告詞，原本應當只叫做《智囊補》。

　　《智囊》和《智囊補》各有二十八卷。書的內容是將古人智術計謀之事，分類成篇，共分上智、明智、察智、膽智、術智、捷智、語智、兵智、閨智、雜智等十部。每部在目錄前有總序，在正文前有小引，每條正文之後時有批語。兩書的內容大同小異，體例也

相同，實際上即等於是一部書，不過《智囊補》是據《智囊》重編增補，較爲完全，因此，本篇的討論，即以《智囊補》爲依據。

這兩部書《四庫全書總目提要》都有著錄，並有評語說：「是編取古人智術計謀之事，分爲十部，亦間繫以評語，佻薄殊甚。」[①]這兩部書——其實是一部，從注重考據之學的清朝學人眼光中來說，當然不是什麼重要的典籍。從文學的眼光來說，它也算不上是重要的著作。它能被《四庫提要》存目收錄，已屬難能可貴。在編纂《四庫提要》諸「正統文人」的心目中，馮夢龍這個通俗文學工作者本來就算不了什麼的，他們認爲《智囊》、《智囊補》「佻薄」並不奇怪。

後來，馮夢龍的文學成就與重要性雖然已經得到舉世的公認，但是學者們對他這個人的了解卻似乎仍然不夠。因爲多半研究他的人除了對《三言》等重要作品本身有著相當的研究與探討之外，對他的其餘作品，常常還是有所疏忽。

筆者一向認爲，對一個作家的生平、思想多作了解，無論如何，對於了解他的文學作品是有所幫助的。尤其對一個像馮夢龍這樣有多方面興趣、作品豐富的作者，如果我們對他本人的認識不夠，毋寧是一種缺憾。

可惜，在「正統」文學的眼光中，他向來不是一個重要的作家，也沒作過大官，生平惟一的詩文集《七樂齋集》也已失傳。所以，傳世的有關他本人的記載並不很多。當然從他用心編纂而成的《三言》、《墨憨齋戲曲》等主要作品當中，我們還是可以看出他的一些文學見解與品味的。但是，要對他作更廣泛深入的了解，卻仍嫌不夠。

---

① 《四庫全書總目提要》，子部雜家類，存目九。1971年7月，臺北商務印書館，頁2739。

　　在這種情形下，他的其他作品，如《智囊》（補）這一類看似不重要的東西，就顯出了它的重要性。

　　晚近的研究者，雖然沒有像《四庫總目提要》的編者一樣，以《智囊》（補）為不屑一談，「佻薄殊甚」的作品，卻仍然不大重視。有的只在談到馮氏的其他作品當中，簡單的提了一筆。稍微有心的，也只把它當作小說的資料書，將它所收的故事當作《三言》等話本小說的「本事考」一類的參證而已。

　　其實，在《智囊》（補）裏，保存了許多其他地方看不到的馮夢龍的見解。這些思想見解雖然與文學本身或許無大相關，但是，在了解他這個重要的文學工作者上，卻是無比的重要。

　　乍看之下，《智囊》（補）是一本專門收集智謀奇巧的輕鬆故事集。可是只要將它每條故事正文之後的批語也一併讀下去，就會發現作者的原意並不只在提供我們一些有趣的故事而已，而是著意的在發抒他個人對當時社會與政治偏頗現象的評論意見。那些故事當然也各有其意義，然而多半卻只是他「藉古諷今」的引子而已。如果說的嚴肅一點，這一部書就等於是馮氏個人的政治、社會評論集。它雖然不是什麼偉大的著作，但是態度上卻絕不是「佻薄」的。

　　馮夢龍不僅是一個重要的通俗文學工作者，同時更是一個可敬的愛國者，這一點是許多研究他的人都了解的。一個人之愛國與否，和他一向寫的是什麼「正統」著作與否，是沒有什麼大關係的。歷史上許多專門說大話寫大文章的人，在鼎革之際率先變節投降的正不乏其人。可是我們若要從馮夢龍為後世所重的那些小說戲曲當中，去尋找一些和他後來國變之際所編著的《甲申紀事》等所表現的悲痛憤激的救國言論相一貫的思想，似乎也不可得。從他的小說戲曲當中，我

們好像很難看出他對社會的見解，而《甲申紀事》等書所論的當時政
治、軍事等弊端卻又是那麼深刻與激烈，很難令人相信這是同一個作
者的作品。如果這可以成為一個問題的話，那麼，《智囊》（補）這
一部編成於《三言》與《甲申紀事》之間的著作[②]，正好彌補了這個
空檔。看了《智囊》（補）之後，我們知道馮夢龍對當時的政治與社
會問題一向就相當的關切，並且也提出了他的看法。從這一部書中，
一方面我們可以了解，他後來那些在變革之際，所寫的史書中所表現
的悲憤與哀痛，原來是早就有所感慨，有脈絡可尋的。另一方面，他
的長短篇小說中，時時提出的對當時社會政治的諷刺與批評（或在眉
批，或在正文），我們感覺到的常只是片斷的，或者有趣的而已。讀
了《智囊》（補）之後，我們對他那些片斷的諷刺、批評，卻有了更
深更有系統的印象，對我們了解他的文學，有著相當的幫助。

　　《智囊》（補）這一部書，對我們這些後世的人想進一步了解
馮夢龍這個人和他的文學作品來說是相當重要的。我們相信他自己也
相當重視這部書。在甲申年的年尾（崇禎十七年，一六四四），即他
死的前二年，祁彪佳因志不得伸，感慨萬千的卸任蘇松巡撫返鄉的時
候，他曾以這部書和《新列國志》等當作餞行的禮物，送給祁氏。祁
氏是當時國家的方面重臣，素爲馮所敬重。在國難當頭的時刻，馮會
將這部書當作禮物送給祁氏，可見他自己絕不認爲這部書僅僅是「有
趣」而已。當然後世有人加給這部書「佻薄」的批評，他是絕對想不

---

② 《三言》之中，以《古今小說》刊行最早，然刊刻年月已不可考。《警世通言》刊行於天啓
　　四年（1624），《智囊》刊行於天啓六年（1626）。《醒世恆言》刊於天啓七年（1627）
　　《智囊補》刊於崇禎七年（1634）。《甲申紀事》編於崇禎十七年（1644）。《中興偉略》
　　編於弘光元年（1645）。

到的③。

　　從《智囊》（補）我們可以看出馮氏對社會問題的關心，範圍相當的廣，而他的見解卻多半就在《四庫提要》所謂「間繫以評語，佻薄殊甚」的評語當中。這些評語有的甚且比故事本文還要長。我們且將他那些較能看出某些特性的意見稍微整理一下，以見一斑，希望對進一步了解他這個人能有些用處（所引皆出《智囊補》）：

一、朝廷與吏治

卷三上智部，通簡，龔遂一條之後評云：

漢制，太守皆專制一郡，生殺權在手，而龔遂猶云：願丞相，御史無拘臣以文法。況後世十羊九牧，欲冀卓異之政，能乎？又云：古之良吏，化有事為無事，化大事為小事，蘄于為朝廷安民而已，今則不然，無事弄作有事，小事弄作大事，事生不以為罪，事定反以為功。人心脊脊思亂，誰之過歟？

《平妖傳》第十回有眉批與此相類，批云：

小事弄作大事，六個字說得極痛切。在官府非不謂認

---

③ 祁彪佳，《甲乙日曆》，甲申（1644）十二月十五日：鄉紳文中臺、嚴子章、馮猶龍、金君邸桂來送，馮送以家刻。十七日，舟中無事，閱馮猶龍所製《列國傳》。乙酉（1645）三月初五日，雨，觀《智囊》。三月十九日，舟次，閱《智囊》。四月十七日，雨……予靜坐樓上觀《智囊》，盡五卷。按，祁彪佳乃明末大臣，為世所重，於乙酉年間六月初六日殉節。看他殉節前日記所載，屢次提到閱讀《智囊》，大概他很重視這部書。

眞做事，卻不知無益有損。無事爲福，眞千古格言
也。

卷四上智部，迎刃，韓琦條後評云：

宋盛時，賢相得以盡力者，皆以動得面對，故夫面對
面，則畏忌消，而情誼洽，此肺腑所得之馨，而雖宮
闈微密之嫌，亦可潛用其調度也。此豈章奏之可以收
功者耶？雖然，面對全在因事納忠，若徒唯唯諾諾一
番，不免辜負盛典。此果聖王不能齎威而虛收耶？抑
或實未有奇謀碩畫，足以聳九重之聽乎？請思之。

我們只要了解明末吏治的敗壞，閹人四出聚斂，萬曆皇帝且有
三十年不郊不廟不朝的紀錄，就可以了解馮這幾段話的意義了。

二、稅收與倉儲

卷八明智部，經務，周忱條後評云：

其後戶部言濟農餘米，失於稽考。奏遣曹屬，盡括餘
米歸之於官，於時徵需雜然，而逋負日多矣。夫餘米
備用，本以寬濟，若納于官，官不益多，而民遂無所
恃矣。試思今日兩稅耗，果止十一乎？徵收只十五、
十六乎？昔何以薄徵而有餘？今何以加派而不足？

　　明末由於內憂外患，賦稅加派很多，尤其以江南為重，但並沒有收到實際的效果，人民卻困苦不堪。本條所說：「餘米歸之於官，官不益多。」對當時貪官中飽，有很深的感慨。

　　又云：

> 何良俊曰，周文襄巡撫江南一十八年，常操一小舟，沿村逐巷，隨處詢訪，遇一村樸老農，則攜之與俱臥於榻下，資以地方之事。民情風俗，無不周知，故定為論糧加耗之制。而後金花銀、粗細布、輕賫等項，禆補重額之田，斟酌損益，盡善盡美。顧憶謂循之則治，紊之則亂，非虛語也。自歐石岡一變為論田加耗之法，遂虧損國課，遺禍無窮。有地方之責者，可無加意哉！

　　這裏他不但提出了對不合理稅收的批評，最重要的是講出了一個理想地方官的楷模。地方官不僅要親民，並且要處處為老百姓設想。

　　卷二上智部，遠猷，高明條後評云：

> 每見沿江之邑，以攤江田賠糧致困。蓋沙漲成田，有司善以升科見功，而不知異日減刻之難也。川中之鹽井亦然。陳于陛意見云：有井方有課，因舊井塌壞，而上司不肯除其課，百姓受累之極，即新井亦不敢開。宜立為法，凡舊井課悉與除之。新井許其開鑿，開成日，免課，三年後方徵收，則民困可甦，而利亦興矣。若山課多，一時不能盡蠲，宜查出另一為籍，

有恩典先及之。或緩徵，或對支，徐查新漲田，即漸
補扣，數年之後，其庶幾矣！

卷二上智部，遠猶，王鐸條後評云：

國初中鹽之法，輸粟實邊，支鹽內地。商人運粟艱
苦。於是募民就邊墾荒，以便輸納，而邊地俱成熟
矣。此鹽屯相須之最善法也。自葉侍郎淇徇鄉人之
請，改銀輸部，而邊地日漸拋荒，粟歲騰貴，井鹽法
益大敝壞矣。見小利則大事不成，聖言眞可畏哉。

這幾段文字，從稅收談到鹽法，談到墾荒，處處爲人民設想，也
在在談到了明末稅法的弊端。

三、屯田與軍徒

談到稅收倉儲，便涉及到墾荒，墾荒便與屯田軍徒有了關係。

卷二上智部，遠猶，高明條後又評云：

查洪武二十八年，戶部節奉太祖聖旨：「山東、河南
民人，除已入額田地照舊徵外，新開荒的田地，不問
多少，永遠不要起科，有氣力的盡他種。」按，此可
爲各邊屯田之法。

卷八明智部，經務，植桑除罪條後評云：

愚于今日軍徒之罪,亦有說焉:夫軍藉以戰,徒藉以役,非立法之初意乎?今不然矣!或佯死,或借差,或請代。里甲有僉解之擾,衛所有口糧之費,而罪人之翱翔自如,見者不得而問焉。即所謂徒者,視君較苦,故諺有活軍死徒之說。然而富者買替,貧者行焉,即驛中牽挽之事,所資幾何?又安用此徒爲哉?然則宜如何?曰:莫若以屯法行之。方今議開墾,未有成效,誠酌軍衛之遠近,徒限之多寡,押赴某處,開墾若干畝,俟成熟升科,即以準罪釋放,或其願留,即爲世業。行之數年,將曠土漸變爲熟土,且奸民俱化爲良民,其利顧不大與?若夫按插有法,羈縻有法,稽核有法,勸相有法,是又非可一言盡矣。

明自中葉以後,軍屯制度即已敗壞,馮夢龍此一關心並非空穴來風。此外和經濟有關係的漕運問題,他也注意到了。

四、漕運

卷八明智,經務,李芳谷、趙昌言條後評云:

近日東南漕務孔亟,每冬做壩開河,勞費無算,而丹陽一路尤甚。訪其田,則居人歲收夫腳盤剝之值,利於阻塞。當起壩時,先用賄存基,挨糧過後,輒於深夜填土,至冬水涸,不得不議疏通。若依李、趙二公

之策，竭一年之勞費，深加開濬，曉示居民，後有壅
淤，即責成彼處自行撈掘，庶常鎮之間，或可息間
乎。或言每歲開塞，不獨夫腳利之，即言吏亦利之，
此又非愚所敢知也。

一般論史者對於漕運的破壞，多半都只注意到官吏的貪賄勒
索，馮則談到這另一種現象，不僅說明了他一向對國家政經的關心，
並且也可供治史者的參考。

五、兵變與流賊

明末兵變頻仍，流賊紛起，《智囊》（補）同時也談到這些問
題：

卷八明智部，經務，民變條後評云：

兵之變，未有不因朘削而激成者。民之變，未有不因
勢豫激成者。

《平妖傳》第三十一回有眉批：「若無此等賊官，天下安得生
亂？」

第三十二回有眉批：「從來兵變，未有不因尅剝軍糧起者。」意
思都相同。

又卷八明智部，撫流民條後評云：

今日招撫流移，皆虛文也。即有地，無室廬。即有

田，無生種，民何以歸？無怪乎其化爲流賊矣。倘以
討賊之費之半，擇一實心任事者，專管招撫，經理生
計，民其慶更生矣，何樂於爲賊耶？

政治若上軌道，自然流賊不起，所以馮夢龍會以爲民變多半官激
而成。而要解決這一問題，就得從根本救起，使民有所歸，自然無兵
變，無民變，無流賊。

六、土司

明末除了兵變流賊到處騷擾之外，土司也不安定。土司是明朝西
南邊疆政事的重要一環，馮夢龍對這問題也有他的看法：

卷三上智部，通簡，高拱條後評云：

國家於土司，以戎索羈縻之耳，原與內地不同。彼世
享富貴，無故思叛，理必不然。皆當事者，或浚削，
或慢殘，或處置失當，激而成之。反尚可原，況未必
反乎？如安國亨一事，若非高中玄力爲主持，勢必用
兵。即使幸而獲捷，而竭數省之兵糧，以勝一自相仇
殺之民人，甚無謂也。嗚呼！前事不忘，後世之師，
吾今日安得不思中玄乎？

他的意見，認爲土司之叛，仍然是由於官吏之不良所激成。而其
處處爲人民設想之胸懷，於此亦已表現無遺。

　　另外倭寇爲患，也是明朝一件頭痛的事，對這問題，《智囊》（補）也有說。

七、倭寇

卷八明智部，經務，虞詡條後評云：

> 嘉靖東南倭警，漕臺鄭曉奏：「倭寇類多中國人，其間儘有智勇可用者，每苦資身無策，遂甘心從賊，爲之嚮導。乞命各巡撫官於軍民白衣中，每歲查舉勇力智謀者數十人，與以『義勇』名色，月給米一石，令其無事則率人補盜，有事則領兵殺賊，有功則官之。如此，不惟中國人不爲賊用，且有將材出於其間。其從賊者，諭令歸降。如才力可用，一體立功敘遷。不然，數年後，或有如盧循、孫恩、黃巢、王仙芝者，益至滋蔓難撲滅矣。」愚謂端簡公此策，今日正宜採用。

　　倭寇裏多有中國人，這一個問題，馮的《古今小說》第十八卷，〈楊八老越國奇逢〉中有一段也可參看：

> 原來倭寇逢著中國之人，也不盡殺戮……若是強壯的，就把來剃了頭髮，抹上油漆，假充倭子，每遇廝殺，便推他去當頭陣。官兵只要殺得一顆首級，便好領賞。平昔百姓中禿頭癩痢尚然被他割頭請功，況且

見在戰陣上拿住，那管眞假，定然不饒的。這些剃頭
的假倭子，自知左右是死，索性靠著倭勢，還有捱過
幾日之理，所以一般行凶出力。

　　以上所談的都是經國大事，由此已可見馮的關心所在，然而在此
之外，他也表示了特殊的意見。

八、旌典

卷二十語智部，善言，吳山峰後評云：

今日「節義」、「孝順」諸旌典，只有士大夫之家可
隨求而得，其次則富家猶間可力營致之。匹夫匹婦絕
望矣！若存吳宗伯之說，使士大夫還而自思，所以求
旌異其親者，反以薄待其親，庶乎干進之路稍絕，而
富家營求之餘，或可波及單賤，世風稍有振乎！推之
名宦鄉賢，莫不皆然。名宦載在祭統，非有大功德及
民者不祀，鄉賢則須有三不朽之業。若尋常好官好
人，分內之事，何以詞爲？又推之鄉飲酒亦然。鄉飲
需年高有德望者乃可表帥一鄉。今封公無不有大賓
者，而介必以賄得。國家尊老禮賢之典，止以供人腹
誹而已，此皆吳宗伯所笑也。

　　其中所言，又豈止當時敝端而已！馮夢龍之感慨，對我們後世
實深具警醒作用。《平妖傳》第三十七回有眉批云：「如今只要子孫

富貴，便得封號。孤寒烈婦，精神不經洗發者多矣。」也是同樣的感慨。

以上所舉各條，僅擇其大要而已，書中所論及的問題，當然不止這些。而引這些條文的意思，並不是要說明馮夢龍的政經思想有什麼特別偉大之處，也不是要寫一篇考證詳密的歷史論文，而只是要指出，《智囊》（補）這部書絕不是什麼「佻薄殊甚」的頑笑作品，實在另有它嚴肅的一面。馮夢龍也絕不是一個只會編「笑話書」一類的「佻薄文人」。更重要的是希望能藉此看出馮夢龍的某些觀念與思想傾向，或許藉著這一個線索，對我們更進一步探索他的所有文學作品時能有所幫助。但這進一步的工作不在本文範圍之內，暫不深論。

單從上述各條來說，我們已經可以看出，馮夢龍雖然是個不為正統文人所重的通俗文學工作者，並且一生中也只做過四年的小縣令，但他的心胸與眼光，卻是廣大而深刻地時時關注著社會問題的。最重要的一點是他處處都在為老百姓而設想，為老百姓的利益而存心。他這一分存心從以上所引這些條文，已可見出一些端倪。

後記：本篇原發表於《中國古典小說研究專集》，一九七九年
　　　八月。

馮夢龍與復社人物

　　今人研究古人，往往費盡心血去寫「交遊考」，原來這有著特殊的作用。因為，從一個人所交往的對象，常常就可以看出這個人的某些興趣傾向。

　　馮夢龍活了七十幾歲，也有很多的朋友，如果有人能費心去寫一篇他的交遊考，對於了解他的整個生命、思想，相信也很有用。因為他雖然是個努力的文學工作者，給我們留下了許多重要的作品，但是他畢竟沒作過大官，也不是什麼正統文學的巨子，有關他生平的資料實在很缺乏。

　　如果要探究一個人的思想，從他留下來的著作著手，本是最好的步驟。但是像馮夢龍這樣一個作家，所留下來的重要作品如小說、戲曲、民歌等，卻多半是將前人和自己的著作編在一起。要從中析出哪些該是他自己的工夫，自己的見地，實在還要費很大的手腳。

　　因此，在未能就作品論思想以前，試著從他交往的對象中，探索他生活的點滴意趣，或許並不是沒有意義的工作。

　　要詳考馮夢龍的交遊，可以成為一篇很大的文章，因為僅在他現存作品中提到的友人即已不少。但是，筆者在此卻無意網羅所有紀錄

上和他有過瓜葛的人，來做一篇詳盡的交遊考，而只是想將他和某些復社人物的特殊關係勾勒出來，希望能從這一層特殊關係中探索出他的一些思想傾向。

在馮夢龍一生的過程當中，經歷了萬曆、天啓、以至崇禎覆亡的動盪時期。當時的政治是黑暗的，但在黑暗中卻蘊有著一股追求正義與光明的新生力量。當時的東林與復社，就是這種新生力量的代表。東林與復社雖然性質上有些不同，但所表現的，同是對抗當時以閹黨、馬、阮等所代表的腐敗與黑暗的勢力。他們關心政治與社會的公義，要求更新圖治，希望能去腐生新，拯救政治與社會的偏頗。他們自成一股力量，不與黑暗的腐化勢力相妥協。雖然他們所勉力追求的改革，在政治上終究還是失敗了，但是他們所表現的那種精神，卻影響深遠。

我們在此且單說復社。復社是當時全國各地的青年學子們所發動結合而成的愛國政治團體。他們改變了以前文人結合只爲酬唱詩文的性質，進而爲實際對社會與政治的關心，相互援引，終於匯成一股龐大的新生勢力。他們相聚，依然有的是談文論藝，但那只是個手段，眞正的目的卻是在於集合志同道合之士，以爲政治改革的聲援。他們時時提出政治改革的主張，與切中時弊的見解，已經儼然是個有組織、有宗旨的政黨。

復社初興，馮夢龍已是個行將六十的老人。他一向既以著述爲業，此時更當不可能有意於科擧功名的追逐。如果我們能確定他和復社人物的特殊關係，相信對了解他的某些思想傾向，進而對於了解他的所有作品，是多少會有點幫助的。因爲，如果我們能確定他和復社人物有著密切的關係，不只表示出他的思想和復社所代表的精神與見地相一致，時時以國家社會的改革更新爲念，更可顯示出他老而不朽

不腐的積極態度。

馮夢龍和復社人物的關係如何？他是不是一個復社人物？由於可見的有關資料記載零碎，留傳下來復社名錄當然也沒有他的名字，因此要勾勒出這一層關係，只得從他和幾個有關朋友的零碎資料中找線索。

筆者之會想到馮夢龍可能和復社人物有關係，除了兩者年代約相當，並且他的作品中所透露的思想傾向有所感發而外，最重要的是讀了他的《智囊補》自序中的一段話所引起，序中云：「書成，值余將赴閩中，而社友德仲氏以送余故，同至松陵，德仲先行。」雖然明朝文人結社風氣鼎盛，朋友彼此往來互稱社友或社兄、社弟的風氣相當普遍①，可是，由於《智囊補》的出版有年月可考，因此在先後相關事件的對照之下，他這裏所提到的「社友」，卻引起筆者探究的興趣。

張溥等人結合全國各地文社成為復社的第一次大會是虎邱大會，時在崇禎五年壬申（一六三二）。在此之前，馮氏的主要文學作品及其他著作幾已大部分出版。在那許多的著作中，不論是他自己或友人為他寫的書序或議論，從來都沒提到過社友或社兄、社弟等名目②。而據考證為他早年所編的山歌、戲曲、散曲等作品，雖然時常提及與友人相往還的事情，也同樣沒有發現任何這一類的稱呼。而

---

① 清初，不知撰人，《研堂見聞雜記》云：「明季時，文社行，於是人間投刺，無不稱社弟。」臺灣文獻叢刊第二五四種，臺灣銀行發行，1968年9月出版。頁60。

② 馮氏書出版於復社成立之前，有年代可考者，除《三言》等小說之外，其他著作多有自己或他人正式具名的序，如《麟經指月》有李叔元序，《春秋衡庫》有李長庚序，《智囊》有張明弼、沈幾等序和自序，《太平廣記鈔》有李長庚序。而刊行於天啓五年的王驥德《曲律》有馮的序，都沒提及「社友」等名目。

《智囊補》一書，出版於崇禎七年，即復社成立之後二年，卻出現了「社友」這稱謂，這是耐人尋味之處。

可是，問題只是開始而已，因為他這位社友張德仲是何許人，筆者至今尚無法查出，為所閱資料的限制，至今只知道他名叫我城，也是長洲人，曾經共同參定同時人戴文光標釋的《春秋》左傳，其餘則一概不詳。因此他們的所謂「社友」，到底何所指，畢竟一無頭緒，更重要的是，在筆者所參考幾種復社人名錄：（1）吳應箕、吳銘道祖孫的《復社姓氏》與《復社姓氏補錄》；（2）陸世儀的《復社紀略》；（3）吳山嘉的《復社姓氏傳略》③之中，也都沒有張德仲我城的名字。當然這三種名錄中也沒有馮夢龍的名字。

問題既然起了頭，就得探究下去。在另一本沒有署著作與出版年代的馮夢龍的著作《譚概》之中，有梅之熿的序，序中梅氏對馮夢龍自稱「古亭社弟」。由於書中其他地方並沒有告訴我們這個「社弟」的任何消息，而梅之熿本身的著作與資料也同樣的難求，所以這個「社」到底何所指，同樣也成了問題。一個問題本身或許不能告訴我們什麼，兩個問題湊在一起，卻可能就會有了不同的消息。

梅之熿是湖北麻城縣人，馮夢龍本身卻是江蘇長洲人，若說他和同鄉張我城是社友，這不算什麼，因為前面已經提到，當時文人結社的風氣很盛，同鄉好友，吟唱酬對，來個什麼社，是司空見慣的事。但是，他和遠在麻城的梅之熿也是社友，這就有點奇怪了。雖然明代

---

③ 陸世儀：《復社紀略》，收於《東林與復社》一書中，臺灣文獻叢刊第二五九種，臺灣銀行發行，1968年12月出版。吳應箕：《復社姓氏》；吳銘道：《復社姓氏補錄》，收於貴池先哲遺書《啓、禎兩朝剝復錄》中，藝文印書館印。吳山嘉：《復社姓氏傳略》，收於沈雲龍選輯，《明清史料彙編》八集第五冊，文海書局印行。

文人，一個人加入好幾個社並不是一件稀奇的事④，但是綜觀馮夢龍一生的文學事業，似乎不專在正統的詩文中求發展，也不以此名家⑤，一個人同時加入幾個社，而且是兩地所隔甚遠的社，似乎不大可能。那麼可能的情形又是什麼呢？

梅之熉這個人的著作與資料雖然難求，但是在筆者所參閱的三種復社名錄中，卻都赫然有他的名字，三種都將他列為麻城縣復社人物的重要代表⑥。他的兄長，當時地位重要的梅之煥，和復社也有很深的因緣（說詳下）。梅之熉對馮夢龍自稱社弟，很可能就是指的同為復社中好友而言吧！因為，當時就只有復社是籠罩全國各地的一個大組織。

讓我們再看看另一份同樣是有問題，卻也有線索的資料。錢謙益寫於崇禎十六年癸未的〈馮夢龍七十壽詩〉中，在「七子舊遊思應阮，五君新詠削山王」句下有自注云：「馮為同社長兄，文閣學、姚官詹皆社中人也。」⑦這裏所說的「社」到底指何而言，由於錢氏沒有更進一步的說明，筆者一時也未能找到直接的證據，所以也還是個問題。但是這個問題，卻和前兩者一樣，也提供了一些線索。我們現

---

④ 參閱謝國楨：《明清之際黨社運動考》，臺灣商務印書館出版，1968年6月臺二版，頁224-225。

⑤ 朱竹坨：《竹坨詩話》，評馮之詩：「善於啟顏之辭，間入打油之調，雖不得為詩家，然亦文苑之滑稽也。」見文星書店，1965年1月出版，卷下頁138。馮夢龍詩文集《七樂齋集》今已不傳，然當時人固已不以他為詩文名家，於此可見。

⑥ 前引陸世儀、吳應箕、吳山嘉等三書，於麻城縣下皆列有梅之熉。吳山嘉《傳略》一書頁469云：梅之熉，字惠連，少司馬國正子。明末亂起，棄襲蔭，散家財，隱於襄山為僧，別自號檽木，以著述自娛。有《春秋因是》三十卷。

⑦ 錢謙益：《牧齋初學集》，《東山詩集》。商務印書館縮印明崇禎癸未刻本。四部叢刊、初編集部，卷第二十下。

在已經知道，馮夢龍和張德仲是社友，和梅之熉、錢謙益、文閣學、姚宮詹也都是社友，範圍更大了。是否他一個人加入了許多的社呢？抑或他們所指的都是同一個社？

錢氏詩注中所說的文閣學就是文震孟（曾任禮部左侍郎兼東閣大學士），姚宮詹即姚希孟（曾任詹事），兩人爲舅甥關係，都是晚明崇禎朝的清流名臣，同是蘇州府長洲縣人（按《石匱書後集》兩人皆籍長洲，《明史》列傳則屬吳縣），與馮氏誼屬同鄉。錢謙益和文、姚三人在復社姓氏上雖然都沒有名字，但是他們和復社的關係卻非比尋常，實際上他們就是復社的提攜者與保護者，復社的成立和他們有著甚深的因緣。若說他們是復社人物，實不爲過。

陸世儀《復社紀略》云：「社事以文章氣誼爲重，尤以獎進後學爲務。其於先達所崇爲宗主者，皆宇內名宿：南直則文震孟、姚希孟、顧錫疇、錢謙益、鄭三俊、瞿式耜、侯峒曾、金舉、陳仁錫、吳甡等。兩浙則劉宗周、錢士升、徐石麟、倪元璐、祁彪佳等……湖廣則有梅之煥……彼諸公職位在外，則代之以謀方面；在內，則爲之謀爰立，皆陰爲之地而不使之知，事後則等人自悟，乃心感之。不假結納，而四海盟心，門牆之所以日廣，呼應之所以日靈，皆由乎此。」⑧

由陸氏的這一段話，我們可以知道，錢、文、姚等雖然名不列復社榜上，但他們與復社的密切關係，卻已了然。文震孟的兒子文乘（字應符），姚希孟的兒子姚宗典（字文初）、姚宗昌（字瑞初），更都是道地的復社榜上人物⑨。而錢謙益後來雖因變節降清，爲士林

---

⑧ 陸世儀，前引書，頁74-75。

⑨ 吳山嘉，前引書，並有文乘、姚宗典、姚宗昌傳。

所不齒，但在當時，他確是與復社人物爲一體，不只他人以爲如此，他自己也供認[⑩]。由此更可見他們三人與復社的關係確屬不同凡響。

錢氏自注，以馮夢龍爲「社中長兄」，並舉文、姚二人亦爲社中人，指的是否即是當時的復社，雖然尙未可確定，但是他們三人既已如上所言，和復社有著密不可分的關係，則他們這個社即使不是復社，也一定是和復社有著相當淵源的一個社，因爲復社本來就是集合、繼承全國各地已經存在的社結合而成的——這一層關係留待下文再說。

在上引陸氏文中提到的，除了以上三人之外，同樣提攜復社、保護復社的重要人物，和馮夢龍本人關係密切的尙有如下數人：湖廣的梅之煥，就是前述馮氏好友，復社人物梅之熉的兄長。南直的陳仁錫，是馮的同鄉好友，曾爲馮的書作序，對馮頗爲推重[⑪]。祁彪佳年輩較馮爲幼，但曾一度爲馮長官，其後常相往來[⑫]。祁氏族中晚輩和文、姚兩家相同，也有多人實際名在復社榜上[⑬]。梅、陳、祁三人和復社關係的密切，正如錢、文、姚三人，而也都同樣的和馮夢龍有著

---

⑩ 吳偉業：《復社紀事》，與前引陸世儀書同收於《東林與復社》一書中，頁38：蔡奕琛以賄國觀前事逮訊，不肯入獄，抗章自訟為復社人搆陷……取〈復社或問〉及檄增益上之，且因以並攻虞山曰：「復社殺臣，謙益教之也。」……謙益奏曰：「臣先張溥中進士二十餘年，結社為文，止為經生應舉。臣叨任卿貳，不應參涉。」由此段紀載及本文所引陸世儀文，可見當時人實以錢謙益與復社為一體。

⑪ 陳仁錫：《無夢園遺集》，有馮夢龍《四書指月》序：「猶龍氏靈心慧解，以鏡花水月之趣，指點要妙，已說《春秋》行世，茲復錂《四書指月》而問序於予。」崇禎八年古吳陳氏刊本，卷二。

⑫ 崇禎七年，馮任福建壽寧知縣，曾進謁時任巡撫的祁彪佳。其後，馮已卸任，以布衣身分居鄉，祁任蘇松巡撫，曾託馮代求沈璟等所作傳奇。祁離任，馮為之送行，贈以自著《智囊》等書。見沈自晉《南詞新譜》凡例續及《祁忠敏公日記》第二冊、第六冊等所記。

⑬ 吳山嘉，前引書，有祁彪佳兄弟子侄輩祁駿佳、祁豸佳、祁鴻孫等三人傳略。

相當密切的關係。

除了上述這些關係與因緣之外，馮夢龍的好友，有實際資料可查，名列復社的尚有不少，而且他們和馮夢龍的關係也都相當密切。茲將這些復社榜上有名的馮氏好友，和他們與馮的關係簡列於下：

（1）張明弼，江蘇金壇人。為馮氏的《智囊》作序，云：「猶龍氏作《智囊》，而其友金壇張明弼為之序。」《智囊》出版之時，復社尚未興起。其後馮氏重編《智囊補》，張又與沈幾、張德仲同列於參閱姓氏⑭。

（2）沈幾，江蘇長洲人，為馮同鄉。為《智囊》作序，與張明弼、張德仲同列為《智囊補》參閱⑮。

（3）耿克勵，湖北黃安縣人。馮氏《春秋指月》書成，耿介紹李叔元為之作序⑯。

---

⑭ 陸世儀、吳山嘉二人前引書並於鎮江府下列張明弼。吳山嘉書有傳云：「張明弼，字公亮，崇禎丁丑進士。令揭陽，多異政，作三不便、四大患議，署杭州推官。監軍平許都之亂。甲申，陞臺州推官。踰年，陞戶部陝西司主事。慎馬、阮當國，不赴。性純孝，割產以贍同姓。歷官十年，猶僦屋而居。有《螢芝集》二十卷，《兔角詮》十卷。」又藏於臺北故宮圖書館之張明弼所著《榕城二集》一書，書成於崇禎十二年己卯。書中所記多為與復社重要人物羅萬藻、周仲馭、黃正色、冒辟疆等往來詩文，多互稱「社兄」、「社弟」。

⑮ 前引吳銘道、吳山嘉二人之書皆於長洲縣下列有沈幾。吳山嘉之書有略傳云：「沈幾，字去疑，崇禎辛未進士，官福寧知州。」

⑯ 前引吳應箕書於黃安縣下列有耿應蕊克勵。
前引吳山嘉書於黃安縣下列有耿汝志，字克勵，無傳略。復社人物姓氏，各本所載，偶有出入，吳山嘉編傳略一書時已自言及。此因各家傳抄不一所致。上引二書所列名字小異，或即同為一人之傳訛。馮夢龍《春秋指月》李叔元序云：「余未識猶龍而僭為之序者，以發凡為卷，而以吾友楚黃耿克勵為徵也。」

（4）王挺，江蘇太倉人。馮死，王有挽詩致哀，備敘相念之忱[17]。

另外，和馮的一生有著長久密切關係的吳江沈氏曲學世家[18]，家族子弟名列復社榜上的更有沈自炳[19]、沈自然[20]、沈永隆[21]等多人。明末國變之際，沈家子弟多人參與太湖抗清義兵，兵敗不屈而死的更有多人。馮氏臨終前以老邁之軀，尚汲汲以抗清為念，或許即和他們有關[22]。

由以上這些資料的排比，我們已經知道，馮氏的許多好友，若不是復社人物，就是復社的同路人。而且他們當中，還有與他互稱「社

---

[17] 前引吳銘道、吳山嘉二人之書，於太倉州下皆列有王挺。吳山嘉之書有傳略云：「王挺，字周臣，奉常時敏長子，諸生，以廩補中書舍人。在官七月，上疏請破格用人。奉使兩浙，卻餽遺，不宿官舍，不赴公宴。復命，即請收養。國朝順治十一年，薦舉賢才，辭不就。晚年廢目，日令子弟誦書以聽。為文口占使書之，名其稿為《不盲集》。」按王挺與弟王揆及父時敏，初時與復社主要人物不合，見前引陸世儀書，頁100-101。王挺〈挽馮夢龍詩〉云：「去年戒行役，訂晤在鴛水。及泛西子湖，先生又行矣。石梁天姥間，于焉恣游履。忽忽念故國，匍匐千餘里。感憤填心胸，浩然返太始。」

[18] 馮氏早年即以《雙雄記傳奇》受知於曲樂大師沈璟。馮過世時，遺囑未完的《墨憨齋新訂詞譜》手稿託沈自晉續成。

[19] 前引陸世儀、吳山嘉二人之書於吳江縣下皆列沈自炳。吳山嘉書有傳略云：「沈自炳，字君晦，號聞花副使，琉子，恩貢生。福王立，薦拔中書舍人。從吳易舉兵。兵敗，赴水死。有《丹棘堂集》。」

[20] 吳應箕，前引書，於吳江縣下列沈自然君旃。

[21] 吳山嘉前引書有〈沈永隆傳略〉云：「沈永隆，字佐治，號冽泉，自晉子，諸生。乙酉後，從父隱居吳山。工詩詞。遺產三百畝，自取其瘠者三十，餘盡以讓庶弟。年六十二卒。」

[22] 溫睿臨等著，《南疆繹史》，列傳卷二十二，有太湖義兵殉國諸烈士傳。沈氏一門參與太湖義軍而死者有：沈自徵、沈自炳、沈自駧等。臺灣文獻叢刊，臺灣銀行發行，1962年8月出版，頁398。按太湖抗清義兵起於清順治二年乙酉六月，其年春間，馮夢龍與沈家往來甚密，《南詞新譜》沈自南序云：「歲乙酉之孟春，馮子猶龍氏過垂虹，造吾伯氏君善之廬，執手言曰：『……余即不敏，容作老蠹魚其間？敢為筆墨佐。茲有雪川之役，返則聚首，留侯齋以卒斯業。』」

兄」、「社弟」的。雖然沒有直接的證據指出，說馮就是復社人物，
但是，由這些資料，已經夠讓我們明白，他和復社之間的關係了。筆
者相信，馮對復社的態度，大概就像前述的錢、文、姚等人一樣，只
不過他沒有像他們一樣有著顯赫的功名與地位，可以提攜那些晚輩而
已。如果我們要說他是復社的同路人，大概沒什麼問題。

　　假如我們不死板的只將列名榜上的人當作復社人物，而將範圍稍
微擴大一點的話，則錢謙益等人即可算做復社人物，馮夢龍也就可能
同樣的可以算做復社人物。他們之稱馮為「社兄」等，若從這擴大的
意義來看，就沒有什麼問題了。因為，即使馮不列名復社榜上，他與
社中人卻時相往返，自然的，他們會將他看成一體了。再進一步，如
果我們從復社結合成立的經過來談，很可能馮夢龍所曾參加的社後來
就是統合於復社中的一個，或者復社成立大會之時馮夢龍就曾參加。

　　陸世儀《復社紀略》記復社成立的經過云：「吳江令楚人熊魚
山開元，以文章經術為治，知人下士。慕天如名，迎至邑館，巨室
吳氏、沈氏諸弟子俱從之游學。於是為尹山大會。茗雪之間，名彥畢
至。未幾，臭味翕集，遠自楚之蘄、黃，豫之梁、宋，上江之宣城、
寧國，浙東之山陰、四明，輪蹄日至。比年而後，秦、晉、閩、廣，
多有以文郵致者。是時江北匡社、中州端社、松江幾社、萊陽邑社、
浙東超社、浙西莊社、黃州質社，與江南應社，各分壇坫。天如乃合
諸社為一，而為之立規條、定課程。」[23]此即是復社。

　　又朱竹垞《竹垞詩話》，孫淳條後云：「聲氣之孚，先自應社始
也。崇禎之初，嘉魚熊開元宰吳江，進諸生而講藝。於時孟樸里居，
結吳翩扶九、吳允夏去盈、沈應瑞聖符等，肇舉復社。於是雲間有幾

---

[23] 陸世儀，前引書，頁54。

社，浙西有聞社，江北有南社，江西有則社，又有歷亭席社，崑陽雲
簪社，而吳門別有羽朋社、匡社，武林有讀書社，山左有大社，僉會
於吳，統合於復社。復社始於戊辰，成於己巳。」[24]

　　陸、朱二人對復社成立的情形，雖然記載上略有出入，但大體上
是一致的。為了眉目清楚起見，且借用謝國楨所整理出來的一個表，
來說明復社和其他各社之間的關係[25]：

　　復社源流系統表：

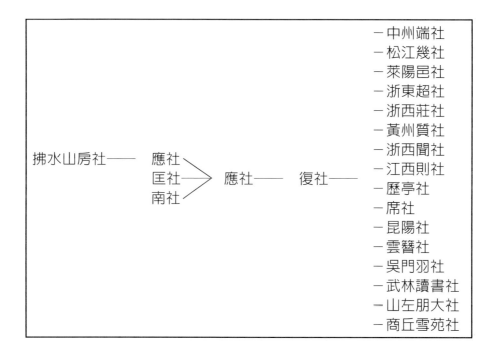

---

[24] 朱竹垞，前引書，卷下，頁165。

[25] 謝國楨，前引書，頁202。

　　從這個表我們可以很清楚的看出，復社的由來，和它與其他文社詩社不同的地方。它是一個網羅大江南北各地社團而成的一個大組織。馮夢龍既和長洲的張德仲、麻城的梅之熉、常熟的錢謙益都是社友，而梅之熉很清楚的是復社社員，錢謙益是復社的同路人，姑不論和他們原先各自分屬於什麼不同的社，很可能當中有一個社，甚且全部就在上表所列的各社之中。如此一來，很自然的，復社中人當然可以稱馮為社友了。

　　從另一方面來說，崇禎五年蘇州虎邱的復社成立大會，盛況空前，陸世儀前引書記其事云：「至日，山左、江右、晉、楚、閩、浙，以舟車至者數千人。大雄寶殿不能容。生公臺，千人石，鱗次布席皆滿，往來如織。游於市者，爭以復社會命名，刻以碑額。」[26]如此盛會，就在馮夢龍的家鄉舉行，他同鄉的復社好友沈幾等人當然參與了盛會，他那些居住外地的復社友人更是自各地匯集而來，在這種情形之下，一向重視友情的他，大概總不會錯過這個盛況空前的好友群英會吧！至少，為了盡地主之誼，和好友相聚，他也可能去參加的，因為如上所述，他有許多的好友都是復社中人。如果他參加了，雖然後來榜上無名，但復社中人與他以社友相稱，也就順理成章了。

　　復社成立的意義，前已說過，是在於它將原來文人的詩文結社進一步轉化成要求政治革新的一個組織，馮夢龍本身無功名可言，復社成立時他又已是一個年近六十的「長兄」，他即使參與了復社，當然也不可能是個活躍的重要分子。後世留下的復社人名錄，並不是網羅所有參加人員的名錄，而是各家就其資料所存，各自紀錄成書的，所以各家紀錄多有出入，也多不全。馮夢龍當時的身分既是如此，我

---

[26] 陸世儀，前引書，頁67。

們不能從所見的名錄上看到他的名字，也就不足爲怪了。應當再強調的是，復社的成立，同時也是藉著科舉功名，互相援引，以造成政治上的聲勢的。而馮當時是一個已經垂老的沒有功名的人。如果他參加了，只是表現出他的熱心，和他關心國家社會的某種心向而已，他也絕不可能是個核心分子的。

由以上這些論述，我們可以說，即使他不是一個復社人物，但至少是個復社的同路人，他和復社人物關係的密切，已是不容置疑的事實。有了這一層認識，則對他的爲人，和他的作品的了解，應當是有幫助的。他是一個以通俗文學爲後世所重的文學家，但是他對國家社會的關心卻從不稍後於任何有心的政治家。即使在他所編纂的通俗小說當中，我們也常常可以看到他藉機表露出的某些意見，與對社會不平的諷刺。而這種關心，在他的某些筆記小說當中，更表現得淋漓盡致。另外，從他後來所編纂的《甲申紀事》等國難血淚史當中，我們更看出了他實在不僅僅是一個普通的，爲文學而文學，爲小說而小說，爲笑話而笑話的文學工作者，而是一個時時以國家社會爲念的文學家。這種精神，正是他之所以會是一個復社同路人的原因，因爲這正是復社精神所代表的積極的一面。他後來之所以拚著老邁之軀，以七十幾歲高齡的布衣平民身分，仍汲汲爲國事，爲救亡圖存而奔走，最後終於憂國而死，正是這一種精神的最高表現。他的多少復社友人，在國難之後，所表現的，和他正是相同。

後記：本篇原發表於《中國古典小說研究專集》，一九七九年
　　　八月。本文認為馮夢龍是否為復社成員，仍未能肯定，
　　　但是他和許多後來加入復社的人物頗有交往則可確定。
　　　關於此一問題，後來大陸學者頗有論及者，其中胡小偉
　　　先生的〈馮夢龍與東林、復社——兼與胡萬川先生等商
　　　榷〉（《文學遺產》，一九八九，三月）考定馮氏不是
　　　復社人物，其論述翔實，見筆者之所未見，對馮氏生平
　　　有興趣者，當須參看。

談才子佳人小說

一、前言

什麼是才子佳人小說？就字面上的意義來看，所謂的才子佳人小說應當就是指那些專門描寫才子、佳人談情說愛的故事而言。

雖然這樣的說法未免太過簡單，但是，我們卻似乎不能就說它不對。因為既然叫做「才子佳人小說」，裏頭寫的免不了就是才子、佳人的事，而才子、佳人的事，無非是情愛纏綿。

可是，如此一來，才子佳人小說卻幾乎等於是愛情小說的代名詞，同義語了。因為歷來所有愛情小說的男女主角往往都是高乎常人一等的男女，大部分夠格稱作「才子」和「佳人」。時下有些人還常把寫愛情小說的人通稱作「寫才子佳人小說的人」，所持的觀念大概就是如此。

如果才子佳人小說就等於愛情小說，那我們在文學史的討論上大概就可以不必有「才子佳人小說」一類，因為「愛情小說」一詞實在比「才子佳人小說」更簡單明瞭，大可不必在「愛情小說」之外，更

別來一個「才子佳人小說」。可是我們實際上卻又不能這樣做，因為「才子佳人小說」一名，自清初以來即已流行，它指的是一種愛情小說沒錯，但是，卻不是用來指稱所有的「愛情小說」。

在小說史上，才子佳人小說指的是興於明末，盛於清初，餘緒不絕至清末的一種別具格調的章回通俗愛情小說。這種小說的男女主角當然必是才子與佳人，故事的內容則通常是男女雙方經歷一番波折之後終於大團圓。要了解這種小說，我們得從所謂的才子與佳人談起。

二、才子佳人佳人才子

先說才子。才子佳人小說的男主角，就是我們所要說的才子。這種小說要的才子有幾個主要的共同特徵：

第一，他們當然一定是個「才子」，而所謂的「才」，通常又指特殊稟賦的「詩才」與「文才」而言，其中又以「詩才」為最重要。才子們的詩文之才如果不是天下第一，就是當世無雙，而且不只寫得好，更作得快。他們個個「詩不必七步」，而字字珠璣；「文不必倚馬」，而篇篇錦繡。以現代的話來說，他們個個是文學天才；以古代的話來說，他們個個是「揚雄、子建亦嘆弗如」的曠世奇英。

除了詩文捷才之外，有的才子有時還兼有「武才」。他們或者身具高超武藝，能除暴安良，更能英雄救美。或者身逢奇緣，得遇奇人獲奇書，因而擅能行兵布陣，救國救民。

第二，不論才子們是單具「文才」，或「文武兼資」，他們個個都一定是俊秀的美男子。而他們的美又大部分都是白皙秀麗的那一型，和現代人觀念中的「英俊」有些許的不同。以現代的話來說，他

們大部分是漂亮的「白面書生」，以古代的話來說，他們個個「貌比潘安猶勝」。這也就是說，才子們不只要有才，更須有貌，如果容貌不佳，任你再才高，終不算得是「才子」。所以《玉嬌梨》序的作者就說才子們必須「郎兼女色」，也就是說「才子也必須是佳人」。

再說佳人。佳人就是才子佳人小說中的女主角。佳人們也和才子們有著同樣的特徵：

第一，既稱「佳人」，當然美貌是必不可少的基本要件。佳人們該有多美，恐怕一下子說不完，你要說她們西子不如也好，你要說他們勝似天仙也好，反正不是天上難找，就是地上無雙。因為才子們既然個個才美兼資，亙世難求，能夠配得上他們的佳人們，自必非凡。

第二，除了美貌為不可少的要件之外，佳人們同時還須是「才子」。如果單單有美而無才，則算不上是佳人。而所謂的「才」，和才子的才一樣，通常指的是詩文捷才。這也就是佳人本身也必兼為才子，以《玉嬌梨》的話來說，佳人們要「女擅郎才」。

除了美與才之外，有的小說的作者為了塑造出他們心目中理想的完美女性，更提出了其他的條件，如《醒風流》的作者在介紹女主角出場時就說：「佳人乃天地山川秀氣所鍾，有十分姿色，十分聰明，更有十分風流。十分姿色者謂之美人，十分聰明者謂之才女，十分風流者謂之情種。人都說三者之中有一不具，便不謂之佳人。在下看來，總三者兼備，又必有如馮小姐的知窮通、辨貞奸的一副靈心慧眼，方叫是真正佳人。」這也就是說，佳人是你所能想像得到的那種又美又聰明，又解風情，又胸懷不凡的，一切完美的女性。

三、出身不凡

才子佳人小說裏的才子和佳人除了有上述的特徵以外，作者們為了讓他們的形象更為特出，通常又賦予他們不平凡的出身。他們若不是世家子弟，就是顯宦名臣之後，而且十之八九是獨生子和獨生女（或者一男一女）。而他們的雙親、先祖，不論在朝在野，尚存或已逝，幾乎是清一色的正直善良，忠貞為國。這一切的一切，莫不是為了塑造才子佳人們一個特異卓絕的形象。因為「龍生龍、鳳生鳳」，系出名門，正表示了他們的天稟非凡。所謂的「將相本無種」，「英雄不怕出身低」，對於這些小說的才子佳人們來說是不適合的。這些小說的作者們大概認為寒族無才子，蓬門少佳人。

而才子佳人們的終鮮兄弟，姊妹無一，一方面固然是為了強調出他們的「才美無雙」，一方面卻也是為了減少人物的繁雜，便於集中描寫。因為這些才子佳人小說雖然多半可以算是長篇小說，但篇幅畢竟不太長，通常約在五萬到十萬字左右，以章回來算大概是十回到二十回左右，不可能處理太多的人物，所以為了集中筆墨，使主角人物生動，主角們也就不得不是單丁獨女了。

四、各有佳名

才子佳人們個個出身名門，才美雙全，表示的是美質自然天成。既然天賦美質，即是天生美物（所謂天地山川秀氣之所鍾也），美物自然的便要有美名相稱，這也是人心之所同然，因為必得如此才是表裏同一，內外無缺，才子佳人們因此便都個個有了一個好名字，

看起來自然順眼。當然，才子佳人們的雙親，名字也都是好的，因為他們的雙親多半也是善良正義的人物。天地有陰陽，人間有黑白，有好人自然有壞人，上帝之外有撒旦，黃帝之時免不了就會有蚩尤，好人之所以為好，本來就是由壞人襯托出來的，古今中外許許多多的故事傳說，主角人物的可敬可貴，往往就是由於反角人物的可恨可笑所激出成形。

才子佳人們當然是小說中的正面人物，他們之所以完美，當然也是在一些歹角的襯托之下，才更顯得出難能可貴。而他們之各有佳名，也是在那些歹角的各有歹名對比之下，才更顯出特殊的意義。歹角之所以通常有個壞名字，和正角之所以通常有個好名字的道理是一樣的，才子佳人小說的作者們大概認為壞人們既然本質壞，就不配有好名字。底下且舉一些例子來說明這種現象。

《賽紅絲》一書的男主角名宋石，字古玉。他的兒子名宋采，字王風；女兒名宋蘿，字菟友。害他們的壞人一個叫皮象，一個叫屠才，一個叫常蓼。

《蝴蝶媒》的三個男主角一為蔣巖字青巖，一為張平字澄江，一為顧成龍字耀仙。歹徒宵小一個叫脫太虛，一個叫邦子玄。

《兩交婚》的男主角一個叫甘頤字不朵，一個叫辛發字解慍，壞人叫刁直，刁直的朋友叫強知字不知，幫刁直的兩個光棍一個叫屈仁，一個叫駱壽。而要強娶女主角的歹分子叫暴文，他的父親叫暴雷。

《幻中眞》的男主角叫吉夢龍，字扶雲，父親叫吉存仁，兒子叫吉蘭生。壞人一個叫易任，一個叫易佑。貪官叫白有靈，別號白物靈（白物即銀子），叛亂的妖人叫強大梁。

《玉支璣》的男主角叫長孫無恙字肖曼，歹人一個叫強之良，一個叫卜成仁。

由以上這些個例子，已經大略可以知道才子佳人小說的作者們是如何的直率了，他們似乎要讓讀者們一見了名字，就知道誰是好人，誰是壞人。除了一些牽合歷史人物的小說以外，大部分的才子佳人小說都免不了在人名的選用上就別出好與歹，使名如其人。

五、相見相戀

「天生才子佳人原有一定的配合，是眞正才子，天必與以一個眞正佳人，造化一絲不苟，雖山川隔絕，道路迢遙，也少不得多方指引。」這是《蝴蝶媒》第十六回〈青谿醉客總評〉裏的一段話，這一段話的意思就是說才子佳人原本是天造地設，天生要來在一起的，因此，不論幾多隔絕，上天也會指引他們相見相聚，譬如《蝴蝶媒》中的才子佳人就是由蝴蝶的指引而相見。

以前有位學者說過，才子佳人的初次相見，總是在後花園，幾乎已經成了公式，其實不然。花園邂逅只是兩人相遇的一種方式而已，並不是所有的才子佳人小說都如此安排。他們或者相遇於花園，或者偶值於旅途，更多的是因親長之安排而相識，種種方式，不一而足。

才子佳人兩相遇，因爲本是天生註定的璧人一雙，自然的一見鍾情，再無他想。從此之後無論多少阻隔，所有的便只是長相憶，長相繫。就近的，或許就傳詩遞簡，暗結白首；偏遠的，則千思萬慮，化不解的一縷相思。

若是有奇緣，終會遇著他（她），不是在花園，在廟宇，就是在旅次，在他（她）家。

六、俏丫鬟

才子佳人的相遇相戀，而私訂終身，而終結連理，中間往往有一個知情識趣的俏丫頭（或甚且是一個能入佳人閨房的善良紅塵女）來代為穿針引線，好似《西廂記》的紅娘，撮合好事。這些俏丫頭通常也知書識字，柔媚可人，她們善能體貼小姐心意，更善能表達自己的情感，所以往往在替小姐傳詩遞簡之餘，自己先做了才子的入幕之賓，而多半在後來也隨著小姐成了才子的妻房妾侍。不只「一雙兩好」，似乎是一些才子佳人小說作者們的婚姻理想。

七、歹人攪局

《賽紅絲》小說正文一開始就說：「從來君子小人原分邪正兩途，不能相合。君子見小人蹈躅，往往憎嫌，小人受君子鄙薄，每每妒忌。若是各立門戶，尚可苟全，倘不幸而會合一堂，則真假相形，善惡牴觸，便定要弄出無風生浪的大禍患來，弄得顛顛倒倒，直待天理表彰，方才明白。」前面已經說過，天地間原本就黑白相生，善惡相形，好人原須有壞人的襯托，才更能顯現其難能與可貴。

才子佳人小說的主要情節糾葛，便在於所有的才子佳人的結合過程，一定有那不識相，不知趣的歹人穿插其間，從中破壞好事，從中攪局。這些歹人通常是又醜又蠢，又沒頭腦的人，從來不會自己照照

鏡子，癩蝦蟆偏想吃天鵝肉，只能耍強耍詭計，結果最後倒栽陰溝，和才子佳人這一對漂亮可人的小生小旦比起來，他們就像是可惡的大花臉兼可笑可憐的小丑。

《蝴蝶媒》第十六回青谿醉客的總評說：「若夫膏粱子弟與商賈之兒、貧賤之子，不自引鏡自照，視其妍醜，清夜自思量其愚智，而乃妄以村篤俗骨，濁種庸胎，求得眞正佳人，萬不能也。即偶爾僥倖得之，亦必至喪身破家之禍。」就充分的說明了才子佳人小說作者們的心態：不是匹配強匹配，不討好的終究是自己。才子佳人天註定，庸人攪局徒自擾。

話雖這麼說，可是才子佳人小說之所以熱鬧可看，往往就在於這些歹人的糾纏，就在於他們對才子佳人的折磨。雖然有許多歹人是仗勢欺人，不自知臉醜腦笨，但要橫生枝節的丑角；然而也有許多是由於受不了才子們的鄙薄輕視，才心生歹念的。才子們許多的完美，有時候欠缺的就是溫柔與敦厚。或許說，才子們既爲天地山川秀氣之所鍾，本就天生驕貴吧！

八、畢竟大團圓

雖然一定有歹人從中破壞，但是，才子佳人小說最後總是一個大團圓的結局。「不經一番寒澈骨，哪得梅花撲鼻香」，或許歹人的從中破壞，才子佳人們的奔波折磨，原只是爲了襯托出後來大團圓局面的異樣芳香。

才子佳人小說的大團圓可眞是大團圓，它們通常不只是有情人終成眷屬而已，而且是苦盡甘來，榮華富貴集一身。才子們於飽受風霜

之後，不是中了狀元，就是做了兵馬大元帥，反正是高官厚爵，顯赫一時。佳人們隨夫而貴，當然也受封受賞，國恩家慶，集於一門。

　　而為了表現才子佳人結合的難能可貴，更為了表彰他們的始終不逾禮法（才子佳人們雖早經相見相戀，在正式結合以前，卻始終不及於亂），足為人倫楷模，才子佳人小說常常在最後把皇帝老子抬了出來，對這一對璧人大加賞賜，「欽賜完婚」，榮寵無限，羨煞所有的非才子佳人──「一時富貴，占盡人間之勝。」

　　才子佳人終成雙（有時不只男女成雙，而是妻妾數人），兩和諧，已是人間美事，但是妙結局卻仍未完，更難得的是他們生下的孩子不論有幾個，一定個個成器，人人像樣──必得如此才是大完美的大團圓。

　　相對的，那些以前生計陷害他們的歹人，則個個都罪有應得，不是死，就是貶，更有的禍延子孫，弄得妻離子散，蕭條不堪。

　　天道好還，報應不爽，就是才子佳人小說的最終結局。

九、黃粱事業

　　才子佳人小說所呈現的世界，是一個理想的世界，而不是真實的世界。人生難得有完美，但是，那屬於才子與佳人的，卻似乎就是一個完美。雖然並不是所有的才子佳人小說的故事都雷同，但是這些才子佳人小說的架構卻幾乎都相似：男女相見相戀──歹人作梗──大團圓。這是一種最普遍，也最古老，最淵源流長的故事模式，這種故事模式的結局，往往就是一個理想的世界。

　　理想的世界，其實往往就是不理想的人生的一種反面投射。作

者們所編出的理想世界，更往往是那作者本身所欠缺的一面。簡單的
說，作者們塑造了這麼許許多多的完美，有時候也許只是爲了補償他
們生活中的許多不完美。

　　功名富貴，嬌妻美妾，是古代讀書人的人生理想，但是，滾滾
塵世，眞能獲此理想，一生無憾者又有幾？那些才子佳人小說的作者
們，更往往就是這理想下的失落者。這道理很簡單：如果他們已享盡
了榮華富貴，他們絕不會來編這些小說。明末清初的這些才子佳人小
說作者們，編這些小說絕不只是爲了好玩，更重要的是爲了能夠餬
口。才子佳人小說最重要的兩個作者：天花藏主人張勻和煙水散人徐
震就是最明顯的例子。

　　他們兩人都是功名蹭蹬，一生失意潦倒的文人，都在不得已之
下，才從事於小說創作的，而所創作的又都以才子佳人小說爲大宗
——大概因爲這種小說易寫易銷吧！

　　我們且看看他們兩人寫作之後的自白。天花藏主人在《玉嬌
梨》、《平山冷燕》合刻的七才子書序上寫道：

> 予雖非其人，亦嘗竊執雕蟲之役矣。顧時命不倫，即
> 間擲金聲，時裁五色，而過者罔聞罔見。淹忽老矣，
> 欲入致其身而既不能，欲自短其氣而又不忍，計無所
> 之，不得已而借烏有先生以發洩其黃粱事業。有時色
> 香援引，兒女相憐。有時針芥關投，友朋愛敬。有時
> 影動蛇龍，而大臣變色。有時氣衝牛斗，而天子改
> 容。凡紙上之可喜可驚，皆胸中之欲歌欲哭。

　　很坦白說出了他之從事於才子佳人小說的寫作，是由於時命不

濟，才不得已而爲之，而小說中所呈現出來的世界，則是那自己現實
生活中所失落的黃粱世界。

所謂黃粱事業，指的就是唐代沈既濟所寫的小說〈枕中記〉的夢
裏世界。〈枕中記〉裏盧生夢中所經歷的一段，正是當時士子們夢寐
以求的一個理想世界——功名赫赫，榮寵無盡；子貴妻嬌，盛事匯於
一門，才子佳人小說所描寫的，正是這麼一個世界。

此生既已無緣，但願夢中相見——才子佳人小說所呈現的就是一
個夢裏的世界。

徐震寫作才子佳人小說的此種心態，同樣的由他的《女才子
傳》序中表露無遺，他說：

> 若乃晤對聖賢，朝呻夕諷，則已壯心灰冷。謀食方
> 艱，於是唾壺擊碎，收粉黛於香閨，彤管飛輝，拾珠
> 璣於繡闥……當夫繪寫幽芳，如遊姑射而觀神女。敷
> 揚姝麗，似登金屋而觀阿嬌……使淒其篷巷之間，爛
> 成金谷。蕭然楮墨之上，掩映娥眉。予乃得爲風月主
> 人，煙花總管……飄飄然若置身於凌雲臺榭，亦可以
> 變啼爲笑，破恨成歡矣。

窮困潦倒，於是藉筆墨塑造一個自己想像中的天地，於是自得其
樂，於是有了如許的妙佳人！

或許就因爲如此，才子佳人小說就未免脫離了現實的人生，缺少
了時代的面目。

十、《紅樓夢》、〈李娃傳〉、〈霍小玉傳〉　不是才子佳人小說

　　由以上的舖排，我們已大略知道一些才子佳人小說的特質，由此我們就可順便的來談一談一些容易被混爲才子佳人小說的作品。

　　首先要談的是《紅樓夢》。《紅樓夢》之所以有時候會被誤指爲才子佳人小說，是因爲書中的男女主角正是不折不扣的才子佳人。賈寶玉翩翩公子，才藝非凡，豈不是個才子？黛玉、寶釵們個個美艷如花，才情兩勝，豈不是佳人？可是，如果僅僅因爲如此就說《紅樓夢》是一部才子佳人小說，第一個不同意的恐怕該是《紅樓夢》的作者。

　　《紅樓夢》的作者在第一回一開始，劈頭就述說了許多才子佳人小說的不是，他說：

> 至若佳人才子等書，則又千部共出一套，且其中終不能不涉於淫濫，以致滿紙潘安子建西子文君，不過作者要寫出自己的那兩首情詩艷賦來，故假擬出男女二人名姓，又必旁出一小人其間撥亂，亦如劇中之小丑然，且鬟婢開口，即者也之呼，非文即理。故逐一看去，悉皆自相矛盾大不近情理之說。

　　在五十四回時又借賈母之口，把才子佳人小說大罵了一遍：

> 這些書都是一個套子，左不過是些佳人才子，最沒趣

兒。把人家女兒說的那樣壞，還說是佳人，編的連影
兒也沒了。開口都是書香門第，父親不是尚書，就是
宰相，生一個小姐，必是愛如珍寶。這小姐必是通文
知禮，無所不曉，竟是個絕代佳人。只一見了一個清
俊的男人，不管是親是友，便想起終身大事來，父母
也忘了，書禮也忘了，鬼不成鬼，賊不成賊，那一點
兒是佳人！便是滿腹文章，做出這些事來，也算不得
是佳人……再者，既說是世宦書香，大家小姐，都知
禮讀書，連夫人都知書識禮；便自告老還家，自然這
樣大家人口不少，奶母丫鬟服侍小姐的人也不少，怎
麼這些書上凡有這樣的事，就只小姐和緊跟的一個丫
鬟？你們自想起，那些人都是管什麼的！可是前言不
答後語。

　　這兩段話歸納起來就是兩點：一、才子佳人小說的作者缺乏創作
能力，以致千篇一律。二、才子佳人小說不夠寫實，以致處處不符實
際。

　　前面說過，才子佳人小說多半不是反映現實的作品，它們有時只
是作者們心中的「黃粱事業」，寫作，為了填補自己內心的空缺，另
外，也為了娛樂大眾。

　　《紅樓夢》雖有個「夢」字，但它卻不是作者幻設的一場美
夢，它深有寓意，也反映了現實。況且，它也不是榮華富貴大團圓的
結局，所以它不是才子佳人小說。

另外，唐代的愛情小說名篇如〈霍小玉傳〉、〈李娃傳〉等，也不能算是才子佳人小說。不只因爲霍小玉、李娃出身娼門，不足爲佳人，更重要的是它們也是屬於那個時代的作品，充分的反映了當時社會的現實。

論者對於一種特殊的文學體製與風格，總希望能找出其原始，追索餘緒，對於才子佳人小說亦然。

十一、淵源流變

以前有人說唐人小說如〈霍小玉傳〉、〈李娃傳〉等是才子佳人小說的源流，更有人說司馬相如、卓文君的故事是才子佳人故事的濫觴。這種說法都未免說得太玄遠。如果要這麼說，那倒不如說：人類社會自有戀愛以來，即有了才子佳人的故事，因爲人們心目中愛情的理想一向就是才子與佳人的結合。

其實才子佳人小說的興起是明末清初時候的事，那個時候正是中國通俗小說發展期的一個高峰，寫作的人多，讀的人也多，而愛情這個主題本就是亙古以來所有人類故事中最主要的一個題材，當時寫作通俗小說的人，免不了就有人會寫這類的故事。小說一刊行，看的人一多，作者就再寫下去。社會既能廣泛接納這類小說，這類小說自然就成了氣候，作品就繁多了起來。

如果要勉強找出才子佳人小說的直接源流，那就應當從元明以來的雜劇、傳奇中去找。戲劇和小說的形式雖然不同，但卻同樣的都是在藉某個人生事件，來表達某種主題，本質上有許多相通的地方。元明戲劇中的愛情故事，最多的就是才子佳人型的愛情故事，最終也

是大團圓、慶昇平的結局。戲劇中的愛情故事之所以多半是大團圓的結局，因為戲劇是當場敷演的，當場敷演的故事，免不了就要考慮到「教化」的意義，這不只是觀眾的要求，更是官方的要求，這種官方的要求尤以明代為最嚴格。在這種現實的要求下，即使作者想要不大團圓也就不可能了，因為「果報不爽」一向是大眾的祈願，善人必須有善報，好結局；惡人必須有惡報，壞下場。也就因此，明代傳奇特少「悲劇」。而更為了怕碰及現實的忌諱，免不了就多是改編歷代的故事，少見反映當時現實的作品了。

才子佳人小說的創作與風行，可以說就是在通俗小說已大受歡迎之後，當時的文人借著小說體裁，把一向在戲場演出的大團圓故事，編寫成小說而已——把當場敷演的故事，化成案頭閱讀的作品。

由這個線索，我們才可以看出才子佳人小說的真正源流，許許多多才子佳人小說的特性，都可以從那些才子佳人的戲劇中找出模型。

而後來所謂的鴛鴦蝴蝶派的愛情小說，其實也就是才子佳人小說的轉型，其中的分別，只不過以前的人愛看大團圓的收場，後來的人願意接納鈞人眼淚的作品而已。愛情永遠是人生的一件大事，永遠是文學的最主要課題，不論愛情小說有多少種變化，才子佳人式的愛情小說大概會隨著小說的發展而永遠綿延不絕。

十二、結論

比起《紅樓夢》這種一等一的名作，才子佳人小說當然免不了就有些相形見絀。但是，我們卻不應當因此就讓這些小說消失。

才子佳人小說的最大缺點就是脫離了社會現實，不能反映當時社

會的面貌，同時也較缺乏人性深刻一面的挖掘，也就因此，它們大部分算不上是嚴肅、雋永的文學作品。

但是，如果我們不要對文學作太多的苛求，我們該當承認，有些文學作品的存在，原本就是爲民衆提供一份業餘的娛悅，即使暗寓教化，也是寓教化於娛樂，而且是後來才附帶的。

中國通俗白話小說的起源，說話（說書）的藝術，原本就是古代城市居民的一種休閒娛樂，其後雖迭經轉變，蔚成文學主流之一，但小說之所以被一般人認爲是帶有娛樂性質的東西，觀念上卻始終無多大改變，或許正因爲如此，小說才始終爲傳統文人所排斥，因爲呆板的傳統文人是「斥佚樂」的。

才子佳人小說應當算是正宗的以娛樂性爲重的小說。從明末以迄清代中葉，它們之所以大行其道，主要的原因一定是當時的人願意接受這類作品，喜歡讀這類作品。因爲這類作品的文筆其實並不像後來某些排斥它們的學者們所說的如何不堪。以現在的標準來說，大部分的作品倒都非常的清順流暢。而且情節也並不是千篇一律，雖然同樣的是才子佳人終究大團圓，但其中的曲折變化卻多能引人入勝，有心的讀者取來一觀，自能清楚。現代的讀者們有些是喜好流行的戀愛小說，同樣的是戀愛小說，古代的才子佳人小說大概不會比現代的差，或許娛樂性還更高些。

就小說史上來說，才子佳人小說曾是通俗小說作品的大宗，《紅樓夢》的作者雖然瞧不起這類的小說，但是，一部《紅樓夢》的寫成，卻也曾多少受了才子佳人小說的影響。要了解小說史的發展，無論如何，才子佳人小說是不可或缺的一環。

後記：本篇原發表於《臺灣日報》，一九八一年十二月三～六日副刊。

李志宏《才子佳人小說研究》序

一

李志宏有關明末清初才子佳人小說研究的博士論文，經過三年的沉澱與修訂，即將由出版社正式出版，這是一個好消息。博士論文而能夠以學術專書的方式出版，公諸大眾，對任何人來說，都是一件非常有意義的事。筆者忝為志宏的指導教授，當然更為他高興，因此，當他要求筆者為書作序時，也就欣然答應。

才子佳人小說是一種流行於明末清初的情愛小說。「情愛小說」是稍微寬泛的一種說法，因為情愛故事自古以來就不限於「才子」與「佳人」。

由於古代傳統社會嚴防男女之別，正常家庭婚姻只能經由父母之命、媒妁之言，因此像現代的男女由戀愛而後結婚的事，在古代很長一段時期，幾乎是不可想像的事。畢竟，男女戀愛這種事的發生有一個簡單的先決條件，就是要男女雙方能夠相見。能相見而後能相戀，這是天經地義的事。在古代的傳統社會裏，禮教之大防，講究的

是男女有別、授受不親；大家閨秀自小的教養強調的是「大門不出，二門不邁」。身家良好的閨女，真的是「養在深閨人未識」，除了家中親人，一般不能隨便接觸外人。即不能被外人識見，也不可能去見識外人。在這種情形下，好男好女當然難以相見。既不能相見，又何能相戀？

事實上現代常用的「戀愛」一詞，古代是沒有的，古代有的只是「愛戀」。而古代的愛戀當然不等於現代的戀愛。這也等於從另一方面說明了古代並沒有等同於現代人所認識的「戀愛」這種觀念。

然而，卻也是自古以來就流傳著許多的情愛故事，只不過，大多數有關情愛的故事，因為受限於相見為難這一條件，自然形成和如今戀愛故事頗為不同的樣貌。因為既要描寫愛情男女，便得安排男女相見，但正常的相見實際上難見，所以大多的故事便得有所轉折，設為非常的情境，讓他們相見。雖然相見之後導致的結果也不一定就如當今所謂的相戀，但不論如何，男女之情與欲，總因為有了相見而後激起。

如果談男女情愛不侷限在現實世間，便可見到古來男女情事之故事，自志怪以來，即已常見，只不過多的是超自然的遭際而已。或者神仙奇遇，或者情鬼纏綿，或者妖幻見情，以至於身魂乖離等等，說來總不外乎神鬼妖異才見男女。其實，這些牽涉超自然的男女怪談，正是人心不免有情，又不能真正談情的情況下的一種反映。藉一種超常、反常的構設，以超越現實藩籬，為被傳統拘壓捆綁的內心，揭開一線可以滿足男女情事想像的空間。神仙鬼怪的接觸，超越現實，當然不受現實禮俗的限制。古來多少男女情事託身於神鬼妖幻，就在於唯有如此，男女可以自在相見。

　　當然古來也還有不離人間的故事，但是要把那男女相見寫得自然，最自然的卻只能是男士與妓女的遭逢，就如〈李娃傳〉、〈霍小玉傳〉一類。否則如果要強調雙方都是正常好出身的男女，譬如〈鶯鶯傳〉，爲了使男女相見，就得想方設法，設爲一場非常的變故，如兵亂陷危與解圍等情節，使男女相見的安排，變得情有可原而不過分唐突。不過，即使相見了，出身良好家庭的男女，卻總還是再見爲難，因爲禮法規範的嚴刻依然。於是可以自由出入小姐閨房，爲小姐耳目的貼身丫環，便成了居間傳情的必要的第三者。紅娘在這類故事中之不可或缺，原因就在於此。否則初見之後的戀，便無以爲繼。

<h1 style="text-align:center">二</h1>

　　才子佳人小說是流行於明末清初的中篇章回通俗小說，那時候通俗小說的出版已經成了出版業一個重要的環節，也就是說當時已有相當程度的市場，可以支撐通俗小說的寫作、刊行。才子佳人小說大部分是當時的新作、新刊。

　　才子佳人小說的作者絕大部分強調男女主角出身良好或高貴，因爲他們認爲唯有這樣出身的男女才能配得上所謂「才子、佳人」的稱呼。但是如此一來，傳統男女大防的嚴限，自然就如影隨形，不可或逃。於是這一類小說的最重要的一個情節，往往就是落在如何讓「才子」、「佳人」相見的設想。

　　傳統社會好男好女的結合，主要的是父母之命、媒妁之言，而不是出自戀愛。因爲現實的條件，也不可能讓他們相見相戀。可是，大概由於這種所謂的「不可能」的禮俗關防，壓抑人性太久了，人心已

漸「思變」。雖體制上好男好女仍然不可能因相見相戀而結合，但小說作者們敏銳的嗅覺，似乎早已察覺從小說來突破這一侷限，是一個可以有賣點的構設。

才子佳人小說的作者們大多是有學養的好男，就像清初一些以「才子佳人」爲內容的彈詞，作者大多數是好女一樣。這些好男好女內心裏大概早就對父母之命、媒妁之言的婚姻有所不滿，早就渴望著從中脫逃，去自己見、自己選心目中的好對象。即使現實上這幾乎是不可能的事，但小說（以及彈詞）的作者們還是就這樣的寫出了他們心目中的那種浪漫，只不過反映的是想望中的現實，而不是眞正的人生現實。

才子佳人小說爲了讓出身良好的男女主角由相見而相戀，當然就得在「相見」的因由上特別用心設計，一如〈鶯鶯傳〉一樣。

此類小說常常設定主角不滿意於那種被安排的婚姻，因此想方設法自求佳人，（彈詞或者就變成了佳人尋求才子），而佳人何處？如果一直安居家中自然一無所見，因此爲遂所求，只得藉由外遊，既可增廣見聞，更可能有奇緣。才子佳人小說的主要情節之所以常在遊、求中開展，道理就在於此。

當然，外遊冀有所遇合，機會可能比呆守家中爲多，但這也只是想像中的可能，既是好男好女，禮教大防四處皆然，於是各種讓才子佳人可以恰巧遭際遇合的情節構思，包括變裝（特別是彈詞寫女性出遊，就得變裝爲男子）、錯認、指認等等，便都是小說中常常必須面對處理的問題。總之，要把不可能（相見）化爲可能（相見），才子佳人小說就這樣，婉轉曲折的舖寫出流行一時的「戀愛」小說。當然其中還有歹人、丑角的穿插，才子佳人詩文長才的舖陳，不在話下。

三

　　才子佳人小說因爲較爲程式化的結構、書寫，而爲《紅樓夢》所譏，更因此爲後世論小說者長期疏忽，但它能風行一時，形成一種特殊的文化現象，卻絕不是可以隨便就輕忽以待的事實。而且就以小說的藝術而論，其中亦不乏佳作，不論在小說史或文化史上都是不可輕忽的存在。也就因此，而筆者在大約三十多年前，開始研究傳統小說時，就注意到這一類作品在小說史上受到忽略的事實。由於當時小說研究風氣未開，各地少見此類作品，筆者因此特別商請美國學界朋友遊學到日本時，代購藏於日本內閣文庫的諸多傳統小說微卷，包括代表性的諸多才子佳人小說。鑒於當時海峽兩岸對峙，不通聲息，而傳統通俗小說研究尚屬冷門，才子佳人小說更乏人觸及，筆者因此先寫出相關的導論式之介紹，接著並對其中較重要作家開始做了初步考證研究，而且也和書商約了重排校印其中數部代表作品。而後因爲出國講學，計劃因而中斷，而個人對才子佳人小說的研究，也不再繼續。

　　然因爲介紹之後，觀念已開，而大陸方面的研究風氣也漸開放，關於才子佳人小說的資料也陸續重新刊印發行，學子們研究已不再爲資料難見所苦，筆者因此轉而引導博、碩士分別以才子佳人小說爲研究主題。而由於當時的傳統小說研究風氣仍是乍開之時，所以學子們的重點大多仍是以傳統中文系的考證分析方式爲主。

　　一九八○年代後期，特別是一九九○年代以後，大量西洋文學新理論的譯介，在海峽兩岸如排山倒海般出現，這使得文學研究者，即使不是外文系的畢業生，也能深度而有體系的吸收新的理論，並加以恰當的運用。李志宏就是在這個時代浪潮底下的文學研究生，他自

碩士時期從筆者研習傳統小說，筆者當時已知道他對小說理論相當有興趣，甚且可以說是沉溺於其中。筆者當時即認爲這是一個非常好的現象，因爲小說的研究畢竟還是要回到小說之文學性。因此各種相關理論的理解，便是一件非常重要的事。資料的考證誠然重要，但那只是研究的一個部分，而且是在較早期階段，才顯其重要性。由碩士到博士，志宏小說研究的理論切入，從敘述學開始，然後進入文化詩學的深度思考；研究對象從《儒林外史》而至系列的才子佳人小說。經過多年的沉潛，終於能對才子佳人小說的文學、文化意涵，提出相當全面而深入的見解，他的才子佳人小說研究，代表了才子佳人小說研究的新的局面。而今謹以隨喜之心情，爲此序文，既以爲賀，更以推介。

二〇〇八年十月於臺中寓所

天花藏主人到底是誰

一

　　孫楷第先生的《中國通俗小說書目》卷四，明清小說部乙，才
子佳人小說之部，依序列舉《玉嬌梨小傳》至《錦疑團》等十五部作
品，其後有注云：「右書十五種均有天花藏主人序。天花藏主人不知
何人，觀《玉嬌梨・序》，似即《玉嬌梨》作者。其序《平山冷燕》
在順治十五年，則明末清初人也[①]。」

　　天花藏主人在中國通俗小說的發展史上是一個重要人物，清初
才子佳人小說的興盛流行，主要的便是由他推動而來。只要看看孫氏
書目所列順治康熙間才子佳人小說二十八種，和他有關係的占了十五
種，便知此中消息。

　　但是，天花藏主人到底是誰，至今卻似乎還沒有一個定論。

　　孫氏只說「似即《玉嬌梨》作者」，並未肯定。並且，他在

---

① 孫楷第：《中國通俗小說書目》，1956年修訂本。下文所引皆此本。

《玉嬌梨小傳》條下說該書：「清張勻撰，題荑荻山人編次」，其下有小字注：「一作荑荻散人，又作荻岸散人」。在《平山冷燕》條下卻又說：「清無名氏撰，題『荻岸散人（一作山人）編次』。清盛百二《柚堂續筆談》，謂張劭撰，《橋李詩繫》又以爲秀水張勻所作，未知孰是。」

依孫氏之意，《玉嬌梨》的作者即是《平山冷燕》的作者，可能就是天花藏主人。而天花藏主人卻可能是張劭，也可能是張勻。

後來又有戴不凡先生提出了一個新的看法，認爲「天花藏主人即嘉興徐震」[2]。按照戴氏文章的結論來說，似乎這個問題已經解決，無庸再議。可惜的是他的結論乃根據錯誤的推斷而來（有關戴氏見解之詳論，詳見下文），問題仍然是問題，不過原來的兩個可能，現在好像變成了三個而已。

由於現存諸種和天花藏主人有所關聯的小說，作者署名頗多異同，而皆爲隱誨不明的化名。頭緒多端，所以易滋紛擾。所幸其中之一的《平山冷燕》在當時即普遍流傳，爲文人所注意，尚有張勻、張劭二說可爲蹤跡，否則眞不知從何下手追尋。

治絲尋頭，爲釐清天花藏主人這一懸案，還得先從《平山冷燕》和它的姊妹作《玉嬌梨》的作者著手。

二

稱《平山冷燕》和《玉嬌梨》爲姊妹作，因爲這兩部書的作者

---

② 戴不凡：《小說見聞錄》，1980年，頁230-235。

題署在所有各書中最為相近，而且後來兩書更以合刻的《七才子書》方式普遍流行。所謂七才子書即《玉嬌梨》為三個才子佳人的故事，《平山冷燕》為四個才子佳人的故事，和一般人觀念中的「第幾才子書」有所不同。

據孫楷第小說書目所載，《玉嬌梨》題「荻芙山人編次」，其下小字注：「一作芙荻散人，又作荻岸散人」而《平山冷燕》則題「荻岸散人（小字注：一作山人）編次」。

柳存仁先生的《倫敦所見中國小說書錄》，亦記錄英國博物院所藏《新訂玉嬌梨全傳》的作者署「荻岸散人編次」，合刻七才子裏的《玉嬌梨》署「芙荻散人編次」，而《新刻天花藏批評平山冷燕》也署「荻岸散人編次」[③]。

如此看來，這兩書的作者同屬一人當可無疑，因為兩書的作者題署相同。雖然如此，筆者在翻閱東京內閣文庫和巴黎國家圖書館所藏各本《玉嬌梨》和《平山冷燕》時，卻發現孫、柳二位先生的著錄有些許誤記[④]。

日本內閣文庫藏本《玉嬌梨》，書名《新鐫批評繡像玉嬌梨小傳》，「新鐫」二字，孫氏著錄時誤為「重訂」。作者題「芙荻散人編次」，而非「荻芙山人」。

法國巴黎國家圖書館所藏，書號四○一四的「金閶擁萬堂梓」本

---

③ 柳存仁：《倫敦所見中國小說書錄》，1967，本文所參考部分為頁314-319。下文引述不再注出。

④ 東京內閣文庫藏本筆者所見者為微卷，巴黎國家圖書館藏本，則筆者為此文時適在巴黎所著錄。按孫氏目錄所載，內閣文庫藏《玉嬌梨》只一部，正是筆者所見之書，故敢云其誤。柳氏書中之誤則為引錄孫氏之誤。

《重鐫繡像圈點祕本玉嬌梨》，作者亦署「荑秋散人編次」。同館書號四〇一二～四〇一三的「綠蔭堂藏版」《合刻天花藏才子書》，上欄《玉嬌梨》作者亦署「荑秋散人編次」，下欄《平山冷燕》則無作者題署。另外同館書號四〇八一～四〇八二「本衙藏版」的《天花藏批評平山冷燕》，及四〇八三「金閶擁萬堂梓」的《重鐫繡像圈點祕本平山冷燕》，四〇八〇「本衙藏版」的《天花藏批評平山冷燕》，也都不署作者。

由此可知，通行的《玉嬌梨》本子，作者題署可能原來大都作「荑秋散人」，而合刻本的《平山冷燕》，則因與《玉嬌梨》作者相同，所以不另署名。後來之刻本或作「荑荻散人」或作「荻岸散人」，也因為兩書作者同為一人，所以便也通假互用了。總之，由這個作者題署來看，作者便當是同一個人。雖然孫氏等或有誤記，其中之關係卻依然相同。

不論是荑秋散人也好，荑荻散人或荻岸散人也好，對於我們想要了解作者真面目的企圖，同樣的沒有什麼直接的用處。因為到現在為止，資料上並沒有發現任何一個和這幾個筆名有直接相關的人名。它們的作用就是讓我們知道了這兩本書的作者同為一人，除此以外，若想進一步知道有關作者的問題，還得從其他方面著手。

三

在已發現的資料中，提及這兩本書之中任何一部的作者的，最早的當是《玉嬌梨》本身的〈緣起〉。這一篇〈緣起〉以筆者所見過的少數幾個舊刊而言，似乎只見於日本內閣文庫所藏的《新鐫批評繡像

玉嬌梨小傳》。該本除〈緣起〉之外，另有序，他本則多半僅有序而
無〈緣起〉。〈緣起〉中說該書的由來：「《玉嬌梨》與《金瓶梅》
相傳並出弇州門客筆，而弇州集大成者也……客有述其祖曾從弇州
遊，實得其詳，云《玉嬌梨》有二本，一曰續本，是繼《金瓶梅》而
作者，男爲沈六員外，女爲黎氏……弇州怪其過情，不忍付梓，然遞
相傳家者有之。一曰祕本，是懲續本之過而作者，男爲蘇友白，女爲
紅玉，爲無嬌，爲夢梨。」

　　把《玉嬌梨》和《金瓶梅》的作者扯在一起，當然只是假託。
關於《金瓶梅》的作者，近人已經考出和王世貞沒有關係，而所謂的
男爲沈六員外，女爲黎氏的《金瓶梅》續本《玉嬌梨》，實際上就叫
做《續金瓶梅》，是明末清初丁耀亢的作品，而不叫《玉嬌梨》。該
〈緣起〉的作者把萬曆年間的《玉嬌麗》（今已佚）和《續金瓶梅》
混同，又把《玉嬌麗》誤爲《玉嬌梨》（或許是有意的牽合），於
是就製造了這麼一個「《玉嬌梨》有二本」，一爲《金瓶梅》「續
本」，一爲「祕本」的說法，來故神其說。其實，世間就只有這麼一
部《玉嬌梨》，就是描述蘇友白、紅玉、夢梨的這本才子佳人小說，
它既不是什麼《玉嬌麗》，也和《金瓶梅》完全沒有關係。當然它更
不是什麼王世貞或他的門客的手筆。這一個說法完全只是〈緣起〉作
者的故弄玄虛，不值得探信。

四

　　作品本身的敘述不能提供眞正的線索，只好藉助其他的史料。現
今所能掌握有關這方面的資料，便是前面提到的《平山冷燕》作者二
說。

　　首先提到《平山冷燕》作者的，是康熙年間嘉興人沈季友所編的《檇李詩繫》（檇李即嘉興的別稱）。該書乃嘉興歷代先賢詩作之彙編，所選各家詩篇皆附有作者小傳，卷二十八國朝部分選錄張匀〈蠟梅〉一首，詩前附小傳云：「張秀才匀字宣衡，號鵲山，秀水諸生。年十二作稗史，今所傳《平山冷燕》也。又為傳奇，有《十眉圖》、《長生樂》二十種，海內梨園爭傳播之，臨卒書云：赤剝來時赤剝還，放開笑口任顛頑，還時更不依前路，跳過瓊樓海上山。有《鵲山堂集》。」

　　沈季友是活躍於康熙朝的人，《四庫全書總目提要》集部錄沈氏《學古堂詩集六卷》云：「國朝沈季友撰。季友字客子，平湖人，康熙丁卯（筆者按，即康熙二十六年，公元一六八七年）副榜貢生……季友為陸葇之壻，與汪琬、毛奇齡以詩相倡和，奇齡為作集序。」《詩繫》既列張匀於「國朝」，兩人生存的年代相去當為不遠。沈季友是陸葇之壻，陸葇生於明崇禎三年（一六三○），卒於康熙三十八年（一六九九），翁壻相差最多應當不過二十年左右，因為沈能和汪琬、毛奇齡以詩相倡和，而汪生於明天啓四年（一六二四），卒於康熙二十九年（一六九○）；毛生於天啓三年（一六二三），卒於康熙五十五年（一七一六）。沈對汪、毛來說當屬晚輩，雖不必一定亦生於明末，至少也得是生於清初順治中葉或初期之人，也就是說他大約是一六五○年左右出生的人，才能與汪、毛等以詩相倡和。

　　《詩繫》既稱張匀為「國朝」人，張至少在清初尚活躍於文壇，沈季友和他雖不一定相識，但兩人生存的年代卻相當接近，並可能有過重疊的時候。

　　更重要的是，他們兩人是同鄉（平湖和秀水同屬嘉興府），同鄉人記同鄉事，年代相隔又近，可信的程度便相當的高。而且小傳中所

列張勻的履歷著作也頗為具體。不過，說《平山冷燕》是張勻十二歲時的作品，卻有些令人難以相信。多大的天才也難以在十二歲時寫出那樣的小說，這不僅是文筆的問題，更是生活經驗的問題。

另外一說則見於盛百二的《柚堂續筆談》：「張博山先生，嘉興人，與查聲山宮詹僚壻也。幼聰敏，十四、五時私撰小說，未果，父師見之，加以夏楚。其父執某為之解紛曰：此子有異才，但書未完，其心不死，我為足成之。即所謂《平山冷燕》也。」

張博山即張劭，《續修四庫全書提要》子部小說類《平山冷燕》一條謂張劭「康熙時人，少有成童之目，九齡作梅花詩，驚其師。朱彝尊《曝書亭集》有送張劭之平遙詩，即其人。」盛百二說他和查聲山為僚壻，據柳存仁前引書的考證，查聲山（即查昇）生於順治七年（公元一六五○年），卒於康熙四十六年（公元一七○七年）。如果張劭和查聲山年歲相仿，也應當是順治、康熙間人。

盛百二這一段記載，實際上是說《平山冷燕》為張劭十四五歲時的草創之作，但並未完成，真正完成這一部小說的是他的父執「某」。至於這位父執「某」到底是誰，則再無消息。

十二歲的孩子不能創作這麼一部小說，十四五歲的孩子恐怕也有所不能，道理一如前述。心理年齡和生活經驗的限制，再大的神童在如此年歲也只能有詩有文，難以有如此世故的「愛情小說」。

盛百二和沈季友一樣，也是嘉興人，不過年代較沈季友為晚。沈季友是活躍於康熙時代的人，盛百二則是乾隆朝的人。《全浙詩話》卷五十有盛百二小傳：「百二字秦川，號柚堂，秀水人，乾隆戊子（筆者按：即乾隆三十三年，公元一七六八年）舉人，淄川知縣。」他和沈季友同樣的是同鄉人記同鄉事，卻有著兩種截然各別的說法，

頗令人費解。

　　以上兩說都各僅此一見，可以說都是孤證。而且有著彼此之間和各自內在的矛盾。對於這兩種說法，我們可以有兩種推斷：一是兩說都不可靠，一是其中之一可信。在這二種可能的抉擇當中，筆者認為我們應當選取後者。因為兩說雖然都各僅此一見，但是到現在為止卻沒有發現任何有力的第三個反證，矛盾只在這兩說本身之間。並且這兩說雖然相牴觸，稍微對照一下，卻又有其雷同之處：第一，兩說都說作者是康熙前後的嘉興人。第二，都說作者姓張。第三，都說《平山冷燕》是作者未成年時的作品（雖然盛百二說張劭只是草創，並未完成）。

　　提出這兩說的沈、盛二人都是嘉興人，相信他們的說法不是空穴來風，因此，筆者認為其中之一可信，問題只在那一個說法值得採信而已。

　　以這兩說來比較，筆者認為《橋李詩繫》的說法為接近真實，《柚堂續筆談》的說法則多半得之傳聞而致誤。也就是說，《平山冷燕》的作者當是張勻，而不是張劭。

　　筆者之所以作此推斷，理由如下：一則，沈季友的年代較盛百二為早，離《平山冷燕》出書的年代較近。沈季友是康熙三十六年副貢，依理而推，他至遲也當出生於康熙初年前後或甚且如前所述，更早至順治中葉左右。而盛百二則生於康熙五十九年（據姜亮夫《歷代人物里碑傳綜表》），乾隆三十三年才中舉人，上距沈氏生年至少晚半世紀以上。沈氏記載張勻生平事蹟雖然已在張勻死後，但是他們生存的年代畢竟甚為接近，並且可能曾經有過重疊。《平山冷燕》今傳最早的本子有順治十五年（公元一六五八年）的序，離沈季友懂事的

年歲並不太遠，他的記載因此就不可能太離譜。

反之，盛百二活躍的年代則已經離《平山冷燕》的出版相當久遠，就以他中舉那年來說（公元一七六八年，那年他四十九歲），離《平山冷燕》的出版已超過百年，百年之前的傳聞，免不了就會較有所偏差，單以此論，他的說法就較靠不住。

二則，就文字記載本身來說，《詩繫》也比《筆談》具體而明確。而且《詩繫》的編纂頗為嚴謹，《四庫總目提要》謂沈季友編纂該書：「捃摭之勤，殊為不苟。」「甄綜頗備，一鄉文獻，亦藉以是徵焉。」其可靠性、正確性相當的高。

《詩繫》除了說張匀作《平山冷燕》之外，更說他有傳奇二十種行世，「海內梨園爭傳播之」，這都是很具體而明確的事。戲劇傳奇與小說內容往往相通，因此明清兩代通俗小說的作者，便也常常擅於戲劇傳奇。馮夢龍、袁于令、凌濛初、李漁等人就是如此，張匀也應當是此類人。

反觀《續筆談》關於張劭作《平山冷燕》的記載，則類乎傳聞軼事，頗為含混。譬如他既說張劭作《平山冷燕》，又說並未完成，完成該書的是張劭的父執某。這種滋生疑惑的說法，可靠性當然大打折扣。

三則，盛百二說張劭與查昇為僚壻，那麼他們兩人的年歲便應當相差無幾。查聲山生於順治七年（一六五○），死於康熙四十六年（一七○七），如果張劭比查聲山年長，相差最多應當不過五、六歲，也說是說，他頂多是順治初年出生的人，而今傳《平山冷燕》的最早刊本，出版於順治十五年，距張劭可能出生的最早年歲最多不過十五年左右，難道說《平山冷燕》果真是他十四、五歲時的作品？這

是不可能的。並且，最重要的是，合刻天花藏才子書「天花藏主人題於素政堂」的序，也就是順治十五年戊戌的序，明顯的是作者自道其書（說詳下文），其中有「淹乎老矣」的話，作者如果是張劭，即令他再年長十歲，也不可能說出這樣的話來。而如果張劭和查聲山是年歲相仿的話，那時他更只是七、八歲的小孩兒，更不可能是《平山冷燕》的作者。

由以上種種比較、推論，筆者認為盛百二的說法不足採信。沈季友的記載容或稍有差錯（如十二歲之說），卻是大體無差。這也就是說，筆者認為《平山冷燕》的作者就是張匀。

沈季友的「張匀十二歲作《平山冷燕》」之說，據筆者的推測，可能由於當時才子佳人小說剛剛風行，雖然《平山冷燕》流傳甚廣，已普遍受到文人的注意（如劉廷璣的《在園雜志》卷二亦曾提到此書），但是文人們還是認為這只是末流小道。又因為小說作者一向不以真面目示人，而且書中既所寫儘是少年男女的情愛故事，於是便傳聞這只是作者幼年時的試筆、戲筆，於是十二歲之說便產生了。傳聞一久，到了盛百二的時代，《平山冷燕》為嘉興「張某」幼時所作的說法，便可能轉而附會到「少有神童之目」的張劭身上。

張匀字鵲山，張劭字博山，兩人既屬同鄉，年代又相近，又都沒有顯赫的事功與文名，時日一久，傳聞將某人有關某事的說法轉而附會到另一人身上是很可能的。其實《平山冷燕》的作者應當就是張匀，但不是如沈季友所說的「十二歲」時之作而已。

五

《平山冷燕》既是張勻所作，《玉嬌梨》便也是張勻所作，這兩本書的作者同爲一人已如前述。而這位張勻先生便是小說史上關係重要的「天花藏主人」。

天花藏主人亦即素政堂主人，他爲各種才子佳人小說題序，有時署「素政堂主人」，如內閣文庫藏本《玉嬌梨》；有時署「天花藏主人」。如前引巴黎國家圖書館藏四〇八一～四〇八二號《平山冷燕》；有時則署「天花藏主人題於素政堂」，如巴黎國家圖書館藏本《賽紅絲》。

筆者之所以敢於確認天花藏主人即《玉嬌梨》、《平山冷燕》的作者，也就是張勻先生，有如下原因：

一、合刻天花藏才子書（玉嬌梨、平山冷燕合刊本），以及一些單行本的《平山冷燕》，都有同樣一篇天花藏主人的序，序中說明創作緣起，有一段云：「若夫兩眼浮六合之間，一心在千秋之上，落筆時驚風雨，閉口時驚山川，每當春花秋月之時，不禁淋漓感慨，此其才爲何如！徒以貧而在下，無一人知己之憐，不幸憔悴以死，抱九原埋沒之痛，豈不悲哉！予雖非其人，亦當竊執雕蟲之役矣，顧時命不倫，即間執金聲，時裁五色，而過者若罔聞罔見。淹忽老矣，欲入致其身而既不能，欲自短其氣而又不忍。計無所之，不得已而借烏有先生以發泄其黃粱事業……凡紙上之可喜可驚，皆胸中之欲歌欲哭。」這很清楚是作者的自我道白，作者曾經自許多才，只因時乖運蹇，才不得已而借烏有先生以「發泄其黃粱事業」，創作的動機與心路旅程

說得再清楚也沒有了。

二、序中接著又說：「此書白而不玄，上可佐鄒衍之談天，下可補東坡之說鬼，中亦不妨與玄皇之黎園曲雜奏，豈必俟諸後世，將見一出而天下皆子雲矣。天下皆子雲，則著書不愧子雲可矣。」《續四庫全書總目提要》的作者謂此：「與第一回（指《玉嬌梨》）引首詩：『更有子雲千載後，生生死死謝知音。』之語合，則荑荻山人與天花藏主人爲一人。」這個判斷相當合理。《玉嬌梨》單行本題「素政堂主人」的序也云：「方今文人才女滿天下，風流之種不絕，當有子雲其人者謂予知音，子其俟之。」意思相同，都明顯表示出作序者與書的作者是同一人。

三、前引巴黎國家圖書館藏四〇八一～四〇八二《天花藏批評平山冷燕》，除了序文之外，第一回之前更有全書總評，其中一段云：「惟眞正才人，屈於不知，苦於無路，滿腹經綸，一腔才思，抑鬱多時，無人過問，欲笑不可，欲哭不能，故不得已而借紙上黃粱，吐胸中浩氣……故其立說，口讀之而芳香，心賞之而喜悅，匪伊朝夕，而不忍釋手也。」其口氣與前所引序中之言全同，全是作者一人之自道其書。

由以上數點，則所謂天花藏主人即《玉嬌梨》、《平山冷燕》的作者，即張勻先生，已無疑義。

六

天花藏主人張勻先生在小說方面除了是《玉嬌梨》、《平山冷燕》的作者之外，同時更是《飛花詠》、《兩交婚》、《金雲翹

傳》、《畫圖緣》、《定情人》、《賽紅絲》、《幻中眞》、《錦疑團》、《麟兒報》等在孫楷第目錄列爲「無名氏」所撰各才子佳人小說的題序者。其中的《兩交婚》書題《新編四才子二集兩交婚小傳》，正文一開始就說：「《平山冷燕》前已播四才子之芳香矣，然芳香不盡，躍躍筆端，因又採擇其才子占佳人之美，佳人擅才子之名，甘如蜜，辛若桂薑者，續爲二集，請試覽之。」顯然的作者就是《平山冷燕》的作者，也就是天花藏主人自己。而《錦疑團》的序是所謂「自序」，便也是他自己的作品。

此外同屬才子佳人小說的《玉支璣》一書，今傳本未有序，據所見巴黎國家圖書館藏本，目錄頁及正文頁皆署「天花藏主人述」；而據孫氏目錄，《人間樂》一書署「天花藏主人著」，並有「錫山老叟題於天花藏」之序，更應當都是他自己的作品。

另有歷史小說《梁武帝西來演義》，永慶堂本題「天花藏主人新編」，大概也是他的作品。（巴黎國家圖書館藏有該書抱青閣刊本，於第十七、二十一、二十五、二十九等回題「天花藏主人新編、永慶堂余郁生梓」，當是永慶堂舊版後印。）

而見於孫氏目錄的還有《驚啼夢》、《雲仙笑》才子佳人小說二種題「清天花主人撰」，或許也是天花藏主人的作品。

另有一部題爲「大花才子編輯」的才子佳人小說《快心編》，若依書中凡例所言：「從來傳奇小說往往託興才子佳人，纏綿煩絮，刺刺不休，想耳目久已塵腐。」以及全書體例及筆法來看，和天花藏主人諸作皆有所扞格，應當不是同一人所作。同樣的，評點《後西遊記》的「天花才子」，也就應當不是天花藏主人。

至於《濟顚大師醉菩提全傳》一書，雖然務本堂及寶仁堂刊本均

題「天花藏主人編次」，是否即爲天花藏所著書，筆者不敢贊一詞，因該書的其他刊本亦題「西湖墨浪子偶拈」。

由以上這些著錄，可以知道天花藏主人張勻先生是清初創作、推動通俗小說，尤其是才子小說的最重要人物。他是嘉興府秀水縣人，大約生於明末，活躍於清初順治、康熙年間。（《平山冷燕》有順治十五年戊戌的序，《麟兒報》、《錦疑團》同有康熙十一年壬子的序。）一生功名失意，所曾有過的最高功名大概就只是「秀才」，否則《橋李詩繫》的小傳不會說他是「張秀才勻」。功名失意，免不了就潦倒落魄，不得已寄情於小說、戲曲，「借烏有先生以發泄其黃粱事業」。他的小說風行一時，戲曲也很受時人歡迎，「海內梨園爭傳播之」。才子佳人小說在有清一代之所以普遍流行，推源其始，他便是這潮流的第一個推動者。不論如何，在通俗小說史上他是一個值得我們重視的人物。

七

有關天花藏主人的問題，由以上所論，雖然大體已經清楚，但是，因爲前人對此曾有過不同的見解，而且似乎言之成理，所以必須再費一些筆墨加以澄清。

譚正璧先生的《中國文學家大辭典》「張劭」條云：「張劭（一作勻）字博山，號荻岸散人（一作山人）浙江嘉興人……年十四五時私撰小說《平山冷燕》……」竟然將張劭和張勻混爲一人，並以盛百二之說爲據，認爲張劭就是《平山冷燕》的作者，其錯誤正如前述，不再多贅。

　　值得一駁，也必須澄清的是前引戴不凡先生以爲天花藏主人即徐震的說法。徐震別號「煙水散人」，也是清初康熙年間一個有名的才子佳人小說作者，但年代稍後於天花藏主人。戴氏之會將天花藏主人和徐震牽合在一起，其契機恐怕是來自於《玉支璣》和《鴛鴦媒》等書的作者題署。

　　《玉支璣》小傳的醉花樓刊本（今藏巴黎國家圖書館，孫楷第目錄有著錄），封面右上題「煙水山人編次」，而書中目錄頁及正文第一回則皆署「天花藏主人述」。因此，很自然的便會讓人聯想到「煙水山人」即「天花藏主人」。

　　《鴛鴦媒》則署「檇李煙水散人編次」，書面又題「天花藏主人訂」，其易啓人疑惑一如《玉支璣》的題署。

　　戴不凡先生即因此而推論天花藏主人就是徐震。他作出這個結論的另一個重要根據是一九三五年啓智書局鉛印標點本《閨秀佳話》。《閨秀佳話》也就是徐震先生寫的《女才子傳》，是一部淺白的文言短篇小說集，筆者剛好藏有道光丁末年味根齋版該書一部（封面題「十才女傳」），可以和戴氏所見相爲參證。

　　《女才子傳》裏有幾個地方提到年分，卷五《張畹香》篇的「引」說：「予於丁酉歲，嘗偕月鄰諸子望月虎丘。」卷九〈郝湘娥篇〉的「引」說：「丙申歲，余于金閶旅次。」又《閨秀佳話》所有之〈鍾斐序〉及〈自記〉兩篇，爲《女才子傳》所無。〈鍾斐序〉作於己亥，〈自記〉篇中有「戊戌……二月望，訪月鄰於苕上。」戴氏將以上各年分定爲：丁酉即順治十四年，公元一六五七年；戊戌即順治十五年，公元一六五八年，也就是《平山冷燕》出版那年；己亥爲順治十六年，公元一六五九年。如此一來，徐震便是活躍於順

治、康熙初的人，與天花藏主人的年代似乎一一若合符節。可是，才子佳人小說中又有一部《賽花鈴》，題「白雲道人編次」、「煙水散人較閱」，也是戴氏爲文時所參考到的，上面有徐震寫於「康熙壬寅（六十一年）」的題詞，卻似乎爲戴氏所疏忽。如果一切果如戴氏所說，則徐震應當是在順治十四年已活躍於文壇，並且多所創作的人，何以在六十五年之後的康熙六十一年（一七二二）仍然能夠述作不衰？更重要的是天花藏主人順治十五年序《平山冷燕》（或玉嬌梨、平山冷燕合刊本）時已說「淹乎老矣！」這個「淹乎老矣」雖不一定代表甚老，畢竟是已過中年之嘆！順治十五年時已過中年的人，是萬不可能在六十四、五年之後依然寫那兒女情長的才子佳人的（據孫楷第書目，徐震即是《賽花鈴》的作者）。戴氏的考證於此便顯出其漏洞。

對於《女才子傳》上各年分合理的解釋，應當從戴氏原推斷的年代移後一甲子，也就是說：丙申即康熙五五年，丁酉即康熙五六年，戊戌即康熙五七年，己亥即康熙五八年，再後三年便是徐震寫作《賽花鈴》題詞的康熙六十一年壬寅，如此一來，一切便合情合理了。而這也就說明了徐震是活躍於康熙中晚期的人，他不可能是順治十五年就爲《平山冷燕》作序，並嘆「淹乎老矣」的那個「天花藏主人」。

徐震是天花藏主人的同鄉晚輩，同樣也是一個功名失意的人（《女才子傳》中多功名失意、落拓不堪之嘆），他早年可能獲識天花藏主人，受其影響，然後步其後塵，同樣的從事於才子佳人等通俗小說的創作。《玉支璣》之題「天花藏主人述」，「煙水散人編次」，或許是徐震以天花藏主人舊稿整理出版；《鴛鴦媒》乃徐震所作，又題「天花藏主人訂」，則可能只是藉天花藏之名爲廣告，或許其稿早先曾經這位先輩過目也不一定。無論如何，天花藏主人不是嘉

興徐震，而是徐震的鄉先輩張勻──一個功名失意的落拓文人，一個清初以小說和戲曲的述作與出版爲業的人。

　　以前有的小說史或談論到《玉嬌梨》、《平山冷燕》、《玉支璣》等書時，把它們列爲明代的小說，現在天花藏主人的身分既經確定，這些錯誤便當更改過來。天花藏主人雖然可能生於明末，但他活躍於文壇，寫作這些書的時候，卻已是順治晚期，康熙初期了。除了上述的論證，我們知道這個天花藏主人「張勻」先生是清朝的「國朝人」以外，書中的資料，年代便是一個明證。例如前引《玉嬌梨》一書的〈緣起〉已提及《續金瓶梅》，續《金瓶梅》乃明末清初人丁耀亢所作，書出於順治初年，《玉嬌梨》既已提及該書，年代自然更爲稍後。若要以朝代論小說，《玉嬌梨》自然是清代的小說。《平山冷燕》則可能是接《玉嬌梨》而作，而且現存可考該書出版最早的年代也只是順治十五年，更當然是清朝的小說。而《玉支璣》因文中有「在國初已生一個劉伯溫先生」之語，有人便因此定爲明人所作，更不足採信。小說家仿小說中人口吻敘述，豈說宋人事者皆宋小說乎！《玉支璣》、《幻中眞》等以前被囫圇定爲明人所作諸書，實際上應當都是清人小說。至少我們現在知道，順治十五年到康熙十一年，是天花藏創作諸種小說的重要時期（前引巴黎國家圖書館藏「綠蔭堂藏板」《合刻天花藏才子書》序後有「康熙丙寅年（即二十五年）仲秋月鐫」一行，同館藏編號四○八○「本衙藏版」的《平山冷燕》序後有「康熙丙子（即三十五年）仲夏月吉」一行，筆者認爲這只是刊刻的年月，不足用以確定當時天花藏主人是否依然健在），他的小說應當大部分是這個時期的作品。

後記：本篇原發表於《中國古典小說研究專集》六，一九八三年七月。

再談天花藏主人與煙水散人

一

　　小說史上，才子佳人小說是介於《金瓶梅》、《紅樓夢》之間，爲言情一類章回小說發展銜接的重要環節。爲了講小說史的需要，筆者數年前即曾對這一類小說稍作留意。但因爲原始資料的搜集難得周全，所以始終不能對這一類作品作有系統的探討。雖然如此，一九八○年在一篇討論《鍾馗斬鬼傳》作者「煙霞散人」——也是清初才子佳人小說作者之一——的文章中，還是連帶論及了包括「天花藏主人」在內的一些才子佳人小說的作者問題。[1]一九八一年又發表一篇綜介性的文字〈談才子佳人小說〉[2]，對這類作品的特性，作了一個概括性的說明。不久，又趁著在法國講學，能夠有參閱巴黎國家圖書館東方原稿部藏書的機會，校看了一些相關資料，就「天花藏主人」的身分問題，作了較前清晰的勾勒，於一九八二年在

---

[1] 胡萬川，《鍾馗神話與小說之研究》，臺北文史哲出版社，1980年5月，頁157-159。

[2] 胡萬川，〈談才子佳人小說〉，1981年12月3～6日臺灣日報副刊。

巴黎七大爲學生和同好們作一次試探的講演。講稿經過整理後，發表於一九八三年出版的《中國古典小說研究專集》第六集，題爲〈天花藏主人到底是誰〉。

該文雖然主要的在討論有關「天花藏主人」的問題，但附帶的也談到「煙水散人」。

「天花藏主人」和「煙水散人」到底是誰之所以值得討論，原因在於清初的一系列才子佳人小說中，作者或序者題署這兩個名號的，不僅在數量上占了相當大的比例，其中天花藏主人的作品，更一再爲人所稱引[3]。在所有才子佳人小說作者中，這兩人顯然特別的重要。然而這兩人的身分卻一向如謎。不論才子佳人小說是否有堪稱上等之作，只要確認這一類小說在小說發展史上有其不可忽視的重要性，有關這兩人的問題，便值得我們仔細的探討。

《平山冷燕》是這一類小說中的名篇，作者即「天花藏主人」。清朝人對該書作者曾有二說：其一是康熙年間沈季友《檇李詩繫》說的嘉興人張勻；其二是乾隆時期盛百二《柚堂續筆談》說的張劭。

當初筆者〈天花藏主人到底是誰〉一文主要論點，便是就以上二說及相關資料加以推敲，以爲沈季友與盛百二雖然都是同鄉人記同鄉事，但沈季友生存年代與張勻相近，而且《檇李詩繫》一書又爲《四

---

③ 康熙末年劉廷璣《在園雜志》卷二言及當時流行之才子佳人小說有《平山冷燕》、《情夢柝》、《風流配》、《春柳鶯》、《玉嬌梨》。其中《玉嬌梨》、《平山冷燕》爲天花藏主人作品。也是康熙時代的何義門《義門先生集》卷七亦云：「僕詩何足道，梅花諸詠，《平山冷燕》體，乃蒙稱說。」而乾隆時期小說《駐春園小史》於〈開宗明義〉篇中說：「歷覽諸種傳奇，除《醒世》、《覺世》，總不外才子佳人。獨讓《平山冷燕》、《玉嬌梨》出一頭地，由其用筆不俗，尚見大雅典型。」由此可見天花藏主人小說當時普遍流傳的情形。

庫全書總目提要》許爲「甄綜頗備，一鄉文獻，亦藉以是徵。」因此其說可信。而盛百二生存年代距《平山冷燕》出版時已遠，所載又類乎傳說，因此不可信。

另外，因戴不凡先生曾有「天花藏主人即煙水散人徐震」一說，筆者於文中又論及「煙水散人」，以戴先生之說爲不可信。論據之一是根據孫楷第先生《中國通俗小說書目》的說法。孫先生書中說《賽花鈴》一書有徐震「康熙壬寅年」題詞，並說該年爲康熙六十一年。筆者當時即按此推定，早在順治十五年《平山冷燕》出版序中已嘆「淹乎老矣」的「天花藏主人」，不可能是康熙六十一年時仍在從事才子佳人小說寫作與出版的同一人，因此天花藏主人不是煙水散人徐震。

該文刊出之後，由於暫時未能獲見更多相關資料，因此對「天花藏主人」等才子佳人小說作者問題，即不再有更進一步的討論。不久前，從資料介紹中得知，大陸地區學者近年來已以大連圖書館所藏豐富才子佳人小說珍本爲主，整理出版系列傳統小說，並出版以才子佳人小說爲研究重點的專刊《明清小說論叢》（一九八四年五月出第一輯）。經友人王秋桂、陳慶浩、吳德明（Prof. Yves Hervouet）三位先生的幫忙，筆者終於能再閱讀一些相關資料。其中論文論及「天花藏主人」與「煙水散人」的即有多篇。或以爲「天花藏主人」即編寫《石點頭》的「浪仙」，或以爲可能是「步月主人」等等，不一而足。新說雖多，卻仍未解決問題，徒見紛紜而已。由於其中議論，多有筆者所不敢苟同者，因此有感，乃再爲此文。一者對不同諸說提出檢討，再者對筆者前所爲文稍作補正。由於筆者前文已論「天花藏主人」，並及「煙水散人」，因此本篇即以〈再談天花藏主人與煙水散人〉爲題。

二

《明清小說論叢》第二輯，有王青平先生〈墨浪主人即天花藏主人〉一文，結論以爲：

> 天花藏主人，眞實姓名待考，又名墨浪主人、浪仙、天然痴叟、西湖墨浪子、古吳墨浪子、三吳墨浪仙主人、亦臥廬主人、亦臥廬主、亦臥居士、西湖鬚眉客（？）、西湖漁隱主人（？）、西湖漁隱（？）。明萬曆間出生，清康熙時去世。蘇州人或久寓蘇州之吳語區人。曾出游杭州。曾與馮夢龍合作創作《醒世恆言》、《石點頭》等小說，馮夢龍去世後，曾僞託馮氏創作出版了《古今烈女傳演義》、《海烈婦百煉眞傳》、《十二笑》等小說，後來還寫了《醉菩提》和《西湖佳話》等小說。根據著錄，以「天花藏主人」題名編、訂、著、述、序的小說有十餘種，包括實際上由他創作的《玉嬌梨》和《平山冷燕》，總共近二十種章回小說和短篇小說集。④

在這裏之所以不憚其煩地引錄王先生文章中一大段文字，因爲其中一些見解在所見有關天花藏主人的研究文章中，是第一次提出：

---

④ 王青平，〈墨浪主人即天花藏主人〉，《明清小說論叢》第二輯，春風文藝出版社，1985年5月。

而文中稱引作者名號又多，涉及的問題相當的廣泛，值得提出詳細討論。

王先生之所以將明末清初編著過小說的許多作者名號串連起來，當作同一人，也就是天花藏主人，首先是根據美國漢學家韓南先生（Prof. Patrick Hanan）的研究成果。韓南先生認為《三言》中的《醒世恆言》有二十二篇，或甚且更多的作品，是馮夢龍的朋友，一個別號叫「浪仙」的人幫助編寫的。而這個叫「浪仙」的人，就是《石點頭》一書的編著者「天然痴叟」。基於這個論斷，《醒世恆言》的「較」者之所以特別題為「墨浪主人」的問題，便有了著落，顯然的「墨浪主人」指的就是「浪仙」⑤。

在根據韓南先生的考證，認為浪仙就是墨浪主人之後，王先生接著便進一步推向其他資料。《海烈婦百煉真傳》一書題「三吳浪墨仙人主人編輯」，王先生認為「浪墨仙主人」就是「墨浪主人」和「浪仙」二名的混合。而該書序署「亦臥廬主人」，王先生認為序者是以作者口氣說話，因此「亦臥廬主人」便是「浪墨仙主人」，而二者同時都是浪仙、墨浪主人的另外別號。

到以上為止的考證，暫時和天花藏主人還沒牽扯上關係。讓王先生將以上這些名號和天花藏主人牽合在一起的，是《濟顛大師醉菩

---

⑤ 按，韓南先生及王青平先生之所以會將「浪仙」和「墨浪主人」連在一起，除了韓南本人曾就《恆言》的文字內容與《石點頭》做過比較外，兩者名號都有「浪」字，恐怕也是促成如此推論的原因。然而「浪仙」乃歷來文人常用的別號，唐朝詩人賈島即號「浪仙」；明末崇禎間編《玉鏡新譚》的朱長祚（永壽）也號「浪仙」；馮夢龍的友人「浪仙」，有人以為就是有曲子存於《步雪初聲》中的「席浪仙」。可見「浪仙」一名乃襲自賈島的常見名號，與馮夢龍書中名下的「墨浪」不一定有何必然的關連。若要以「浪仙」即「墨浪主人」，須有更多的證據。

提全傳》一書。該書以作者題署來說，可分兩個系統：一個系統如務本堂本、寶仁堂本等題「天花藏主人編次」，有「桃花庵主人序」；另一個系統的本子以《舶載書目》著錄本爲最早，題「西湖墨浪子偶拈」，有「天花藏主人序」。然而《舶載書目》著錄本今已不可見，今所見題「西湖墨浪子偶拈」的，都是時代較後的刊本。

王先生認爲從該書的兩種署名來看，「天花藏主人」就是「西湖墨浪子」，而這個「西湖墨浪子」也就是編寫《西湖佳話》的「古吳墨浪子」。王先生之所以作此認定，除了因爲有上述名號題署的類似外，更因爲發現《西湖佳話》中的〈南屏醉跡〉一篇，是從《醉菩提全傳》中選取十個故事而成，文字全錄《醉菩提》，僅有幾處稍作連綴和改寫。王先生因此肯定這兩書的作者必是同一人，也就是「墨浪子」即「天花藏主人」。而「墨浪子」就是前述《恆言》的「較」者「墨浪主人」，當然也就是《石點頭》的編著者「浪仙」⑥。

另外，《金雲翹》一書刊本有〈天花藏主人序〉，序之後有兩方印記，一爲「天花藏主人」一爲「山水鄰」。而以「山水鄰」名號刊行的書另有戲曲《四大痴》及艷情小說《歡喜冤家》⑦。其中《歡喜冤家》題「西湖漁隱主人編」，序署「西湖漁隱題於山水鄰」。王先生據此又認爲「天花藏主人即山水鄰主人即西湖漁隱主人的可能性是存在的。」

以上種種推論，乍看似乎言之成理，因爲就所引各書編著者、

---

⑥ 墨浪子名號可能來自《恆言》的較者「墨浪主人」的說法，韓南先生亦先已有之。見：Patrick Hanan,*The Chinese Vernacular Story*, Harvard Univ. Press, 1981, p.242。

⑦ 山水鄰爲崇禎年間的出版商，《歡喜冤家》爲崇禎年間出版的小說，《四大痴》亦爲崇禎期間出版。臺北中央圖書館藏《玉夏齋傳奇》收有原山水鄰所刊《花筵賺》及《四大痴》兩種。

序者題署及印記來說，是彼此有所牽連。但是，如果單就這方面而作判合，論據未免單薄。因爲據此牽連，則可以與天花藏主人聯串在一起的，將不止於上述這些，至少還應加上「煙水散人」。主張天花藏主人即煙水散人的人，立論根據正如王先生，也是因爲兩本小說的題署而來。其一即《玉支璣小傳》，各本皆題「天花藏主人述」，而巴黎國家圖書館藏醉花樓刊本又題「煙水散人編次」；二即《鴛鴦配》（媒），書中題「檇李煙水散人編次」，書面又題「天花藏主人訂」。雖然如此，而王先生對此卻又不加考慮，未將「煙水散人」也當作「天花藏主人」，不知何故？

當然，如果要依此方式推衍，則還可牽引其他名號。如上舉《海烈婦百煉眞傳》，亦臥廬主人序末有一印記「墨憨」；而《十二笑》刊本題「亦臥廬生評」，前有引，署「墨憨齋主人」，封面更有識語：「墨憨齋著述行世多種，前編尤發奇藏。」從表面上看，則「亦臥廬主人」便也可能是墨憨齋馮夢龍。而依照王先生的意見，亦臥廬主人是天花藏主人的另一別號，如此一來，天花藏主人豈不就是墨憨齋？然而，論者皆知，這是不可能的事。馮夢龍不可能是天花藏主人。該書的所謂「墨憨」之印與題署，只是刊書者的假託。王先生自己也認爲馮夢龍的年代與天花藏主人不合，因此這裏的「墨憨」一印不能代表馮夢龍本人。

雖然王先生並未同時將「煙水散人」和「墨憨齋」這兩個名號牽連上天花藏主人，但是根據他的結論，仍然是將長時期內一長串作品劃歸天花藏主人。立論雖然有其啓發性，可議之處卻也不少。王先生既已因年代的不合，將墨憨齋排除在可能是天花藏主人的名單之外，本文也就先從年代問題，對王先生的意見提出一些不同看法，然後再論其他。

三

如前所述，王先生之所以將天花藏主人和「墨浪主人」、「浪仙」、「西湖墨浪子」、「浪墨仙主人」等牽合為一，首先根據的是韓南先生的考證，以為墨浪主人就是浪仙。接著又認定墨浪主人就是西湖墨浪子，而根據《醉菩提全傳》和《西湖佳話》的線索，西湖墨浪子就是天花藏主人。

關於第一點，韓南先生在他的著作中，除了認為編著《石點頭》的「浪仙」可能就是參較《醒世恆言》的「墨浪主人」外，是還有另外的見解的。韓南先生認為這位「浪仙」同時也可能就是馮夢龍編《新列國志》及《王陽明出身靖亂錄》時常引證其詩的「髯翁」或「髯仙」[8]。不論韓南先生的整個推論正確與否，王先生既以其考證為可信，認為浪仙就是墨浪主人，那麼他就應當同時也考慮韓南先生的這另一個意見。然而，王先生在考證時卻明顯的只引用了韓南先生說法的一半，即浪仙可能是墨浪主人；而棄去了另一半，即浪仙也可能就是髯翁。何以如此，王先生文中並無交代。

如果我們既相信韓南先生的所有推測，又相信王先生的引申，問題就來了。

詩作常為馮夢龍編《新列國志》及《王陽明出身靖亂錄》二書時所引用的髯翁，如果真是浪仙，真是墨浪主人，那麼在馮夢龍編著該二書時，這個人的年紀必定已經不小。因為「翁」這一稱呼，即使照韓南先生的英譯，也是已「老」之意，更何況稱「髯」。即

使我們把「翁」當作是好友之間的敬稱，一個已是五、六十歲的「老者」（馮出生於萬曆二年（一五七四），編刊《恆言》爲天啓七年（一六二七），已五十四歲；《新列國志》的編成更在其後，依傳統中國人的觀點來說，馮此時年紀已可稱老），會稱某人「翁」，且形諸於筆墨，則該「翁」年紀至少當於己相差不遠。也就是說，馮夢龍書中的「髯翁」大概不會是個年輕小伙子。

如果浪仙就是髯翁，那他大概就不會是直到康熙十一、二年仍在編、刊才子佳人的天花藏主人，以可確定是天花藏主人編著的《麟兒報》、《錦疑團》二書來說，皆有康熙壬子序，即康熙十一年（一六七二）。次年更有《梁武帝西來演義》的出版，如果這個作者就是「髯翁」，則此「翁」那時至少已是八、九十歲左右的人。

由此我們便可發現問題的所在：如果浪仙就是髯翁的話，那麼，他就不會是天花藏主人；而如果浪仙是天花藏主人的話，他就不可能也是髯翁。二者之中定有一誤。當然這也還有其他的可能，就是浪仙既非髯翁，也不是天花藏主人。不論如何，王先生在採用韓南先生的說法來做考證的時候，對其中的取捨是應當有進一步的說明，才能有信服力的。

對這個問題，我們還要從另一個角度來談。

就可確定的天花藏主人的作品來說，較具代表性的是《玉嬌梨》、《平山冷燕》、《兩交婚》、《賽紅絲》等才子佳人小說。這一類作品大體上是歌頌「才」、「美」雙兼的才子與佳人，雖經歷波折，卻終能團圓的故事。其中對於男女主角以及歹人的描寫，有時未免流於理想化、概念化。內容所呈現的糾葛也多半是歹人如何攪局而已，較少反映社會的現實一面。結局悲慘的故事更是絕未曾有。

　　反觀「浪仙」《石點頭》一書，格調即見大不相同。全書十四篇小說不僅沒有一篇屬才子佳人一類，孝義節烈的主題之外，隨處可見的是人情慘刻，天道無親的描寫。悲歡離合的感人故事背後，隱然是傳統社會的現實辛酸。第十一卷〈江都市孝婦屠身〉描寫的更是飢荒世代人吃人，以至於將妻子兒女賣入屠家以供宰殺販賣也算尋常的慘酷現實。其他如第六卷〈乞丐婦重配鸞儔〉，雖然寫的是丐婦由於命中有貴氣，終於得配貴夫的事，但是其中一大半篇幅描述的卻是織蓆的、打魚的、乞討的等鄉下窮苦人家的生活景況。而第十四卷〈潘文子契合鴛鴦塚〉，寫的更是一對男同性戀者雙雙為情離家，終於客死他鄉的故事。諸如此類，與天花藏主人才子佳人小說所呈現的風格，都大不相同。因此，如果說《石點頭》和《平山冷燕》、《玉嬌梨》等是同一個人的作品，實在難以令人信服。

　　或許有人會說，《石點頭》和《平山冷燕》等內容風格的差異，可以解釋為同一作家前後期作風的不同。筆者認為這也還是說不過。因為《石點頭》是明末崇禎年間的作品，如果他就是康熙十一、二年仍在刊寫才子佳人小說的天花藏主人的話，那麼當他寫作《石點頭》的時候一定甚為年輕。然而《石頭點》書中卻已頗見人生感慨：「天地茫茫一局棋，輸贏黑白聽人移」、「萬事到頭方結局，半生行徑莫先知」、「人世百年，總不脫貧富窮達四字」、「世情冷暖，人面高低，大率如此」（皆見第六卷），這些話題，難道都是年輕人的口氣？即使我們勉強的再將這些感慨當作一個年輕作家的早發愁悶之感，豈有年輕時已有如此感慨的人，再經明末世局大動亂的二、三十年後，已經垂老之年，反而大作起軟款美滿的才子佳人小說，而那麼多的作品中，又總吝於現實的回顧？

　　因此，再怎麼說，筆者認為作《石點頭》的浪仙不可能是天花藏

主人。由此而推，如果浪仙就是《恆言》的較者「墨浪主人」，那麼墨浪主人也就不可能是天花藏主人。但是，有關墨浪主人的問題，下節還可作進一步的討論。

四

關於「墨浪子」的問題，王先生首先是因為《醉菩提全傳》一書作者有「天花藏主人編次」和「西湖墨浪子偶拈」兩種不同題署，再加上題署「古吳墨浪子搜輯」的《西湖佳話》中，有一篇〈南屏醉跡〉文字大體全錄《醉菩提》，因此推斷天花藏主人即西湖墨浪子。

對此，我們且先從《醉菩提》的版本說起。現存《醉菩提》兩種不同題署的本子，繫有年代的，以「北京圖書館藏康熙六十年刻本」為最早⑨。雖然這已不是原書初刊的年代，但卻已給了我們一點信息，也就是該書的早期刊本應當是題「天花藏主人編次」。因為據信為較精的務本堂本，寶仁堂本，也都題為「天花藏主人編次」⑩。

⑨ 此說按孫楷第《中國通俗小說書目》，柳存仁《倫敦所見中國小說書目提要》，及王青平先生本文談及該書各條。然而筆者曾就該書版本年代問題向曾親自閱過該本的小說版本目錄專家大塚秀高請教，大塚先生1987年8月18日來信謂北京圖書館齊如山舊藏《濟顛大師醉菩提全傳》，封面不是原有的，封面上「康熙辛丑醉菩提傳」等字是用墨筆補寫的，並且第三行沒有書肆名，版面沒有康熙的樣子。封面上所題的文字如果不是康熙期，就是乾隆期寫的，而以後者的可能為大。因為對此書版本年代的看法，專家們尚有如上些微不同意見，因此，有關此項討論，包括天花藏主人是不是《醉菩提》的作者，或許仍有待來日有作更進一步的澄清。在此筆者以仍見於著錄的為準，以題「天花藏主人編次」者為較早。

⑩ 據孫楷第前引書，務本堂本「半葉九行，行二十字」柳存仁前引書以為該本「刻印很精」。另據春風文藝出版社1982年出版《明清小說序跋選》頁193錄「寶仁堂刻本，半葉九行，行二十字」，與務本堂本相似。

　　所知題爲「墨浪子偶拈」的刊本，最早的是《舶載書目》著錄本。《舶載書目》收錄該書的時間是「寶歷甲戌」，也就是乾隆十九年（一七五四）。此時離天花藏主人活動有年代可考的最後一年康熙十二年已超過八十年。雖然日本人當時所購該書不一定就是當年出版的本子，卻更不一定就會是八十幾年前的舊刊本。比較可能的也大概只是乾隆初期的刻本。比起題署「天花藏主人編次」的本子，這應當是較後的刊本。這種後刊本之所以會將「天花藏主人編次」、「桃花庵主人序」的題署改爲「西湖墨浪子偶拈」、「天花藏主人序」，多半只是出版商的安排，與天花藏主人本人無關。因爲該書如果眞是天花藏主人所作，以原編者的立場來說，當初既以「天花藏主人編次」之名刊行，何必再多此一舉，同時再用另一名刊行。書商之所以作此安排，大概認爲「天花藏主人」加「西湖墨浪子」比起「天花藏主人」加「桃花庵主人」更有號召力。畢竟「墨浪」之名在小說出版上常見，而「桃花庵主人」甚爲罕見。

　　另外，王先生認爲《西湖佳話》的〈南屏醉跡〉文字大體錄自《醉菩提》，而且文中說：「然濟顛的痛痒，多在於一醉；而醉中之聖跡，多在於南屏，故略舉一二，以生西湖之色。」儼然以作者自居，因此以爲《醉菩提》的作者即是《西湖佳話》的編者。而《西湖佳話》作者題「古吳墨浪子搜輯」，《醉菩提》如前所述，作者亦有題「西湖墨浪子」的，更是王先生的證據。

　　這一個說法看似合理，卻更有可議處。

　　《西湖佳話》故事多有所本且不必說，誠如王先生文中所言，其中除〈南屏醉跡〉一篇爲錄自《醉菩提》而稍作改寫之外，其他如〈雷峰怪跡〉全錄《警世通言》中〈白娘子永鎭雷峰塔〉一篇而略作改動；〈梅嶼恨跡〉全錄煙水散人《女才子書》卷一〈小青〉而稍作

改寫，情況皆同⑪。然而〈雷峰怪跡〉篇云：「湖上之忠墳仙嶺，既皆細述其事，以爲千古快瞻，而怪怪常常，又烏可隱諱而不領一時之欣聽哉！」〈梅嶼恨跡〉篇云：「西湖，行樂境也……何嘗有恨？孰知人事不齊，當賞心悅目之場，偏有傷心失所之人如小青者，因而指出，爲西湖另開一淒涼境界。」豈不同樣明顯的都是「儼然以作者自居」？然而我們是否可以因此而推論《西湖佳話》的編者就是《通言》的編者，同時也是《女才子書》的編者？相信即使王先生也會認爲不可以的，至少王先生文中並不這麼說。但是何以在狀況相同的三數篇章中，王先生獨取〈南屏醉跡〉一篇以爲立論的根據，而不及其他數篇，則卻又沒有說明。明顯的，這裏頭有了無以解說的漏洞。

　　《西湖佳話》的編者題署自云「搜輯」，顯然是誠實的，他只是「搜輯」以前流傳或他人所寫有關西湖的故事，稍加整理，結集成書而已。他搜集編纂的作品和某人的作品相似，不能因此說他就是某人。

　　由以上的分析，我們可以說王先生以「墨浪子」就是「天花藏主人」的說法，證據相當的脆弱。以較保守的觀點來說，我們寧願相信他們是兩個不相關的人。

　　西湖或古吳墨浪子與天花藏主人的關係既不似王先生所論，則《恆言》的較者「墨浪主人」與天花藏主人的關係當更遠。因爲見於天啓七年，「較（校）」《醒世恆言》的「墨浪主人」，並沒有明顯的證據指明他就是最早可能在康熙時期才出現的「墨浪子」。而如果一如韓南先生所說，「墨浪主人」就是《石點頭》的作者「浪仙」的話，如前所述，他也就不可能是天花藏主人。因此，靠著「浪仙」可

⑪ 此亦王青平先生前引文中之意見。

能就是「墨浪主人」，「墨浪主人」可能就是「墨浪子」，而「墨浪子」可能就是「天花藏主人」的說法，便也都串連不起來。

對於這一點，我們還可以舉出一個王先生曾經以為是證據的論點，來當作反證。王先生因為認為天花藏主人就是浪仙，所以推想他在崇禎年間時（《石點頭》一書刊行的時代）大概還年輕，到順治十五年寫《平山冷燕》序的時候，正是五十歲左右的人，所以自稱「淹乎老矣」。

王先生此說似乎圓通，然而卻又犯了明顯的錯誤。原來王先生引用《平山冷燕》序的時候，疏忽了序中「淹乎老矣」之下的一段重要文字，這一段文字說：「欲入致其身而既不能，欲自起其氣而又不忍，計無所之，不得已而借烏有先生以發泄其黃粱事業。」顯然的是說年華已「淹乎老矣」，而功名無望，「不得已」，只好從事於小說的寫作。這種無奈的感慨是十分真實的，因為傳統的讀書人，年輕時埋首用功，為的是功名前程，非到功名無望，是不會輕言放棄的。馮夢龍也是一個有心功名的人，如果當初他一路功名順遂，而終於飛黃騰達，恐怕也就不會有後來的小說事業。

天花藏主人在《平山冷燕》序中清楚說明的正是這種心路歷程：年華漸老，功名無望，無可奈何，只好以小說事業為寄託。由這一番告白，我們也就更能有所確定：順治十五年作此感慨的天花藏主人，不可能是二、三十年前就寫出《石點頭》的浪仙。

五

至於王先生因《古今列女傳演義》在「東海猶龍子漫題」之序後，除有「龍子猶印」之外，更有「素政堂」印，因而懷疑此書可能

與天花藏主人有關，以為天花藏主人可能就是此書「評閱」者「西湖
鬏眉客」。

　　這一個推論顯然更為牽強。王先生自己明知此書題署「東海猶
龍子演義」為假託馮夢龍，序下「龍子猶印」也是假冒，何以單就相
信其中的「素政堂」印為真？更何況刊刻此書的「三多齋」年代也可
能不很早。如果以乾隆三十六年該書坊仍在刊書來推測⑫，該《列女
傳演義》大概不會是天花藏主人活躍時期的順治、康熙間的刊本。以
「素政堂主人」（即天花藏主人）名氣之大，出書又何必假冒「猶龍
子」、「龍子猶」兩個互相不對頭的假名？顯然的，該書的「素政
堂」印亦為假冒。理由正如同「龍子猶」之被假冒一樣，名頭大的緣
故。因此王先生這一推測也不可信。

　　另外王先生又因《金雲翹全傳》署「天花藏主人偶題」的序後
有「天花藏主人」及「山水鄰」兩印，而《歡喜冤家》的作者自序
署「西湖漁隱題於山水鄰」，因而認為天花藏主人可能就是山水鄰主
人，同時也可能就是西湖漁隱主人。

　　這一說法也有推論過當之嫌。一者，《歡喜冤家》是一部有名的
色情小說，這種作品與可確定的天花藏主人作品大不相同，更明確地
說，天花藏主人是排斥這種作品的，《玉嬌梨》序云：「小說家艷風
流之名，凡涉男女悅慕，即涉其人其事以當之，遂令無賴市兒，泛情
閭婦，得與鄭衛並傳，無論獸態顛狂，得罪名教，即穢言浪籍，令儒

---

⑫ 有年代可考的三多齋所刊書，有乾隆三十六年的《采眉故事》，見鄧嗣禹編，中國類書目錄
　初稿，臺北古亭書屋1970年影印燕京大學圖書館1935年版，頁35。另據大塚秀高《增補中
　國通俗小說書目》1987年版所錄，三多齋除《古今列女傳演義》外，尚刊行有《韓湘子全
　傳》、《東西漢演義》、《雲合奇蹤》等小說，大概是乾隆時期南京地方的一個出版商。

雅風流，幾於掃地，殊可恨也。」⑬由這種明白的宣示，我們可以清
楚的了解，《歡喜冤家》這一類作品不可能是天花藏主人的作品。因
此，天花藏主人不可能是《歡喜冤家》的作者「西湖漁隱主人」。

　　再者，傳世各種《金雲翹》版本，多有題「貫華堂評論」、
「聖嘆外書」者，明顯的是假託金聖嘆之名。這是書商假借名家以廣
招徠的一貫作風。因此而小說名家「天花藏主人」之名和多刊有小說
戲曲的「山水鄰」之印，偶爾同見於某小說的某刊本，不見得二者之
間就有必然的關聯。和天花藏主人一貫相連的只是「素政堂」。因
此，以天花藏主人可能就是山水鄰主人的說法也難以成立。

六

　　「天花藏主人即嘉興徐震」是原先戴不凡先生提出的說法⑭，後
來范志新先生也持相同的見解，不過卻多半只是重複戴先生的意見，
沒有再提出什麼新的、有力的主張⑮。戴先生在提出天花藏主人即煙
水散人徐震的同時，認為編著《幻中真》的「煙霞散人」也是天花藏
主人。

　　關於這個問題，筆者在〈天花藏主人到底是誰〉一文中，曾引用

---

⑬　據筆者所閱過《玉嬌梨》，日本內閣文庫藏本題《新鐫批評繡像玉嬌梨小傳》者，法國巴黎
　　國家圖書館藏金閶擁萬堂刊本，皆有序，署「素政堂主人題」，當為原《玉嬌梨》之序。素
　　政堂主人即天花藏主人。

⑭　戴不凡〈天花藏主人即嘉興徐震〉一文，收於所著《小說見聞錄》一書中，浙江人民出版
　　社，1980年，頁230-235。

⑮　范志新，〈薲荻散人、天花藏主人、徐震──平山冷燕作者考〉，《明清小說研究》第二
　　輯，中國文聯出版公司出版。

孫楷第先生以《賽花鈴》一書煙水散人康熙壬寅年題詞爲康熙六十一年的說法[16]，認爲在順治十五年《平山冷燕》序中已自嘆「淹乎老矣」的天花藏主人，不可能是到了康熙六十一年仍在關心才子佳人小說出版的人，因此判定天花藏主人不可能是煙水散人。

如今，筆者認爲《賽花鈴》康熙壬寅題詞爲六十一年的說法須重新修正。當時筆者引孫楷第之說爲據，於是以煙水散人《女才子書》中有年代可考的丙申、丁酉、戊戌、己亥等，分別爲康熙五五、五六、五七、五八。但是，按王青平先生〈關於徐震及其女才子書的史料〉一文指出，清王晫輯，張潮校的《檀几叢書》卷三十有《美人譜》一種，原題「秀水徐震秋濤著」，所引內容即《女才子書》首卷之節錄。而《檀几叢書》按張潮之序，成書於康熙乙亥（三十四年）左右[17]。康熙三十四年左右的書既已引《女才子書》，《女才子書》的成書當然更在此前，因此筆者原來根據孫楷第先生之說所訂的相關年代便顯然有誤。正確的年分應當照原訂再上推一甲子。也就是說丙申、丁酉、戊戌、己亥等當分別爲順治十三、十四、十五、十六年。當然《賽花鈴》所署的康熙壬寅，也應當是康熙元年。經過這一澄清，則煙水散人與天花藏主人便是約略活躍於同一時期的人。

雖然如此，而筆者卻仍然認爲天花藏主人不是煙水散人。

首先，天花藏主人與煙水散人既爲生存於同一地區同　時期的作

---

[16] 以《賽花鈴》煙水散人康熙壬寅年題詞爲康熙六十一年的說法，見孫楷第《中國通俗小說書目》《賽花鈴》條。並見下列各書：柳存仁，《倫敦所見中國小說書目提要》，「新刻天花藏批評平山冷燕」條。胡士瑩，《話本小說概論》，第十五章〈清代的說書和話本〉附注四。譚正璧、譚尋，《古本稀見小說匯考》，《賽花鈴》條。以上各家也大概都是根據孫楷第之說而立論。

[17] 王青平，〈關於徐震及其女才子書的史料〉，《文學遺產》增刊，1985年2月。

家，在兩個名號之下所出版的書也大多同樣的是才子佳人小說，以推銷廣告的效果來說，一個名號既已打響，何必同時再用另一個名號？

其次，煙水散人名下除才子佳人小說及其他外，尚多色情之作，如《桃花影》、《燈月緣》等都是；而天花藏主人名下，則無此類作品。並且如前節所引《玉嬌梨》序文，更明顯的說明了天花藏主人對色情一類作品的排斥。因此天花藏主人不可能是寫有多部色情小說的煙水散人。

此外，煙水散人編著《女才子書》，又名《美人書》，其編寫過程已於自序中言明。大概他自己對於該書頗為在意，所以稍後在《賽花鈴》題詞中特別提及該書。而《合浦珠》自序中一大段，所談也當是有關《美人書》的編輯：「予自早歲，嗜觀情史，每至綠窗以菁藻摛毫羅帳，以珊瑚作枕，卻使君于桑陌，嫁碧玉于汝南，莫不攬茲艷異，代彼萱蘇。是以午夜燃脂，選校香奩之什；清晨弄墨，唯謄繡閣之文。不謂數載以來萍蹤流徙。裘敝黑貂，徒存季子之舌；夢虛錦鳳，避辭太乙之黎。而曩時一種風流逸宕之思，銷磨盡矣。」[18]現在可見的署名煙水散人的小說，有序及題詞的共四篇，其中除《珍珠舶》序外，如上所述，每一篇都談到了有關《女才子書》的事。而現存的署名天花藏主人的序文頗多，卻從沒一篇談到有關《女才子書》的事。由這裏也可看出天花藏主人和編寫《女才子書》的煙水散人無關。

---

⑱ 文引自《明清小說序跋選》頁81。此段文字與《女才子書》自序對照，可知所言亦指曾編《女才子書》事。《女才子書》序有云：「於是唾壺擊碎，收粉黛於香閨，彤管飛輝，拾珠機於繡閣。貞姿艷魄，彼美宜彰，贈藥采蘭，我懷匪屬……予乃得為風月主人，煙花總管，檢點金釵，品題羅袖。」而《女才子書》又名《情史續傳》，《合浦珠》序言「嗜觀情史」，當亦與此有關。

　　最後，蘇興先生〈天花藏主人及其才子佳人小說（一）天花藏主人其人〉一文中，「不能支持天花藏主人與徐震爲同一人的證據」一節，舉出的二項理由：一、兩人作品傾向有許多不同。如天花藏主人的作品皆一般的中篇，而煙水散人則有《女才子書》、《珍珠舶》等爲短篇話本集。二、天花藏主人的小說序文與煙水散人的小說序文與題詞面面相較，兩人非同一人。如天花藏主人的序基本是散體，個別序文雜有騈句；煙水散人的四篇序（題詞），其《合浦珠》序通體騈文，《女才子書》序也有大段騈體文，另兩篇也多有騈句[19]。更可以爲上述天花藏主人與煙水散人非同一人的諸項理由再加上一個注腳。

　　由以上的陳述，筆者因而認定天花藏主人不是煙水散人。

　　然而戴不凡先生之所以會以爲天花藏主人即煙水散人，也不是空穴來風。主要的原因在於相關的兩本小說題署有些問題。其中之一是《玉支璣小傳》，該書的醉花樓刊本題「天花藏主人述」，封面卻又署「煙水散人編次」。另外是《鴛鴦媒》，既題「檇李煙水散人編次」，又題「天花藏主人訂」。戴不凡先生即因此而推論此二名實爲一人，蘇興先生前引文也將該項列於「能支持天花藏主人與徐震爲同一人的證據」之中。

　　爲證明天花藏主人不是煙水散人，對於這種題署的問題，不得不再作一番說明。

　　《玉支璣》的醉花樓刊本，據筆者在巴黎國家圖書館所見，頁十行，行二十五字，書題《新鐫批評祕本玉支璣小傳》，卻無批評，無序文，也無插圖，當非原刊本。這種坊刊本之所以如此題署，多半只

---

[19] 蘇興，〈天花藏主人及其才子佳人小說（一）——天花藏主人其人〉，《明清小說論叢》第二輯。

是書坊推銷的伎倆，並列兩個小說大名家，自然有廣告效果。大連圖書館所藏華文堂刊本，既題「天花藏主人述」，又題「步月主人訂」的道理也是一樣，「步月主人」是時代稍後，「訂」過許多小說的名家。

《玉支璣小傳》的作者應當就是天花藏主人，因爲據孫楷第書目所載，除上述醉花樓刊本封面別題「煙水散人編次」以外，所有其他各刊本都題「天花藏主人述」，沒有涉及煙水散人。

至於《鴛鴦媒》的如此題署，則更不能當作天花藏主人就是煙水散人的證明。據小說書目所載，今所傳各種《鴛鴦媒》刊本，大都不是原刻本，書上之所以又題「天花藏主人訂」，當是後來書坊所加，爲的也只是以廣招徠。正如後來許多才子佳人小說，包括天花藏主人的作品在內，刊本多有題「步月主人訂」者一樣，不能據此即判定天花藏主人即步月主人。

另外，戴不凡先生文中又說天花藏主人「慣愛在題署和別號上玩弄把戲。因而，他用『煙霞散人』名義編次的《幻中眞》前，又以『天花藏主人』的名作序，亦非怪事。」直以爲煙霞散人就是天花藏主人的另一別號。

關於煙霞散人，筆者於探討《鍾馗斬鬼傳》作者時，已略有考述，認爲他就是編寫《斬鬼傳》的劉璋，爲天花藏主人的晚輩[20]。對此問題，王青平先生〈劉璋及其才子佳人小說考〉一文，有更詳細的討論[21]。煙霞散人既不是煙水散人，也不是天花藏主人。

---

[20] 同注①。

[21] 王青平，〈劉璋及其才子佳人小說〉，《明清小說論叢》第一輯，春風文藝出版社，1984年5月。

七

　　此外，戴不凡先生文中又以為「天花主人」、「天花才子」也是天花藏主人的別號。對這個問題，筆者「天花藏主人到底是誰」一文已略有論述。筆者認為天花才子不是天花藏主人。因為以「天花才子」之名編寫的《快心編》一書，雖然也是才子佳人小說一類，但部頭甚大，與天花藏主人其他各書體例不同，筆法也不相類似，並且書中凡例對以往才子佳人小說大加批評，因此不可能是天花藏主人。

　　而署名「天花主人」所作的小說，今存世者有二種：《雲仙笑》與《驚啼夢》。《驚啼夢》一書筆者至今未見。至於《雲仙笑》，則不只如蘇興先生前引文，及楊力生先生〈關於煙水散人、天花藏主人及其他〉一文所說，體例結構及文字風格，都不像天花藏主人的作品[22]。依筆者淺見，該作者編寫該書，而以〈拙書生〉為第一篇，竟似乎是有意的對才子佳人小說加以嘲諷。典型的才子佳人小說如天花藏主人的《玉嬌梨》、《平山冷燕》等，強調的無非才子、佳人的作詩捷才，〈拙書生〉篇中卻說：「可笑今世略做得幾句歪詩，便道是個才子。終不然聖人說個才難二字，古時竟沒一個吟詩作賦的人麼？」而書中兩個才子「只為自己是個才子，要與人較量長短」，終於下場悽慘；倒是才智平庸的「拙書生」卻終於飛黃騰達[23]。這明顯的是衝著當時流行的才子佳人小說而來的。作者特意署名「天花主人」，更似針對當時最有名氣的才子佳人小說作家「天花藏主人」而發，加以嘲弄。因此，絕不可能是天花藏主人。

---

[22] 楊力生文亦收於《明清小說論叢》第一輯。
[23] 天花主人，《雲仙笑》，春風文藝出版社，1983年重新點校排印本。

八

　　在紛紜的眾說中，需要辯解的最後一說是前引楊力生先生文中提出的：「步月主人、天花藏主人是否為一人的問題。」楊先生懷疑步月主人可能是天花藏主人的託稱。原因是《玉支璣小傳》的華文堂刊本題「步月主人訂」；《畫圖緣小傳》的益智堂本也題「步月主人訂」；特別更是《兩交婚小傳》的枕松堂本題「步月主人著」。上述三書都是天花藏主人的作品，而以上各刊本題署或「訂」或「著」，又似乎都和天花藏主人有所牽扯，楊先生因此懷疑二者可能為同一人。

　　筆者認為天花藏主人不可能是步月主人。上列各書的各種刊本題署，誠然啟人疑竇，但是這幾個刊本卻都是晚期的本子。題「步月主人著」的《兩交婚》本子，據孫楷第書目，是道咸間刊本，時代已經很晚。稍早本子是沒有題為「步月主人訂」的。其他二書之題「步月主人訂」的本子也都不是原刊本。

　　按現存才子佳人小說一類，題有「步月主人訂」的，不論其為何種刊本，除上述三書外，尚有《情夢柝》（舊刊本題蕙水安陽酒民著，西山灌菊散人評）、《蝴蝶媒》（舊刊本題南岳道人編，青谿醉客評）、《終須夢》（題彌堅堂主人編次，步月主人訂）、《五鳳吟》（舊刊本題雲間嗤嗤道人編著，古越蘇潭道人評定），各書作者明顯的不是同一人。如果因為書題某某人訂，即以該書為某某人著，則以上各書作者的認定，便將大為混亂。

　　今傳另有《幻中遊醒世奇觀》一書，題「步月齋主人編述」，

封面題「煙霞主人編述」。據書目所載，這是傳世唯一刊本的題署，書存東京大學文學部[24]。前引王青平先生有關「劉璋」一文因此懷疑「步月齋主人」、「煙霞主人」、「煙霞散人」劉璋有同為一人的可能。筆者認為王先生這一推測或許較為接近事實。煙霞散人是繼天花藏主人之後而起的一位小說家，或許更是一位出版家。他自己編小說，也出版以前人寫的小說，而對前人寫的小說，他便冠上「步月主人訂」（如果步月主人真是他的另一個別號的話），意思是「審訂出版」，因此，在許多才子人小說的出版題署上，便常見有「步月主人訂」的字樣。但是這個「訂」者和作者不一定有什麼必然的關係[25]。

然而，姑且不論步月主人是否就是煙霞散人，他卻不可能是天花藏主人，因為上述題署步月主人訂的後三書：《蝴蝶媒》、《終須夢》、《五鳳吟》，依孫楷第先生之書目，都是歸在「乾隆嘉慶間」的著作，顯然是後代人的作品，活躍於順治康熙間的天花藏主人不可能和這些書有何牽扯。

九

由於天花藏主人和煙水散人一向身分如謎，而傳統通俗小說的編著與出版又常有彼此互相牽扯的情形，因此在討論這兩位清初最有名的才子佳人小說作者的時候，才會有如上的許多糾纏。以上嘗試對最

---

[24] 孫楷第前引書《幻中遊》條。大塚秀高前引書頁90。

[25] 據大塚秀高前引書目，有書坊步月樓曾刊行《韓湘子全傳》、《東西漢演義》、《三寶太監西洋記》等書。其中《韓湘子全傳》刊行年代為嘉慶二五年。不知此「步月樓」與「步月齋」或「步月主人」是否有關係。如果步月樓即步月齋，則年代更晚，步月主人更不可能是天花藏主人，甚且是不是煙霞散人都有問題。

近學界的紛紜眾議，試加條析分辨，所述雖未必即為確論，但持說力求謹慎，但望能對這兩位小說史上重要作家的身分問題有所澄清。

文章既已力求辨明天花藏主人、煙水散人之非彼非此，這兩人又究竟是誰，最後也當有一個交代。

首先是天花藏主人。依前文所論，筆者認為他不是較（校）《恆言》的「墨浪主人」，不是寫《石點頭》的「浪仙」，不是編《西湖佳話》的「墨浪子」，不是評閱《古今列女傳演義》的「西湖眉鬚客」，不是作《歡喜冤家》的「西湖漁隱」，也不是「亦臥廬主人」、「步月主人」、「天花才子」、「天花主人」、「煙霞散人」，更不是「煙水散人」。

天花藏主人最常用的另一個別號是「素政堂主人」，「素政堂」當是他在家中讀書寫作的一個地方。他為自己或他人的各種小說題序，有時署「天花藏主人」，如《平山冷燕》序；有時署「天花藏主人題於素政堂」，如《賽紅絲》序；有時署「素政堂主人」，如《玉嬌梨》序。然而作《玉嬌梨》時，作者亦曾署名「荑秋散人」。依孫楷第書目所載，作《平山冷燕》時作者也曾署「荻岸散人（或山人）」。《玉嬌梨》、《平山冷燕》是已確定的天花藏主人的作品，因此後面這兩個別號當可確認為他曾經用過的另外署名。

天花藏主人就是清初嘉興人張勻。筆者之作此說根據的是活躍於康熙年間的沈季友的記載。沈氏《檇李詩繫》卷二十八有張勻小傳，謂張勻作《平山冷燕》，「又為傳奇，有十眉圖、長生樂二十種，海內梨園爭傳播之。」當然，清朝乾隆年間也還有另一個說法，那就是盛百二的《柚堂續筆談》，以為《平山冷燕》是嘉興人「張劭」的未完成作品。對此，筆者於「天花藏主人到底是誰」一文中已辨其不可信。

　　關於天花藏主人就是張勻的說法，筆者於前述論文中早已大體辯解清楚，在此之所以不憚其煩地再稍作陳述，主要原因一者在於最近學界對此仍異說紛紜，已如所述，所以不得不更敘述一番，以為澄清。再者，不久前剛得友人協助，獲見一項有關天花藏主人的新資料，對於筆者以前的見解，能為更有力的佐證，因此不得不再稍作陳說。

　　沈季友是康熙初年或甚且更早一些出生的人，生存年代與天花藏主人甚為相近，他說《平山冷燕》（已確知為天花藏主人的作品）是張勻所作。張勻是嘉興人，沈季友也是嘉興人，同鄉人說同鄉事，而且年代甚近，若無其他反證，不能就輕率地以為他的話不可信。他的張勻小傳中除了說張勻作小說以外，更說張勻是個戲曲作家，作品為海內梨園爭傳。關於這一點，以前論者多半不大注意。

　　據日本人傳田章編《明刊元雜劇西廂記目錄》所收，京都大學文學部中國語學中國文學研究室藏有一部《新鐫增定古本北西廂絃索譜》，為二卷本。經在日本的友人協助，寄來該書目錄及卷一部分。正文第一頁題「西湖釣史查繼佐伊璜氏鑒定，東吳逸史袁于令籜庵氏參著，天花藏主人補輯」。這是專為演出之用的工尺譜，如果不是對戲曲藝術有甚深造詣與興趣的人，是不會從事於這種書的「補輯」出版的[26]。由此自然可以證明，天花藏主人是一個戲曲行家。沈季友有關他的記載，其可信度也由此更得到了有力的佐證。

　　筆者於前述論文中即已提到：「戲劇傳奇與小說內容往往相

---

[26] 該條資料首先蒙魏愛蓮教授（Ellen Widmer）提示，後來得許曼麗小姐、金文京先生協助，自京都大學影印寄來部分該書資料。對於三位友人的協助，深為感謝。茲附上該書正文首頁影印，以為參證。

通，因此明清兩代通俗小說的作者，便也常常擅於戲劇傳奇。馮夢龍、袁于令、凌濛初、李漁等人就是如此，張勻也應當是此類人。」而今更能確信此說之不誣。袁于令是明末清初的小說戲曲名家，死於康熙十三年左右。順治至康熙十一、三年間正是天花藏主人寫作出版的活躍年代，他既「補輯」袁于令曲譜出版，則當是袁于令的晚輩或友人，而其文學事業也略與袁于令相似，同爲小說戲曲名家。

有關天花藏主人的身分問題至此已大體清楚，關於他所從事的文學工作及作品，則筆者前述〈天花藏主人到底是誰〉一文，及上引諸先生文章，已多有論述，未免再次重複，茲不多贅。

十

最後要談的是煙水散人。筆者認爲煙水散人是生存年代約略與天花藏主人同時的同鄉，即嘉興人徐震，字秋濤[27]。他不是天花藏主人，也不是煙霞散人，當然更不是天花才子或天花主人。作有《後七國志樂田演義》、《珍珠舶》、《賽花鈴》、《合浦珠》及《女才子書》等等小說，也寫過《燈月緣》、《桃花影》之類艷情作品。是一個和天花藏主人一樣因功名失利，爲求生活，然後從事於小說寫作的人。關於這一點，他自己在《女才子書》的序中已有充分的說明。而這些也是論者較爲常知的事。

---

[27] 煙水散人徐震字秋濤。林辰先生於前引楊力生文後另為〈附錄〉一文，以為煙水散人為徐秋濤，但不一定即徐震，其說今已可知為錯誤。前引王青平先生〈關於徐霞及其女才子書的史料〉一文已指出，《檀几叢書》引《女才子書》時已署「秀水徐震秋濤」。而下文筆者所引用之詩韻序亦署「煙水散人徐震」，故徐震即徐秋濤即煙水散人無誤。

　　在此，筆者於諸家所常論及者之外，可有數言以爲補充。筆者認爲煙水散人不只是一個才子佳人等小說的作者，同時更是一個出版家。因爲除上述諸家所常引述的著作外，據孫楷第《中國通俗小說書目》卷二所載，他曾「編次」過「李卓吾批三國志傳二十卷二百四十則」的《三國演義》一書。《三國演義》當然不是他的作品，他的所謂「編次」，大概是以出版家的身分所作的題署。另外，他也編刊過通俗類書《萬寶全書》[28]，所以他應當是個同時從事小說寫作與出版的人。

　　除此之外，根據書目所載，他還「重訂」過題署「蔣一葵箋釋、鍾惺批點、唐汝詢參注」的《唐詩選彙解》一書[29]。最近友人又印來其中詩韻輯要部之序，題「煙水散人徐震撰」[30]，其中有云：「予自弱冠授詩，寒暑靡間，而從蹇寸拙性，涉獵二十餘年，未諳肯綮，獨于韻學，亦曾考其清濁，按其宮商，而心領意會，稍有所得。」則煙水散人又是於詩韻之學頗有造詣的人，不只是一個小說名家而已。大體上他和天花藏主人一樣，都是以文學爲事業，而在相關方面涉及頗廣，卻以才子佳人小說爲世所知的人。

---

[28] 據臺北丹青出版社1986年發行，日人松田隆智所著《中國武術史略》頁30所載，謂曾見《萬寶全書》兩種版本，其一即康熙年間煙水山人編，另一是乾隆十一年毛煥文編，兩者內容相同。另據前引鄧嗣禹書頁119《萬寶全書》條所載，該書題「陳繼儒撰」，為「毛煥文增補」，所錄本有乾隆四年序。據此，則題為煙水山人所編之本，亦當前有所承，非真煙水山人所編。煙水的主要身分當是出版者。康熙年間的煙水山人筆者認為即是煙水散人。

[29] 據文史哲出版社1987年出版，許建崑著《李攀龍文學研究》一書，頁310所附日人平野彥次郎所列唐詩選參考書目轉引。

[30] 此一序文亦蒙魏愛蓮教授攜贈原缺第一葉，只存二、三葉而已。

新鐫增定古本北西廂絃索譜卷之一

西湖釣史查繼佐伊璜氏鑒定

東吳逸史袁于令篠庵氏彚著

天花藏主人補輯

第一齣　奇逢

仙呂宮　先田韻

賞花時　楔子

夫主京師祿命終　亢子母孤孀

四四尺二四四十工亢工尺亢五乙亢尺乙五亢工亢

工亢尺五亢五亢五尺亢五亢五亢五五十一工亢工尺工亢工亢工亢

玄索譜　　卷之一

後記：本篇原發表於《漢學研究》第六卷第一期，一九八八年
　　六月。

別緻的書名

——從《金瓶梅》的命名說起

一

從小學的作文課開始，老師們再三提示的作文第一要訣就是：不能文不對題。只要一「文不對題」，任你文筆再好，議論再妙，總是分數低低。

寫文章當然必須內容和題目相應，否則，便是「不知所云」。因為所謂「題目」就是限定你要講的範圍。如果你逸出範圍，盡說些不相關的話，即使你說得天花亂墜，也算是不會「作文」。

當過學生的人都知道，一到那種限定題目，限定時間交卷的「作文」課，便常常讓人高興不起來。因為不論你有多少才學，有時總會遇到一些你興趣缺缺，或經驗知識未到的「題目」。那時任你搜索枯腸，抓耳搔腮，還是不能「藉題發揮」。

自由寫作的人或許更有著另外的經驗：本來定好了一個題目，腹內也大概有了題意大綱，可是一卜來寫得順手，不知不覺之間，卻似乎就寫到了原來題目包容不下的方向來了，不得已，只好另擬題

目。又或者：本來有個意念要表達，題目未定就寫了下去，結果寫出來之後，想安一個題目，絞盡腦汁，卻不知用那個題目好。

「文必對題」是作文的基本要求，說起來似乎簡單，其實卻並不簡單。寫文學創作的人應當更有過如此的經驗：為自己的作品定一個恰當的題目（書名），費盡心思。

一部（或一篇）作品的成功與否，和題目本身實際上並沒多大的關係，正如一個人的好壞與否和他的名字沒有必然的關聯一樣。但是，除了了無知識的人以外，每一個人總希望他（或他的兒子）能有一個「好」名字。作家們當然也希望他們的作品能夠有一個「好」的書名（或篇名）。

相信姓名筆畫吉凶的人，往往會發覺要為自己的兒子取一個念起來「好聽」，看起來「好看」，而又能夠帶來大吉大利的名字，實在不簡單。要為自己的作品鑲上一個「好」名稱的人，也同樣的常常會發現，原來要安一個恰當的書名（或篇名），並不是一件容易的事。

就小說而言，光是「題目」（或書名、篇名）這一道小小的題目，就可以是一個小小論文的題目，可以有好長的文章好作。但是，因為本文的題目已經定為「別緻的書名」，所以雖然本來有許多話好說，現在卻不得不自我約束，只說題內的話。否則，一題外生枝，「文不對題」的評語恐怕馬上就有得挨了。那可說未說的話，就只好待以後定個類似「論小說題目」這樣冠冕堂皇的題目再來說了。

「別緻的書名」原本應當只是「論小說題目」這種大論題底下的題外話，但是，因為本文所要議的這些書名真的是別緻而又有趣，所以便且將正論擱下，優先拈出這幾個有趣的書名來起筆，聊供識者一個談助。

筆者不才，能談的只是中國小說，而且是中國小說裏小小的一部分，方家識者，幸不以筆者爲粗陋可笑。

要談這些有趣而又別緻的書名，得從《金瓶梅》說起。不僅因爲《金瓶梅》這本書有名，看的人多，更重要的是，這些別緻的書名如果可以自成一派的話，那《金瓶梅》便是這一派的宗祖，因爲其他各書的取名，都是師法《金瓶梅》而來。

看過《金瓶梅》的人都知道，《金瓶梅》的得名，是來自書中三位女主角的名字：潘金蓮、李瓶兒、龐春梅。

這種拆合書中人名成爲書名的玩意兒，大概是我們這種使用方塊文字者的特權。使用拼音蟹行文字的人即使要學，恐怕是再也學不來的。因爲像《金瓶梅》書中這三個人的名字一拆一合，所構成的《金瓶梅》一詞，並不會使人有拼湊生硬的感覺，這三個字給人的印象就是一個完整的語詞。看到這三個字所喚起的意象是：金色的花瓶中栽著梅花。這不是頗富詩趣嗎？光看書名，不看內容，又有誰會想到它原來代表了書中三個人的名字？

二

這種別緻的書名，對於翻譯的人來說，卻是一個大大的難題。《金瓶梅》已經有好幾種外文譯本。其中一本英譯本就將書名譯爲「Golden Lotus」的，意思是「金蓮」。金蓮雖然是書中最重要的女主角，但是，光她一個人的德行，並不足以代表《金瓶梅》這一部大書的精神。可是，又有什麼辦法。譯者如果要將三個人的名字都譯出來，並排作爲書名，當然也可以，卻總嫌累贅了一點，也失

去了原作書名的那種凝鍊，更失去了「金瓶梅」三字所構成的那番別緻新意。無法可想，其他的譯者有的只好譯音，譯成：「Chin Ping Mei」了。這譯音的三個字，和「金瓶梅」三字構成的這個新詞一比，卻文章味差多了。聲音有了，趣味走了。

　　《金瓶梅》這一部小說對後代通俗小說的影響實在很大，不過因為一向被當作淫書，不准看，連帶的也不大有人敢去研究，所以受了冷落。這其中的種種因緣，要說的清楚，至少得費上三五萬字，本文因為題目所限，其他各項不敢多說，只就皮相的書名的沿襲來說，就可略見一斑。

　　《金瓶梅》雖然不是一部才子佳人小說，但是，一件巧妙的事情就是：剛在《金瓶梅》出版後不久，中國才子佳人小說創作的鼎盛時代就展開了。才子佳人小說到底是什麼玩意兒，也不是本文的論題所在。有趣的只是，才子佳人小說的寫法造意雖然不同於《金瓶梅》，但是，許多才子佳人小說的書名取意，卻是《金瓶梅》的正宗餘緒。那些才子佳人小說因為一向不為士林所重，相習至今，談的人少，知道的人也不多。所以如果僅看書名，一般讀者的第一印象恐怕連現在的「新才子佳人」小說作者都會自嘆弗如。

三

　　可是，真相又如何呢？

　　底下且略按時代先後，拈出幾個別緻的「詩情畫意」的書名來看看，這些書的取名夠多俏。

　　先說《吳江雪》。這是一部清初的小說，這書現在在自由世界

只有法國巴黎國家圖書館東方原稿部，藏有清初的舊刊本。如果光看書名，望文生義，我們大概會猜想這一定是寫的和「吳江」或者「雪」，或者「吳江之雪」的某些事實或背景有關係的事。因為「吳江雪」三個字再怎麼看總像是「吳江」和「雪」兩個語詞的組合。尤其「吳江」又是個地名（在江蘇省，正是才子佳人小說最發達的地區。）誰又想到它其實是書中三個人名的拆合：女主角吳媛，男主角江潮，俏媒婆「雪婆」。

《玉嬌梨》也是清初的作品（以下各書都是清朝時期的作品，不再一一點出），這一部小說在國外大享盛名，在國內卻默默無聞。早在十九世紀初，就有了法、英、德等三種譯本。

《玉嬌梨》正像《金瓶梅》，也是拆合書中的人名成書名。書中兩位佳人的名字是「白紅玉」「盧夢梨」。他們兩人是表姊妹，「紅玉」一度避難，改名為「無嬌」，所以書名就叫做《玉嬌梨》。可是，若僅看書名，《玉嬌梨》三個字不又是一個挺別緻、挺有詩意的語詞嗎？誰知道原來裏頭又另有玄機。無可奈何，外文的譯者就只有譯音了，可是譯音又那及得上原來「玉嬌梨」三字的佻俏！有一本法文的譯者曾取書中之意譯為「兩表姊妹」（Les dewx cousines），雖然切合書中大意，卻已是捨原名而不用了。

《平山冷燕》這一個書名，乍看之下，是任誰也不會想到它還是人名湊合的吧！「平山冷燕」多麼詩情畫意！坊間出版的一本《平山冷燕》，封面畫的正是一個少年英雄彎弓射燕圖。誰知道那書商竟只是看了書名，就望文生義，書中其實並沒有這麼一個「平山射冷燕」的情節，也沒有什麼「平山近處燕飛翔」等等景緻，有的只是兩對才子佳人的愛情故事：平如衡和山黛，燕白頷和冷絳雪。

　　這本書也是在十九世紀時就有了法文譯本，書名是自書中情節取意，擺脫了原有的中文書名。

　　《金雲翹》該是以一個人名爲書名的吧！卻又不是，是兩個人的名字：一個是男生金重，一個是女生王翠翹。

　　《引鳳簫》這一個書名的取意，再怎麼說總該不會又另有玄機了吧！因爲這明明是引用古代簫史和弄玉兩人的愛情典故當作書名。（這是一個有名的愛情神話故事：相傳春秋時代有一個人叫簫史，很會吹簫，秦穆公便把女兒弄玉嫁給他。簫史教弄玉吹簫，想不到簫聲的優美，出神入化，竟引來了神鳥鳳凰。後來弄玉乘鳳，簫史乘龍，雙雙飛昇成仙。）沒有看書的正文以前，知道簫史、弄玉這個典故的人一定是這樣想的。可是一看之下，便會知道又上當了，原來《引鳳簫》竟然還是來自書中主人翁的名字：才子叫白引，佳人叫金鳳娘，傳書遞簡的俏丫頭叫霞簫。書中可完全沒有「引鳳簫」一詞所含原來那個典故的影子。

　　接著還有一部《春柳鶯》。「春天」、「柳樹」、「鶯啼」，多詩意啊，筆者不必再掉弄玄虛了，其實這也不是寫的以什麼「春時鶯啼柳」爲象徵或背景的故事！而只是以書中兩女一男的名字拆合而成書名的一部愛情小說。可是它倒別開生面，和以前各書稍有不同：「春」是第一女主角梅凌春，「鶯」是第二女主角畢臨鶯，「柳」卻不是取自男主角的名字，而是取自男主角的書僮「柏兒」，他曾經一度男扮女裝，化名爲「柳姑」。

四

　　這種種讓人意想不到的書名，其實並沒什麼特別的意義，只是挺別緻罷了，看多了，也就不以為怪了。清朝一個才子佳人小說的作者，對這種拆合書中人名為書名的作風就曾經頗致不滿。他的眞名叫什麼已難詳考，只知道他曾經用「雲封山人」的筆名寫了一部神怪兼才子佳人的小說，書名叫做《鐵花仙史》，在他那本《鐵花仙史》的序上，「山人」說：「傳奇家摹繪才子佳人之悲歡離合，以供人娛目悅心者也。然其成書而命之名也，往往略不加意。如《平山冷燕》，則皆才子佳人之姓為顏，而《玉嬌梨》者，又至各摘其人名之一字以傳之。草率若此，非眞有心唐突才子佳人，實因便於隨意扭捏成書，而無所難耳，此書則特有異焉……令人以為鐵為花為仙者讀之，而才子佳人之事掩映乎其間。」

　　「山人」說以前那些捏合書中人名為書名的作者是「草率」，是「唐突才子佳人」，是為了「便於隨意扭捏成書」，言之鑿鑿，好像那些作者眞的只是一味的「取巧」而已，而他自己的作品則是超乎前人之上，「特有異焉」。

　　「山人」這麼計較人家的書名，他自己的書名當然得另有創意，更為高明了。但是他的《鐵花仙史》又是從何取意呢？光看書名我們是不會知道的，但可以猜想得到的是一定不再是人名捏合了。他對自己這一本書的取名如此驕傲，意義一定是不平凡的。可是誰又想得到它原來也只是「捏合」，「鐵」指的是書中的「古劍」，「花」指的是書中的「玉芙蓉」，仙指的是書中的主角｜蘇子宸」，眞是異想天開。可是想一想，《鐵花仙史》這個書名的取意，其實也並不

比他所指責的那些書高到哪裏去。比來比去，不過是五十步和百步而已。「山人」眞是「山人」，好說大話。

　　這種巧用心機的別緻書名，看了內容之後，往往會讓人覺得「也沒什麼了不起！」可是，如果有一天你也想把它們譯成外文的時候，恐怕光書名一項就會讓你搔首再嘆「難矣哉」了。

後記：本篇原發表於〈臺灣日報〉，一九八一年六月九日副刊。

關於《醒世姻緣傳》的成書年代

　　不久前，在一次小型的古典小說戲曲研討會上，主講人提出的題目是〈醒世姻緣傳初探〉。其中談到該書寫作年代，引述了最近一些不同說法。雖然最後對該書是明人或清人所作這一問題，並無定論，但報告中用了主要篇幅引證某學者以該書爲明人所作的十幾條證據，似乎主講人是傾向於該書爲明人所作（關於該書爲明人所作的考證，曹大爲先生〈醒世姻緣傳的版本源流和成書年代〉一文，有更進一步的綜合與補充，文見《文史》第二十三集）。

　　討論中有人提出意見，以爲主講人轉引的諸多論據，泰半爲書中內證，不能當作該書寫作年代的證明，因爲後代人可以用前代人的口氣寫作，因此除非有其他證據，譬如說版本方面等更多的證明，否則單靠這種內證，不具說服力。

　　對於這個意見，筆者原則上是同意的，但是有關考證的問題，卻常常不能一概而論。即使僅就有關朝代、帝王的稱謂一項，就有需要加以分別考慮的地方。提出討論意見的人認爲這更不能當作小說成書年代的證明，譬如話本小說中的「大宋」、「大唐」等用法，絕不能常作該話本爲宋人或唐人所作的證明。

　　關於明人編寫的話本集中「大宋」等用語不能作爲「宋人」作品的證明等，前人論者已多，筆者以前在探討《京本通俗小說》及相關的文章中[1]，也早已加以強調。但是話本中這一例子，並不一定適合於《醒世姻緣傳》或其他作品的討論。

一、怎樣看這個問題？

　　《醒世姻緣傳》的寫作年代，研究者意見分歧，然不外乎明末或清初，而這就是關鍵所在。滿清人以邊疆民族入主中原，對於漢人的民族意識，一向甚爲忌諱。而漢人的民族意識，又常常以對故國前朝的懷念爲寄託，因此清朝的統治者，尤其是清朝初期，對於滿漢、明清分際的用語稱謂就特別敏感，甚且可說已到了情緒化的地步。清初許多恐怖的文字獄，就是這種過敏的情緒所促成。因此，在滿清統治下，不僅正統的詩文中，作者不敢隨便觸犯忌諱，即使一般的小說作品，作者們或刊行者大概也都得特別的小心。

　　《醒世姻緣傳》既被認爲不是明末就是清初人的作品，在考慮其中朝代等用語時，就必須和對待明人所編寫的話本小說集中所用的「大宋」、「大唐」等語，有著不同的考慮。畢竟，明人並不忌諱唐宋之爲「大」，而滿清對於統治下漢人的明朝意識卻甚爲敏感。

　　由於其他相關考證各項，論者已多，其中如書中所寫災荒等項，因中國地大，災荒時有，其中差別只在規模大小，留存可考之檔案記錄多少而已。因此，小說背景指爲明末既有可徵，說是清初亦似

---

[1] 見〈京本通俗小說的新發現〉，《中華文化復興月刊》，1977年10月號；〈從馮夢龍編輯舊作的態度談所謂宋代話本〉，《古典文學》，1980年12月。

有證，持不同論調者，皆可各安其宜。而明末人用語，清初亦同樣可用，諸如此類，誰是誰非，皆暫不再論。以下僅就朝代等特殊用語，列表對證，看是否明人可用，而清人亦可用者。

二、由提及皇帝和官員的用語考察

因為小說是以明朝中葉為時代背景，所以書中有不少地方提到皇帝和官員的事，茲將有關的用語列之於下。因為以前論者提及此項用語時，常只簡單列出「本朝」、「我朝」等，稍為簡略，致說服力不足，不免引人懷疑。因此，以下所列，將其中關聯的描述語句，亦同時兼列，以為清楚的說明。

〈引起〉：只因本朝正統年間曾有人家一對夫妻。

第一回：那時去國初不遠，秀才出貢，作興旗匾之類。

第五回：司禮太監王振，原任文安縣儒學訓導，三年考滿無功，被永樂爺閹割了，進內教習宮女。到了正統爺手裏，做到司禮監秉筆太監，那權勢也就如正統爺差不多了。

十一回：那時正是景泰爺登極，下了覃恩，內外各官多有封贈。

十二回：那正統爺原是個有道的聖人，旰食宵衣，勵精圖治，何難措置太平。外面況且有了于忠肅這樣巡撫，裏面那三楊閣老，都是賢相；又有一個聖德的太后：這恰似千載奇逢的一般。

十五回：王振狠命的掇正統爺御駕親征，蒙了土木之難。正統爺的龍睛親看他被也先殺得稀爛。

十六回：那邢臯門……他的乃父是我朝數得起一個清官。

十七回：司禮監金公，名英，是我朝第一個賢宦。

二十三回：去國初淳龐未遠，沐先皇陶淑慕深，人以孝弟忠信是教，家惟禮義廉恥爲尙……去太祖高皇帝的時節剛剛六、七十年，正是那淳龐朝氣的時候，生出來的都是好人。

二十四回：那時正是英宗復辟年成，輕徭薄賦，功令舒寬，田土中大大的收成，朝庭上輕輕的租稅。

三十五回：因景皇帝要廢英宗太子。

二十七回：只從我太祖爺到天順爺末年，這百年之內，在上的有那秉禮尙義的君子，在下又有那奉公守法的小人，在天也就有那風調雨順，國泰民安的日子相報。

四十三回：大明律，提牢的姦了囚婦，該當什麼罪哩！

六十二回：我朝戚太師降得那南倭北敵，望影驚魂，任憑他幾千幾萬來犯邊，只遠遠聽見他的砲聲，遙望見他的傳風號帶，便即抱頭鼠竄，遠走高飛。眞是個殺人不迷眼的魔王。怎樣只見了一個言不出眾，貌不驚人的令正，就魂也不附體了。像這樣的大將軍，也不止戚太師一個。

七十五回：那年成化爺登基改元，擇在八月上下幸學，凡二千里內的監生，不論舉貢俊秀，俱要行文到監。

八十一回：在下原籍大明國。

九十回：自從成化爺登基以後，眞是太平有象，五穀豐登，家給人足，一連十餘年都是豐收年歲。但天地運數有治有亂，有泰有否，當不得君王有道。成化爺是個仁聖之君，所以治多亂少，泰盛否

衰……想成化爺是那樣的英明皇帝，知道天下有這等的好人，撫、按如此舉薦，也是心中時刻放不下的事。

九十一回：南部贍洲大明國的人（一百回同）。

九十四回：大明律上，惡疾者出。

三、明人和清人稱呼「明朝」有分別

以上所列乃《姻緣傳》各回中所見朝代與帝王名號之大要，爲清楚起見，茲再分項討論於後：

首先是「本朝」、「我朝」等用語，據顧炎武《日知錄》卷十七「本朝」條所論，「古人謂所事之國爲本朝」、「曰我朝」②。傳統社會中絕不可能有後朝之人稱前朝爲「本朝」、「我朝」的事情。而《姻緣傳》所論既爲明朝之事，其中作者說「本朝」、「我朝」如何如何等，就不可能是後來清代人的口氣。特別是這種用語出現在作者議論或敘述部分，而不是在小說人物的對話當中時，其指涉更爲明顯。因爲爲求對話逼眞寫實，即使後代人寫前代事，人物對話，當然得稱故事所設背景的時代爲「本朝」、「我朝」。單單根據這種對話用語，便不能當作作品寫作時代的論證。《姻緣傳》中如前所引三條用「本朝」，「我朝」之處，都不是在對話中出現，而是作者的議論或敘述用語。論明朝事寫明朝人而用「本朝」、「我朝」的作者，應當就是明朝人。

如果再舉清朝人寫明朝事或假託背景於明代的小說爲例，來做對

---

② 顧炎武《日知錄》，明倫出版社，1970年10月，頁411-412。

比，就可以更清楚明人和清人在稱呼明朝時的分別。

《檮杌閒評》是清初人所作（作者可能爲由明入清的人，但寫作該書時已入清朝），故事寫的是魏忠賢和客氏亂政的事。其中提到明代的用語如第一回「明朝嘉靖年間」，第二回「原來明朝官吏」等。

《綠野仙蹤》也是清朝初葉的作品，第一回「且說明朝嘉靖年間」。

《儒林外史》是清朝中葉的作品，第二回「原來明朝士大夫稱儒學生員叫做朋友」。

這其中的分別是很清楚的，清朝人稱明朝絕對不會稱「我朝」的。有時候他們乾脆就用「前朝」，如《葛仙翁全傳》第一回開始就說「話說前朝」。故事寫的當然就是明代的事。

四、由明朝臣民對本朝皇帝的暱稱考索

接著是《姻緣傳》中稱明朝的皇帝，慣用某某「爺」。這顯然是本朝臣民對本朝歷代帝王的暱稱。而這些用語又多半用在書中的議論或敘述部分，那當然更是明代人的口氣。不只如此，書中提到這些皇帝的時候，往往連帶著許多稱頌的形容用語，這就更不可能是清朝人的語氣。當然這種歌頌的語氣，如果明顯的可看出是別有用心，或意帶嘲諷，那麼這種用語或許又另當別論，因爲反語嘲諷本可以出之以歌頌。但是《姻緣傳》中的這些頌贊語，卻明明白白的不爲嘲諷，而只是贊美。作者是對明朝初期美政的嚮往，是出於眞心的（雖然實際上不一定像他所想的那樣美好）。而這前代的美政以及良俗，與作者所寫的明代中晚期的社會，就剛好形成一個對比。這是作者有意的

刻畫，往古的理想世代正爲襯托當時的毀敗不堪。表現出來的是世風不古，人心日下的感慨。而這毀敗不堪正是明末社會的真實寫照。因此，書中這種對明代歷朝皇帝的暱稱及歌頌，就絕不可能是清朝人的口氣。清初的人是不敢藉著對明代的歌頌，來作爲本朝毀敗的對比的。

或者說光談理論，還不能有足夠的說服力，那我們可以再舉明、清的其他小說來對照。

《警世通言》第三十二卷：

> 這首詩，單誇我朝燕京建都之盛……當先洪武爺掃蕩胡塵……到永樂爺從北京起兵靖難，還於燕都……自永樂爺傳至於萬曆爺，此乃我朝第十一代的天子。這位天子聰明神武，德福兼全，十歲登基，在位四十八年，削平三處寇亂。

《初刻拍案驚奇》卷二十一：

> 國朝永樂爺爺未登帝位，還爲燕王，其時有個相士叫袁柳莊。

《西湖二集》：

> 第一卷：從來得天下的無過我洪武爺。
> 第二卷：永樂爺這位聖人，是玄天聖帝下降。
> 第三卷：天順爺好賢禮士。

以上這些都是明代末年的人所編的小說，當他們提到他們「本朝」的皇帝時，同樣的是親暱的一聲「爺」，而且不論那位皇帝在後來歷史中評價如何的不高明，可在他們明朝臣民的作品中，他們卻往往是「聖明」的。因為是本朝的人，不敢說本朝皇帝的壞話。

再看看清朝人的作品，就看出其中的不同。清初小說《女仙外史》第二回「明太祖開國」。清初話本集《醉醒石》第一回「及至明朝太祖皇帝，更恢拓區宇」。清初李漁《十二樓》的〈奪錦樓〉「明朝正德初年」。配合前段所引其他清朝小說來看，明、清兩代人的作品，在提到明朝及明朝帝王時，口氣明顯的不同。《姻緣傳》之為明代人作品，經以上的對比，便相當的清楚。

五、由戚繼光怕老婆的記載來作對比

再以前引第十四條資料中第六十二回談戚繼光怕老婆的記載來和後來作品做一個對比，其中明、清作者不同的分際就更加的清楚。

以前主張《姻緣傳》為清初作品的人，多半認為就是蒲松齡所作。其中胡適便是近代研究者中的代表。胡先生之所以有此見解，其中一個主要理由便是《姻緣傳》和《聊齋志異》中的〈江城〉、〈邵女〉、〈馬介甫〉等篇，同樣都是怕老婆的故事。而當中某些丈夫怕婆、惡婆虐待丈夫的描寫又頗有類似之處。並且《姻緣傳》多用山東方言，顯然是山東人所寫，而蒲松齡正是山東人，小說和通俗文學名家。

胡先生以及後來持相同見解的人，顯然把問題單純化了。他們似乎以為怕老婆的文章只有蒲松齡才寫得，同時山東人在明末清初

而能寫大部頭的通俗小說的，也大概只有蒲松齡一人。其實怕老婆的故事，或者可以說悍婦虐夫的故事，自妒婦津故事以下，幾乎無代無之。有心人若要編輯，是大可編出一套歷來悍婦、妒妻、怕婆大全的。而屬於通俗文學的一路，自敦煌發現的說唱文學〈齖䶗書〉以下，說唱話本系統的〈快嘴李翠蓮〉，更是有名。如果不是通俗說唱文學歷來多所佚失，恐怕這一類的資料也必不少。

　　蒲松齡自己就有著名的一部長篇俚曲〈釀妒咒〉，寫的正是怕老婆的故事，而這故事也正是《聊齋》中的〈江城〉故事。由於人情總是異中有同，古今怕婆的事跡便自然常見雷同，因此《姻緣傳》中某些悍婦虐夫的描寫與〈江城〉等篇相似，就不足以當作兩部作品爲同一人所寫的證明。間接的道理，兩部同是寫悍婦或妒妻的作品，在引證舊典時，便有可能引述到同一故事。戚繼光怕老婆的故事既然有名，《姻緣傳》既引爲話柄，〈釀妒咒〉便也用來當笑談。然而引述的雖是同一故事，其中稱謂口氣便大不相同。爲對照方便，茲將〈釀妒咒〉第一回談戚繼光的話轉錄如下：

> 待我說一件典故你聽。當初明朝有一位戚繼光戚老
> 爺，是個掛印的總兵。他生的身長八尺，腰闊十圍，
> 就有百萬賊兵，他一馬當先，就殺他個片甲不回。你
> 看這是個甚麼漢子。豈不知他到了家裏，那漢子就和
> 你我是一樣，那奶奶說跪著，他還不敢站著哩。眞正
> 是降的至極至極的。手下那些參將副將游擊千百總，
> 都替他不平，大家都來商議說：「老爺領著百萬兵
> 馬，怎麼怕一個婦人？咱不如反了罷！」戚老爺說：
> 「怎麼反呢？」眾人說：「請老爺頂盔貫甲，亮出刀

來，聲聲叫殺，往宅裏竟跑，大家俱吶喊助威，愁他
不服麼！」戚老爺聽罷大喜，即時披掛整齊，明盔亮
甲，拿著一口刀，耀眼爭光，就在廳前大喊了一聲：
「殺呀！」走進了宅門，又喊一聲：「殺呀！」那
聲就矮上來了。進了家門子，那殺呀之聲又矮了些。
進了房門，只落了游游一口氣兒，那喉嚨眼裏插語著
說：「殺呀。」那奶奶正在床上睡覺，睜開眼說：
「殺什麼？」戚老爺丟了刀，一波落蓋跪下，捏起那
嗓根頭子來，哏哏了一聲說：「我殺乜雞你吃。」這
位將軍不是上人麼！

一個是「我朝戚太師」，一個是「當初明朝有一位戚繼光戚老
爺」，這樣的用語不可能是出之於同一個人。很明顯的，前者是明朝
人的口氣，後者是清朝人的口氣。而且同樣引述一個故事，前者語中
多帶同情，其中仍不乏敬意，而後者卻但為笑謔而已。由這一段對
比，而《姻緣傳》之非清朝人作，非蒲松齡作，當更加的明白。

六、再引一個地名用語來說明

最後再引一個地名用語來說明，以為本篇的結束。

《姻緣傳》七十一回寫童七到城隍廟買了一個艾虎，接著作者解
釋說：「這艾虎出在遼東金、伏、海、蓋四衛的地方，有拳頭大，通
是那大虎的模樣」。

　　衛所是明代設置的軍制之一種，後來有些相沿成為所在地地名，清朝時候除少數外，已不再沿用。尤其遼東地方，更是清朝龍興之地，這遼東四衛之類的名稱，用了恐怕免不了犯忌諱，因此由這個地名的用法，也可證明《姻緣傳》不會是清朝時代的作品。

　　由於如上所說有些災荒是明末有，清初也有；同樣的，有些制度也是清沿襲明，因此從某些背景考證，是既合於明末情形，也合於清初的狀況，因此從特殊用語上的考較，便顯出其重要性。而由以上的論證對比，該書之為明末作品，便可無疑。至於說現存該書並未有明代刻本，而只有清代刻本，因此懷疑該書不可能為明人之作，是一個根本不能成立的說法，因為歷來的小說，作品完成之後甚久才有刊本的不乏其例。而且如前人所考，該書可能完成於崇禎晚期，變亂之際未及刊刻，亦是常理，這並不妨於該書為明人之作，作於明亡之前。

後記：本篇原發表於《國文天地》七卷八期，一九九二年，一月。此篇既非話本亦非才子佳人小說，但因較屬考證一類，與本書主要文章性質稍近，故亦以附錄性質，收入本書。

參考書目

中文圖書

（明）即空觀主人：《拍案驚奇》，（臺北：世界書局，1962年12月排印本）。

（明）抱甕老人輯：《今古奇觀》，（書業德藏版，乾隆五十七年重鐫）。

（明）馮夢龍：《古今小說》，（臺北：世界書局，1958年影印明天許齋刊本）。

（明）天然痴叟：《石點頭》，（上海：上海古籍出版社，1990年影印明葉敬池本）。

（清）無名氏：《研堂見聞雜記》，臺灣文獻叢刊第二五四種，（臺灣銀行發行，1968年9月出版）。

（明）馮夢龍：《醒世恆言》，（臺北：世界書局，1959年影印明葉敬池本）。

（明）馮夢龍：《警世通言》，（臺北：世界書局，1958年影印明兼善堂本）。

（明）馮夢龍：《續修四庫全書提要》，（臺北：商務印書館，1972年初版）。

王士禎：《香祖筆記》，收新興書局影印《筆記小說大觀續編》第五冊。

朱竹垞：《竹垞詩話》，（文星書店，1965年1月出版）。

吳山嘉：《復社姓氏傳略》，收於沈雲龍選輯：《明清史料彙編》八集第五冊，（文海書局印行）。

柳存仁：《倫敦所見中國小說書錄》，（1967年）。

胡萬川：《鍾馗神話與小說之研究》，（臺北：文史哲出版社，1980年5月）。

孫楷第：《大連圖書館所見小說書目》，（北平圖書館，1932年6月初版）。

孫楷第：《中國通俗小說書目》，（北平圖書館，1933年3月初版）。

孫楷第：《日本東京所見小說書目》，（北平圖書館，1932年6月初版）。

陸世儀：《復社紀略》，收於《東林與復社》，臺灣文獻叢刊第二五九種，（臺灣銀行發行，1968年12月出版）。

塩谷溫著，孫俍工譯：《中國文學概論》，（臺北：開明書店，1970年12月臺一版）。

董康：《書舶庸譚》，（臺北：世界書局，1971年9月影印本）。

樂蘅軍：《宋代話本研究》，（臺北：臺灣大學文學院，1969年12月初版）。

鄭振鐸：《中國文學研究新編》（此書原名《中國文學論集》，臺北版改今名），（臺北：明倫出版社，1971年2月初版）。

錢謙益：《牧齋初學集》，《東山詩集》。商務印書館縮印明崇禎癸未刻本。四部叢刊、初編集部，卷第二十下。

戴不凡：《小說見聞錄》，（浙江人民出版社，1980年）。

謝國楨：《明清之際黨社運動考》，（臺灣商務印書館出版，1968年6月臺二版）。

嚴敦義：〈古今小說四十篇的撰述年代〉，收於《古今小說》（臺北：鼎文書局，1974年12月初版）。

單篇論文

王青平，〈劉璋及其才子佳人小說〉，《明清小說論叢》第一輯，（春風文藝出版社，1984年5月）。

王青平：〈墨浪主人即天花藏主人〉，《明清小說論叢》第二輯，（春風文藝出版社，1985年5月）。

李田意：〈日本所見中國短篇小說略記〉，（新）《清華學報》一卷二期。

范志新：〈菱荻散人、天花藏主人、徐震——平山冷燕作者考〉，《明清小說研究》第二輯，（中國文聯出版公司）。

容肇祖：〈明馮夢龍的生平及其著述〉，《嶺南學報》第二卷第二期。

馬幼垣、馬泰來：〈京本通俗小說各篇的年代及其真偽問題〉，（新）《清華學報》五卷一期。

蘇興：〈天花藏主人及其才子佳人小說（一）——天花藏主人其人〉，《明清小說論叢》第二輯。

西文書目

Bauman, Richard ed. (1992) *Folklore, Cultural Performance, and Popular Entertainments*, Oxford Univ.

Birch, C. (1956) "Feng Meng-lung and the Ku Chin Hsiao Shuo", *Bull. of the School of Oriental and African Studies*, Vol. ⅩⅤⅢ, Part 1.

Bishop, J. (1956) "The Colloquial Short Stories in China-A Study of the San-Yen Collection", *Harvard-Yenching Institute Studies*, ⅩⅠⅤ, Cambridge, Mass.

Degh, Linda, Schossberger, E.trans. (1989) *Folktales & Society-Story Telling in a Hungarian Peasant Community*, Bloomington: Indiana Univ.

Edwards, Viv & SienKewicz, Thomas (1991) *Oral Cultures Past and Present*, Cambridge: Mass, Basil Blackwell.

Hanan, Patrick (1967) "The Authorship of Some Ku-Chin Hsiao-Shou Stories", *Harvard Journal of Asiatic Studies*, Vol. 29.

Hanan, Patrick (1973) *The Chinese Short Story-Studies in Dating, Authorship, and Composition*, Harvard Univ. Press, Cambridge, Mass.

Hanan, Patrick (1981) *The Chinese Vernacular Story,* Harvard Univ. Press.

Hindman, Sandra ed. (1991) *Printing the Written Word-The Social History of Books,Circa 1450-1520*, Ithaca: Cornell Univ.,1991.

Lord, Albert B. (1981) *The Singer of Tales*, Cambridge: Harverd Univ.

Mowry, Han-Yuan Li (1976) *Ching-Shih and Feng Meng-lung*, Dissertation for degree of Ph.D. of Univ. of Cal., Berkeley.

Ong, Walter J. (1995) *Orality & Literacy-The Technologizing of the Word*, London Routledge.

Prusek, Jaroslav (1938) "Popular Novels in The Collection of Chien Tseng", *Archiv Oriental ni*, X.

Prusek, Jaroslav (1970) *Chinese History and Literature*, D.Reidel Publishing Company, Dordrecht-Holland.

Rosenberg, Bruce A. (1991) *Folklore & Literature-Rival Siblings*, Knoxville: Univ. of Tennessee.

Thomas, Rosalind (1992) *Literacy and Orality in Ancient Greece*, Cambridge Univ.

索　引

一般索引

二畫

人情世故　054, 129

入文心　115, 116, 135

入話　005, 009, 026, 063, 066, 078, 093, 105, 137, 139, 141, 144, 152, 156

三畫

丫環　205

小說觀　097, 099, 113, 114, 115, 119, 120

才子佳人　修訂版序II, 自序V, 122, 152, 187, 188, 189, 190, 191, 192, 193, 194, 195, 196, 197, 198, 199, 200, 201, 202, 203, 205, 206, 207, 208, 209, 211, 213, 218, 219, 221, 222, 223, 224, 227, 228, 229, 235, 236, 243, 244, 245, 246, 247, 248, 249, 253, 258, 259, 261, 273

四畫

互見　005, 105, 109

互動　116, 117, 118, 119, 120, 131

化名　099, 100, 102, 103, 104, 109, 210, 260

反面投射　195

文才　188

文言小說　111, 116

文類　113, 114, 116

五畫

主題　121, 131, 200, 207, 236

主題導向　121, 131

出身　120, 190, 200, 205, 206, 234

功利主義　120

市場預期　113

本事考　161

正楷　010, 011, 027, 037, 045, 046

民族意識　264

民間傳說　151

民歌　173

白話小說　001, 133, 202

白話文運動　001

六畫

仲介者　131

同版後印　041, 061, 062, 071, 077

字跡　026, 092

考證　修訂版序II, 自序V, 005, 017, 025, 026, 027, 030, 031, 041, 077, 078, 097, 102, 105, 134, 151, 154, 172, 175, 207, 208, 215, 224, 231, 234, 235, 263, 264, 273

行款　045, 058, 061, 062, 065, 092, 093

七畫

別號　054, 100, 191, 223, 231, 233, 246, 247, 249, 250

妒妻　271

妓女　065, 151, 205

宋人小說　005, 033, 134, 135, 136, 155, 156, 157

志怪　204

批點　059, 074, 101, 130, 253

改編　030, 053, 114, 129, 136, 148, 151, 152, 155, 159, 201

八畫

典範　113

孤本　061, 097

底本　005, 011, 017, 020, 039, 040, 053, 116, 135, 137, 150, 157

沿襲　015, 031, 040, 045, 151, 258, 273

拆合　257, 259, 260, 261

東林　174, 176, 179, 186

版本　修訂版序II, 003-004, 007, 008, 015, 034, 037, 041, 045, 046, 047, 053, 058, 059, 060, 061, 064, 065, 069, 074, 076, 091, 092, 097, 098, 237, 242, 253, 263

初刻　011, 037, 039, 047, 055, 057, 269

表演藝術　116, 118

長篇小說　053, 136, 190

附會　128, 218

九畫

俏丫頭　193, 260

俗字　044, 045, 046

封面題識　057, 103

後評　102, 104, 105, 106, 107, 109, 111, 163, 164, 165, 166, 167, 168, 169, 170, 171

眉批　010, 030, 034, 035, 067, 068, 092, 097, 098, 099, 101, 102, 104, 105, 108, 109, 111, 114, 115, 122, 127, 128, 129, 130, 131, 149, 151, 154, 162, 163, 168, 171

眉端　061

重排本　042, 043

重編　104, 136, 141, 160, 180

十畫

唐人小說　115, 200

娛樂性　202

悍婦虐夫　271

捏造　030

校勘　023, 026, 029, 033, 038, 039, 041, 042, 043, 044, 047, 092

十一畫

偽書　002, 006, 007, 023, 046, 047, 048, 092

假設　003, 024, 025, 026, 029

情愛小說　203

情節　040, 101, 102, 105, 106, 108, 109, 122, 123, 129, 135, 136, 142, 143, 145, 148, 149, 150, 151, 152, 153, 154, 155, 193, 202, 205, 206, 259, 260

推銷　244, 246

教化　117, 120, 121, 122, 129, 201, 202

淫書　258

脫葉　061, 063, 064, 093

通俗　055, 115, 116, 117, 118, 119, 120, 135, 160, 161, 172, 185, 188, 202, 270, 271

通俗小說　001, 002, 003, 004, 005, 007, 008, 011, 015, 016, 017, 018, 020, 021, 023, 024, 025, 026, 028, 031, 039, 040, 045, 046, 047, 056, 057, 062, 065, 067, 070, 072, 074, 076, 078, 092, 093, 097, 113, 121, 134, 135, 138, 185, 200, 201, 202, 205, 207, 209, 217, 222, 224, 229, 237, 241, 243, 249, 252, 253, 258, 264, 271

通俗類書　134, 253

十二畫

媒介　116, 117, 119

復社　173, 174, 175, 176, 177, 178, 179, 180, 181, 182, 183, 184, 185, 186

悲劇　201

插詞　138, 139, 140, 141, 142, 143, 144, 145

插圖　010, 034, 036, 037, 058, 066, 067, 073, 077, 092, 245

殘本　055, 056, 058, 062, 071

短篇話本　053, 245

程式化　207

筆名　099, 212, 261

筆記小說　053, 069, 104, 108, 159, 185

詞話　003, 004, 015, 039, 046

超自然　204

軼事　053, 153, 217

黃粱事業　195, 196, 197, 199,

219, 222, 240

十三畫

傳奇 053, 076, 115, 116, 179, 181, 200, 201, 214, 217, 221, 228, 232, 250, 251, 252, 261

愛情小說 187, 188, 200, 201, 215, 260

愛戀 204

署名 058, 074, 075, 100, 101, 102, 103, 122, 210, 212, 232, 244, 247, 250

裝訂 062, 092, 097, 098

話本 修訂版序II, 修訂版序III, 自序V, 001, 003, 004, 005, 006, 008, 026, 028, 033, 034, 053, 054, 055, 056, 057, 059, 066, 070, 072, 074, 075, 077, 078, 090, 099, 108, 111, 113, 114, 115, 116, 117, 119, 120, 121, 122, 123, 127, 128, 129, 131, 133, 134, 135, 136, 137, 138, 139, 142, 145, 150, 151, 152, 156, 157, 161, 243, 245, 263, 264, 270, 271, 273

十四畫

對比 034, 038, 045, 046, 115, 121, 123, 124, 129, 131, 191, 267-268, 269, 270, 272, 273

對仗 011, 036, 069

對偶 011, 036, 069

慣用語 040

演義 055, 057, 120, 135, 138, 221, 230, 235, 240, 241, 249, 250, 252, 253

精裝 097

說話 修訂版序II, 053, 081, 087, 113, 114, 116, 117, 118, 119, 120, 121, 129, 133, 135, 137, 138, 202, 231

十五畫

增補 008, 054, 056, 057, 058, 060, 061, 076, 092, 093, 160, 241, 253

廣告 076, 159, 224, 244, 246

暱稱　268, 269

編次　002, 004, 011, 065,
　075, 210, 211, 212, 222,
　223, 224, 232, 233, 237,
　238, 245, 246, 248, 253

編者評語　102

十六畫

戰爭小說　135

諧里耳　115, 116, 117, 133,
　135

選言　115, 116, 118

十八畫

禮教　203, 206

簡筆　011, 014, 015, 027,
　035, 037, 045, 046, 068,
　078

翻刻　020, 026, 030, 033,
　039, 041, 046, 047, 066

翻刻本　008, 010, 011, 017,
　020, 034, 038, 041, 046,

047, 065, 066, 071

轉述語　140, 141

雜劇　200, 251

題目　005, 011, 024, 030,
　036, 068, 069, 134, 137,
　152, 155, 156, 255, 256,
　258, 263

十九畫

繪像　058, 071, 072

識語　017, 041, 054, 055,
　057, 059, 060, 233

韻散間雜　138

類書　241

二十三畫

戀愛小說　202

變文　138

髒字　092

體裁　053, 157, 201

二十五畫

觀眾　201

人名索引A

二畫

丁耀亢　213, 225

三畫

大塚秀高　047, 076, 091, 237, 241, 249

四畫

文震孟　178

王士禎　069

王世貞　213

王明清　028

王青平　230, 231, 237, 239, 243, 246, 249, 252

王秋桂　229

王振華　008, 061, 064, 069, 077

王挺　181

王暉　243

五畫

田汝成　032

六畫

吉川幸次郎　003, 007, 011, 071

朱竹垞　177, 182, 183

七畫

何大掄　150

余公仁　150

吳山嘉　176, 177, 178, 179, 180, 181

吳銘道　176, 180, 181

吳應箕　176, 177, 180, 181

尾上八郎　008, 065

李田意　008, 017, 034, 041, 059, 060, 061, 065, 066, 067, 070, 071, 077

李志宏　203, 207

李卓吾　101, 114, 120, 253

李叔元　175, 180

李漁　217, 252, 270

沈季友　214, 215, 216, 217, 218, 228, 250, 251

沈既濟　197

沈幾　159, 175, 180, 184

那宗訓　023

八畫

孟棨　028

祁彪佳　162, 163, 178, 179

金文京　251

金聖嘆　101, 114, 120, 131, 242

九畫

姚希孟　178

施耐庵　155

柳存仁　071, 074, 093, 211, 215, 237, 243

洪梗　114, 133

胡小偉　186

胡適　001, 270

十畫

倉石武四郎　008, 060, 077

凌濛初　054, 055, 075, 099, 217, 252

孫楷第　004, 008, 034, 047, 056, 057, 058, 059, 060, 064, 065, 066, 067, 071, 072, 074, 100, 209, 211, 221, 223, 224, 229, 237, 243, 246, 248, 249, 250,
253

容肇祖　072, 073

徐震　196, 197, 210, 223, 224, 225, 229, 242, 243, 245, 252, 253

耿克勵　180

袁于令　217, 251, 252

馬幼垣　004, 005, 007, 011, 017, 021, 023, 025, 026, 028, 031, 042

馬泰來　004, 005, 007, 011

馬廉　008, 058, 064

十一畫

張勻　196, 210, 214, 215, 216, 217, 218, 219, 220, 222, 225, 228, 250, 251, 252

張劭　210, 215, 216, 217, 218, 222, 228, 250

張明弼　159, 175, 180

張無咎　059

張溥　175, 179

張潮　243

曹大爲　263

梅之熉　176, 177, 178, 179,

184

盛百二　210, 215, 216, 217, 218, 222, 228, 229, 250

許曼麗　251

陳仁錫　178, 179

陳慶浩　229

陸世儀　176, 177, 178, 179, 180, 181, 182, 184

陸菜　214

十二畫

曾國藩　073

馮夢龍　003, 007, 008, 010, 011, 015, 020, 024, 025, 027, 028, 029, 030, 031, 032, 033, 034, 037, 039, 043, 045, 046, 053, 054, 055, 065, 073, 077, 078, 099, 100, 101, 102, 103, 104, 105, 108, 111, 113, 114, 115, 116, 118, 119, 120, 121, 122, 128, 130, 131, 133, 134, 135, 136, 137, 138, 139, 141, 142, 143, 144, 145, 147, 148, 149, 150, 151, 152, 153, 154, 155, 156, 159, 160, 161, 162, 167, 169, 171, 172, 173, 174, 175, 176, 177, 178, 179, 180, 181, 182, 184, 186, 217, 230, 231, 233, 234, 235, 240, 241, 252, 264

十三畫

塩谷溫　001, 008, 054, 055, 060, 062, 069, 070, 077

楊力生　247, 248, 252

楊家駱　017, 041, 059, 072

葉敬池　010, 015, 017, 018, 020, 021, 041, 043, 047, 049, 054, 058, 070, 071, 072, 092, 093, 096, 123

葉敬溪　017, 041, 071, 092, 093

董康　069

十四畫

熊龍峯　005, 033, 114, 134, 136, 137

蒲松齡　270, 271, 272

十五畫

劉廷璣　218, 228

劉修業　091

劉素明　058

劉璋　246, 249

樂蘅軍　005, 006

鄭振鐸　002, 003, 010, 011, 036, 055, 065, 066, 073, 074, 075, 076

魯迅　001

十六畫

錢曾　004

錢謙益　177, 178, 179, 182, 184

十七畫

戴不凡　210, 223, 229, 242, 245, 246, 247

繆荃蓀　001, 004, 005, 011, 015, 020, 024, 045, 070

謝國楨　177, 183

十八畫

瞿佑　032

十九畫

羅貫中　155

譚正璧　222, 243

二十畫

嚴敦義　004

蘇興　245, 247

二十一畫

顧炎武　267

顧學頡　017, 021, 041, 093, 095

人名索引B

Hua-Yuan Li Mowry　105

白芝（C. Birch）　100, 102, 149, 150

白夏普（John Lyman Bishop）　003, 100, 149

伊維德（Wilt Idema）　023

吳德明（Yves Hervouet）　229

杜德橋（Glen Dudbridge）

098

普魯雪克（Jaroslav Prusek）　002, 003, 102, 149, 150

韓南（Patric Hanan）　007, 011, 102, 105, 108, 231, 232, 234, 235, 239

魏愛蓮（Ellen Widmer）　251, 253

顧柔恩（Niki Croghan）　042

Memo

國家圖書館出版品預行編目資料

話本與才子佳人小說之研究／胡萬川著. ——
初版. ——臺北市：五南，2018.12
　　面；　公分
ISBN 978-957-763-175-6（平裝）

1.話本　2.中國小說　3.文學評論

827.88　　　　　　　　　107020267

1XCS

話本與才子佳人小說之研究

作　　者 ― 胡萬川（169.8）

發 行 人 ― 楊榮川

總 經 理 ― 楊士清

副總編輯 ― 黃文瓊

責任編輯 ― 吳雨潔

封面設計 ― 姚孝慈

出 版 者 ― 五南圖書出版股份有限公司

地　　址：106台北市大安區和平東路二段339號4樓

電　　話：(02)2705-5066　　傳　　真：(02)2706-6100

網　　址：http://www.wunan.com.tw

電子郵件：wunan@wunan.com.tw

劃撥帳號：01068953

戶　　名：五南圖書出版股份有限公司

法律顧問　林勝安律師事務所　林勝安律師

出版日期　2018年12月初版一刷

定　　價　新臺幣420元